99 dias
Katie Cotugno

Tradução
Débora Isidoro

Copyright © 2014 by Alloy Entertainment e Katie Cotugno
Copyright da tradução © 2024 by Editora Globo S.A.

Publicado mediante acordo com Rights People, London.
Produzido por Alloy Entertainment, LLC.

Os direitos morais do autor foram assegurados. Todos os direitos reservados. Nenhuma parte desta edição pode ser utilizada ou reproduzida — em qualquer meio ou forma, seja mecânico ou eletrônico, fotocópia, gravação etc. — nem apropriada ou estocada em sistema de banco de dados sem a expressa autorização da editora.

Título original: *99 Days*

Editora responsável **Paula Drummond**
Editora de produção **Agatha Machado**
Assistentes editoriais **Giselle Brito e Mariana Gonçalves**
Preparação de texto **Juliana Werneck**
Revisão **Luiza Miceli**
Diagramação **Carolinne de Oliveira**
Adaptação de capa **Renata Zucchini**
Projeto gráfico original **Laboratório Secreto**
Ilustração de capa © 2019 by Leah Goren
Design de capa original **Jenna Stempel-Lobell**

Texto fixado conforme as regras do Acordo Ortográfico da Língua Portuguesa (Decreto Legislativo nº 54, de 1995)

CIP-BRASIL. CATALOGAÇÃO NA PUBLICAÇÃO
SINDICATO NACIONAL DOS EDITORES DE LIVROS, RJ

C891n

    Cotugno, Katie
        99 dias / Katie Cotugno ; tradução Débora Isidoro. - 1. ed. - Rio de Janeiro : Alt, 2024.

        Tradução de: 99 days
        ISBN 978-65-85348-49-2

        1. Ficção americana. I. Isidoro, Débora. II. Título.

24-88538   CDD: 813
                                        CDU: 82-3(73)

Meri Gleice Rodrigues de Souza - Bibliotecária - CRB-7/6439

2ª edição, 2024

Direitos de edição em língua portuguesa para o Brasil adquiridos por Editora Globo S.A.
R. Marquês de Pombal, 25
20.230-240 – Rio de Janeiro – RJ – Brasil
www.globolivros.com.br

Este é para as meninas

dia 1

Julia Donnelly joga ovos na minha casa na minha primeira noite de volta a Star Lake, e é assim que sei que todos ainda se lembram de tudo.

— Bela recepção — diz minha mãe, parando no gramado junto a mim e avaliando o estrago amarelo que escorre pela parede lilás de sua casa em estilo vitoriano. Há gemas lambuzando todas as janelas. E cascas de ovos nos arbustos. Mal passou das dez horas da manhã, e já dá para sentir o cheiro podre, sulfuroso e de cozimento ao sol da manhã de verão. — Eles devem ter ido ao Costco para conseguir tantos ovos.

— Dá para parar? — Meu coração batia acelerado. Eu havia me esquecido, ou tentado me esquecer, de como as coisas eram antes de eu fugir daqui um ano atrás: o sagrado reino tenebroso da Julia, projetado com precisão implacável para me punir por todos os crimes capitais que cometi. As solas dos meus pés estão suadas dentro das botas. Olho para trás por cima dos ombros, para a rua sonolenta além da calçada longa e sinuosa, esperando vê-la passar no velho Bronco da família para admirar sua obra. — Cadê a mangueira?

— Ah, deixa para lá. — Minha mãe, é claro, nem se incomoda, e a jogada do cabelo loiro e cacheado serve para me mostrar que estou reagindo com exagero. Nada é muito importante para ela: o presidente dos Estados Unidos poderia jogar ovos em sua casa, a casa poderia *pegar fogo*, e ela reduziria a importância de tudo isso a nada. "É uma boa história", costumava dizer sempre que eu a procurava para contar alguma injustiça da infância, como ficar sem recreio ou ser a última escolhida para o time de basquete. "Guarde para lembrar mais tarde, Molly. Um dia isso vai ser uma boa história." Nunca me ocorreu perguntar qual de nós contaria essa história. — Vou ligar para o Alex e pedir para vir limpar tudo hoje à tarde.

— Tá brincando? — pergunto com tom estridente.

Meu rosto fica manchado de vermelho, e tudo o que quero fazer é me tornar tão pequena quanto seja humanamente possível — até ficar do tamanho de uma partícula de poeira, do tamanho de um cisco —, mas não vou deixar o ajudante da minha mãe lavar a omelete meio cozida da fachada de nossa casa só porque a cidade inteira acredita que eu sou uma piranha e quer me lembrar disso.

— Cadê a *mangueira*, mãe?

— Cuidado com o tom, por favor, Molly. — Ela balança a cabeça decidida. Em algum lugar no meio do cheiro de ovo e do jardim, consigo sentir seu perfume, a fragrância de lavanda e sândalo que ela usa desde que eu era bebê. Minha mãe não mudou nada desde que fui embora: os anéis de prata continuam em todos os dedos, o cardigã preto e fino e o jeans rasgado, tudo igual. Quando eu era pequena, achava que ela era a mulher mais bonita do mundo. Sempre que saía em turnê para ler trechos de seus romances nas livrarias de Nova York e Chicago, eu ficava deitada de bruços na sala de estar dos Donnelly olhando para as fotos do autor na capa de todos os livros dela. — Não me culpe. Não fui eu que fiz isso com você.

Viro para ela ali no gramado daquele lugar para onde eu não queria ter voltado, nem em cem milhões de anos.

— Quem você quer que eu *culpe*, então? — pergunto. Por um segundo eu me permito me lembrar de tudo, da sensação de frio e mal-estar quando vi o artigo na *People* pela primeira vez em abril, na segunda série do ensino médio, acompanhado pelas cenas mais vulgares e picantes do romance e uma foto elegante de minha mãe apoiada em sua mesa: *O mais recente romance de Diana Barlow, Driftwood, é baseado no relacionamento complicado de sua filha com dois garotos da cidade.* A certeza visceral no estômago, na coluna e nas costelas de que agora todo mundo também saberia. — Quem?

Por um segundo minha mãe parece completamente exausta, mais velha do que jamais pensei que fosse — com ou sem glamour, ela já era uma mulher de quase quarenta anos quando me adotou, o que significa que agora tem quase sessenta. Em seguida ela pisca, e a impressão desaparece.

— Molly...

— Olha só, nem vem. — Levanto uma das mãos para detê-la, querendo muito, muito mesmo, não falar sobre isso. Querendo estar em qualquer lugar, menos ali. Noventa e nove dias entre hoje e o primeiro dia da orientação de calouros em Boston, lembrei, tentando respirar fundo e não ceder ao impulso avassalador de correr para a rodoviária mais próxima, correr tanto quanto as pernas me permitissem — menos, reconheço, do que elas teriam corrido um ano atrás. Noventa e nove dias, e vou poder ir embora para a faculdade e acabar com isso.

Minha mãe continua no jardim olhando para mim. Descalça, como sempre, com as unhas escuras e a tatuagem de uma rosa no tornozelo feito uma cruz, ela é uma mistura de Carole King e a primeira-dama de uma gangue de motoqueiros. "Um dia isso vai ser uma boa história." Ela *disse* isso, ela *me avisou* que isso iria acontecer, portanto não tenho nenhum motivo para, tanto tempo depois, ainda me sentir tão desconcertada de ter contado para minha mãe a pior coisa da minha vida, a mais secreta — e de ela ter escrito um livro sobre isso.

— A mangueira está no galpão — responde, finalmente.

— Obrigada. — Engulo o nó na garganta e vou para o quintal me contorcendo embaixo da fina camada de suor azedo e apavorado que sinto nas costas. Espero até estar escondida na sombra acinzentada da casa para começar a chorar.

dia 2

Passo o dia seguinte no quarto com as janelas fechadas, comendo tubinhos de alcaçuz e assistindo a documentários estranhos da Netflix no laptop, escondida feito uma fugitiva ferida no último terço de um filme do Clint Eastwood. Vita, a gata mal-humorada da minha mãe, entra e sai quando quer. Tudo aqui continua como eu deixei: papel de parede com listras azuis e brancas, o alegre tapete amarelo, o edredom cinza e fofo em cima da cama. A obra *Golly, Molly*, que uma designer amiga da minha mãe fez quando eu era bebê, continua pendurada sobre a escrivaninha, bem ao lado de um quadro de avisos onde ficava o cronograma da segunda série do ensino médio e uma foto minha na fazenda dos Donnelly com Julia, Patrick e Gabe, eu de boca aberta no meio de uma gargalhada. Até a escova de cabelo continua em cima da cômoda. Eu me esqueci de levá-la comigo quando saí correndo de Star Lake, depois da publicação do artigo na *People*, e agora ela está aqui como se esperando que eu voltasse rastejando e com os cabelos cheios de nós.

É para a foto que continuo olhando, porém, como se houvesse nela algum tipo de ímã cármico atraindo minha atenção. Finalmente, levanto da cama e vou pegá-la para dar uma olhada de perto: a foto é de uma festa da família deles no verão depois do nono ano no colégio, quando Patrick e eu namorávamos. Nós quatro fomos fotografados jogados no velho sofá do celeiro atrás da casa, eu e os três Donnelly, Julia dizendo alguma coisa sar-

99 dias 11

cástica e Patrick com um braço enganchado apertado em torno da minha cintura. Gabe olha diretamente para mim, embora eu só tenha notado esse detalhe depois que tudo aconteceu. Segurar a porcaria da foto é como pressionar uma ferida.

Patrick não está em casa neste verão — sei disso porque o stalkeei pelo Facebook. Está em um programa voluntário no Colorado, limpando terrenos e aprendendo a combater incêndios florestais, como sonhava fazer desde que éramos pequenos e corríamos pelo bosque atrás da casa dos pais dele. Zero chance de encontrá-lo pela cidade.

Provavelmente, não tenho nenhum bom motivo para me sentir desapontada com isso.

Deixo a foto virada para baixo sobre a escrivaninha e volto para as cobertas, devolvendo Vita ao tapete — este quarto tem sido dela e do cachorro durante a minha ausência, como dá para perceber pela grossa camada de pelos. Quando eu era criança, morar aqui me fazia sentir feito uma princesa guardada na torre do terceiro andar da velha casa assombrada de minha mãe. Agora, quase uma semana depois da formatura do ensino médio, volto a me sentir assim — presa em uma torre mágica sem nenhum outro lugar no mundo para ir.

Pego o último tubinho de guloseima da embalagem de celofane no mesmo instante em que a gata pula em cima do travesseiro ao meu lado.

— Sai, Vita — ordeno, empurrando-a com gentileza de novo e revirando os olhos para o movimento altivo da cauda a caminho da porta, esperando vê-la voltar quase imediatamente.

dia 3

Vita não volta.

dia 4

Imogen também não. Quando pensava na minha sentença de um verão em Star Lake, a ideia de vê-la era a única coisa que tornava tudo suportável, mas até agora minhas mensagens de "oi, voltei" e "vamos marcar alguma coisa" não haviam sido respondidas. Talvez ela também me odeie. Imogen e eu fomos amigas desde nosso primeiro ano na escolinha, e ela ficou do meu lado e me apoiou no fim da segunda série do ensino médio, sentada comigo na cantina da escola até quando todo mundo desapareceu misteriosamente da nossa mesa na hora do almoço e os cochichos se transformaram em coisas bem piores. Mas a verdade é que nem falei com ela antes de sair de Star Lake para cursar o último ano do ensino médio em Bristol, num colégio interno feminino plantado igual a uma cápsula de míssil no meio do deserto na periferia de Tempe, Arizona.

Eu meio que fugi, escondida pelo manto da escuridão.

Hoje completo noventa e seis horas mantendo o mínimo de contato humano, então quando minha mãe bate à porta do quarto para avisar que a faxineira está vindo, decido vestir um short limpo que tiro da pilha de tralhas já acumulada no chão. Camisetas e roupas íntimas ainda estão na bolsa de viagem. Vou ter que desfazer as malas em algum momento, provavelmente, mesmo que prefira viver de roupas tiradas de valises pelos próximos três meses. Enquanto estava agachada, notei que meus velhos tênis estão escondidos embaixo da cadeira da escrivaninha, os cadarços ainda amarrados como da última vez que os usei — no dia em que o artigo foi publicado, eu me lembro de repente, como se pudesse correr mais rápido que uma publicação nacional. Eu havia corrido muito, corrido tanto quanto podia.

E tinha vomitado no acostamento da estrada de terra.

Ufa. Faço um esforço para esquecer a cena, pego minha foto com os Donnelly, ainda virada para baixo em cima da mesa, onde a deixei na outra noite, e a enfio no fundo da gaveta da mesinha de cabeceira. Depois, amarro as botas e dirijo meu velho e abandonado Passat até Star Lake.

Está suficientemente fresco para abrir as janelas, e consigo sentir o cheiro de umidade que vem do lago até entre os pinheiros que acompanham a Rota 4, enquanto sigo em direção à pequena faixa de civilização que compõe o centro da cidade. A rua principal é pequena e movimentada, com todos os restaurantes e armazéns e um rinque de patinação fechado desde 1982, mais ou menos. Essa também é a época em que esse lugar foi um destino interessante, até onde sei. A margem do lago e a interminável faixa verde eram importantes destinos turísticos nas décadas de 1960 e 1970, mas, desde que consigo me lembrar, Star Lake tem esse ar de alguma coisa que foi mas não é mais, como se você caísse de paraquedas na lua de mel de seus avós por engano.

Pisei mais fundo no acelerador quando passei pela Pizzaria Donnelly's, me abaixando no assento até parar na frente do French Roast, o café onde Imogen trabalhava desde que entramos no ensino médio. Abro a porta para o cheiro de grãos torrados do lugar e a voz de uma cantora emotiva no rádio. O café está quase vazio, meio quieto naquele fim de manhã. Imogen está atrás do balcão, o cabelo preto caindo nos olhos, e quando ela levanta a cabeça ao ouvir a sineta da porta, vejo flashes de culpa e pânico passando por seu rosto antes que ela consiga se controlar.

— Ai, meu Deus — diz ela quando se recompõe, saindo de detrás do balcão para me dar um abraço rápido e insosso, e depois me segura com os braços esticados igual a uma tia-avó avaliando

99 dias 15

quanto eu cresci. Literalmente, no meu caso, engordei uns sete quilos desde que fui embora para o Arizona, e embora ela não faça nenhum comentário sobre isso, sinto que está me analisando. — Você está aqui!

— Sim — concordo com uma voz estranha e falsa. Ela usa um vestido de tule embaixo do avental do French Roast e tem uma pequena mancha azul-escura na lateral de sua mão, como se tivesse ficado acordada até tarde trabalhando em um dos retratos que desenha à tinta desde que éramos crianças. Todo ano, no aniversário dela, compro um conjunto novo de marcadores, desses que a gente encontra em lojas chiques de material artístico. Quando estava em Tempe, eu fazia a compra on-line e mandava entregar na casa dela. — Recebeu minhas mensagens?

Imogen mexe a cabeça, e o movimento é uma mistura de sim e não.

— É, meu telefone anda meio esquisito — diz, e sua entonação dá a impressão de que ela não tem muita certeza do que diz. Depois dá de ombros, sempre estranhamente graciosa, apesar de ter um metro e oitenta desde que estávamos no fim do fundamental. De algum jeito, nunca debocharam dela. — Ele apaga algumas coisas. Preciso de um celular novo. Vem, vou te servir um café. — Ela volta para trás do balcão, passa pela prateleira de canecas que eles dão às pessoas que planejam passar um tempo em um dos sofás e me serve em um copo descartável para viagem. Não sei se é um recado. Ela não aceita quando tento pagar.

— Obrigada. — Meu sorriso é meio desconcertado. Não estou acostumada a ter conversas vazias com ela. — E aí, RISD, mesmo? — Tento achar um assunto. Vi no Instagram que ela vai para lá no outono, uma selfie na qual ela sorri satisfeita vestida com o moletom da Rhode Island School of Design. Mal acabo de falar e já percebo como é totalmente bizarro que eu tenha descoberto *isso* por uma rede social. Houve um tempo em que contávamos tudo uma a outra... ou *quase* tudo. — Vamos ser vizinhas no outono, Providence e Boston.

— Ah, é — responde ela com ar distraído. — Mais ou menos uma hora, não é?

— Sim, mas uma hora não é muita coisa. — Parece que existe um rio entre nós, e não sei como construir uma ponte. — Olha, Imogen... — começo, mas paro meio sem jeito. Quero pedir desculpas por ter desaparecido sem deixar rastro, quero contar sobre minha mãe e sobre Julia, sobre ter vindo para passar mais noventa e cinco dias na cidade e estar apavorada, precisando de todos os aliados que puder encontrar. Quero contar tudo a Imogen, mas, antes de falar qualquer outra coisa, sou interrompida pelo som de notificação de mensagem dentro do bolso do avental dela.

E isso porque o celular está apagando as coisas... Imogen fica vermelha.

Respiro fundo.

— Tudo bem — digo, ajeitando meu cabelo castanho e ondulado atrás das orelhas bem na hora em que um grupo de mulheres com roupas de ioga entra na loja, todas falando com entusiasmo sobre qualquer coisa descafeinada e sem gordura. — A gente se vê por aí, não é? — pergunto, dando de ombros.

Imogen responde que sim com a cabeça e acena.

Volto para onde deixei o carro estacionado, ignorando o enorme display de AUTORA LOCAL! na vitrine da única livraria de Star Lake, do outro lado da rua. Um milhão de cópias de *Driftwood* à venda por um preço bem baixo, mais a minha dignidade. Estou tão dedicada a ignorar os livros que demoro para perceber o bilhete preso embaixo do limpador de para-brisa. É a caligrafia da Julia em tinta cor-de-rosa no verso de um cardápio de comida chinesa para viagem:

vadia suja

O pânico é frio, úmido e escorregadio por um segundo, imediatamente substituído pela onda quente de vergonha; meu estômago se contrai. Tiro o cardápio do para-brisa e amasso o papel mole e pegajoso no punho fechado.

99 dias 17

E, claro, lá está ele, parado no sinal fechado no fim do quarteirão: o Bronco dos Donnelly, velho, grande e verde, ainda com o amassado da batida de Patrick na caixa do correio quando estávamos na primeira série do ensino médio. O mesmo carro em que os três aprenderam a dirigir, o mesmo em que todos nós entrávamos para Gabe nos levar à escola durante o nono ano. O cabelo preto de Julia brilha ao sol quando o sinal abre e ela vai embora.

Eu me obrigo a respirar fundo três vezes antes de jogar o cardápio no banco do passageiro do meu carro, e mais duas vezes antes de deixar o estacionamento. Seguro o volante com força para minhas mãos pararem de tremer. Julia já era minha amiga antes de eu conhecer os irmãos dela. Talvez faça sentido que ela me odeie mais que todo mundo. Eu me lembro de tê-la encontrado aqui pouco tempo depois da publicação do artigo, de como ela virou e me viu ali em pé com meu latte, o ódio eloquente estampado em seu rosto.

— Por que diabos tenho que te ver em todos os lugares, Molly? — perguntou ela com um tom muito frustrado, como se realmente quisesse saber para poder resolver esse problema, para impedir que ele continuasse se repetindo. — Pelo amor de Deus, por que você não vai embora?

Voltei para casa e liguei para Bristol naquela mesma tarde.

Mas agora não tem nenhum lugar para onde eu possa ir. Só quero voltar para casa e me enfiar embaixo das cobertas com um documentário sobre o fundo do mar, ou qualquer coisa assim, mas me obrigo a parar no posto de gasolina para encher o tanque e comprar mais tubinhos de alcaçuz, como havia planejado.

Não posso passar o verão inteiro desse jeito.

Posso?

Estou colocando o cartão de crédito na bomba de gasolina quando uma grande mão toca meu ombro.

— Cai fora daqui! — diz uma voz profunda.

Eu me viro com o coração disparado e pronta para brigar, mas percebo que o comentário é uma exclamação, não uma ameaça.

Antes de perceber que aquela voz é do *Gabe*.

— Você *voltou*? — pergunta incrédulo, o rosto bronzeado de sol iluminado por um sorriso largo, relaxado. Gabe usa um short cáqui desfiado, óculos modelo aviador e camiseta da Notre Dame, e parece mais feliz por me ver do que qualquer outra pessoa que encontrei até agora.

Não consigo me controlar: começo a chorar.

Gabe não se abala.

— Ei, ei — diz ele com tranquilidade antes de me abraçar. Gabe tem cheiro de sabonete de fazenda e de roupa seca no varal. — Molly Barlow, por que está chorando?

— Não estou — respondo, apesar de já ter molhado a frente de sua camiseta. Recuo e enxugo os olhos, balançando a cabeça. — Ai, meu Deus, não estou, desculpa. Isso é constrangedor. Oi.

Gabe continua sorrindo, embora pareça um pouco surpreso.

— Oi — diz, limpando meu rosto com uma das mãos. — Bem, seja bem-vinda de volta. Como tem passado? Dá para ver que está curtindo o retorno à atmosfera afetuosa de Star Lake.

— Aham. — Fungo uma vez e me controlo, ou quase... caramba, não sabia que estava tão desesperada por um rosto amigo, isso é ridículo. Ou melhor, eu *sabia*, mas não esperava desabar desse jeito quando o visse. — Tem sido incrível. — Enfio o braço pela janela aberta do Passat e entrego a ele o cardápio amassado. — Por exemplo, aqui está o cartão de boas-vindas que sua irmã mandou para mim.

Gabe pega o cardápio, desamassa o papel, olha para ele e assente.

— Estranho — diz, calmo como a superfície do lago no meio da noite. — Ela deixou a mesma coisa no meu carro hoje de manhã.

Arregalo os olhos.

— Sério?

— Não. — Gabe dá risada quando faço uma careta, depois seus olhos escurecem. — Você está bem? Isso é meio maluco e horrível da parte dela, na verdade.

Suspiro e reviro os olhos para mim mesma, para a situação, para o absurdo da confusão que arrumei.

— É... tanto faz — respondo, tentando me mostrar fria ou superior ou qualquer coisa assim. — Estou bem. É assim mesmo.

— Mas é injusto, não é? Quero dizer, se você é uma vadia suja, eu também sou.

Dou risada. Não consigo evitar, embora seja muito estranho ouvir Gabe falando daquele jeito. Nunca conversamos sobre o que aconteceu, nem mesmo quando o livro e o artigo foram publicados e o mundo desabou sobre a minha cabeça. Talvez já tivesse passado tempo suficiente para ele não dar mais tanta importância a tudo isso, embora aparentemente fosse o único a pensar assim. Para mim, tudo ainda é muito grande e importante.

— É, você é — concordo, e o vejo amassar e jogar o cardápio por cima do ombro, errando a lata de lixo ao lado da bomba de combustível. — Jogando lixo no chão? — comento com uma careta.

— Põe na lista — responde, como se não se preocupasse com esse ou outros deslizes em seu histórico de bom cidadão. Gabe era presidente do conselho de estudantes da terceira série. Patrick, Julia e eu colamos os cartazes de sua campanha na escola. — Olha, as pessoas são babacas. Minha irmã é uma babaca. E meu irmão... — Ele para e dá de ombros. O cabelo castanho cobre as orelhas, com aquele tom de mel mais claro que o dos irmãos. O cabelo de Patrick é quase preto. — Bem, meu irmão é meu irmão, mas ele não está aqui. Aliás, e *você*, o que está fazendo? Trabalhando?

— Eu... ainda não — confesso, me sentindo repentinamente envergonhada por ter me tornado uma reclusa, humilhada por não ter praticamente ninguém aqui que queira me ver. Gabe tem um milhão de amigos desde que a gente se conheceu. — Estou me escondendo, principalmente.

Ele balança a cabeça como se me entendesse.

— Acha que vai se esconder amanhã também?

Eu me lembro de uma vez, eu tinha uns dez ou onze anos, quando pisei em um caco de vidro na beira do lago, e Gabe me carregou para casa de cavalinho. Lembro que mentimos para o Patrick por um ano inteiro. Meu rosto está meio inchado, com aquela sensação de pós-choro, como se alguém tivesse enfiado algodão no meu cérebro.

— Não sei — respondo cautelosa, intrigada apesar de tudo. Talvez seja a dor constante da solidão, mas dar de cara com Gabe me faz sentir que alguma coisa vai acontecer, uma curva em uma estrada de terra. — Provavelmente. Por quê?

Ele sorri para mim feito um mestre de cerimônias, como alguém que suspeita de que preciso de um pouco de animação na vida, e se prepara para suprir essa necessidade.

— Pego você às oito — é tudo o que ele diz.

dia 5

Gabe chega na hora marcada e aperta duas vezes a buzina da perua para me avisar que está lá fora. Desço a escada mais depressa do que fiz qualquer outra coisa desde que cheguei aqui, as botas rangendo no assoalho de madeira. O cabelo comprido está solto cobrindo minhas costas.

— Vai sair? — pergunta minha mãe do escritório. A voz dela parece surpresa, o que é compreensível, acho, já que meu círculo social consiste, até agora, de Vita, Oscar e o robozinho da Netflix que sugere coisas com base no que a gente já assistiu. — Com quem?

Quase não falo a verdade, o impulso de mentir é como um reflexo. Não quero ir parar no Clube do Livro da Oprah mais uma vez. Mas decido que não me importo.

— Com o Gabe — anuncio com um tom de desafio. Não espero pela resposta dela.

Gabe está na entrada da garagem com o motor ligado e um CD do Bob Dylan no player. Os pais dele foram hippies, Chuck manteve o cabelo comprido até Patrick e Julia terem cinco anos, e nós dois crescemos ouvindo esse tipo de música na casa deles.

— Oi, sumida — diz quando entro no carro. — Já destruiu algum lar hoje?

— Ainda não — respondo, revirando os olhos enquanto prendo o cinto de segurança. Só quando solto o ar que nem sabia que estava prendendo eu percebo que passei o dia todo ansiosa por esse momento. Mas não era necessário, é claro; era só o Gabe, alguém que eu conhecia desde a pré-escola; Gabe, meu cúmplice no crime, literalmente. — Mas, sabe como é, ainda está cedo.

Saímos da cidade e continuamos por mais quinze minutos até chegarmos ao Frank's Franks, um trailer de cachorro-quente em um estacionamento no acostamento da estrada onde os pais dele costumavam nos levar quando éramos bem pequenos. A área estava toda enfeitada com luzes de Natal, e havia mesas de piquenique grudentas de umidade e muitas camadas de tinta brilhante. Famílias tomam sorvete em grupos barulhentos. Um bebê se agita no carrinho. Um menino e uma menina brincam em um trepa-trepa ao anoitecer. O braço de Gabe encosta no meu quando estamos na fila esperando para pagar. *Ele ficou mais bonito*, penso, notando que seu peito se alargou desde que o vi pela última vez, há dois anos, antes de ele ir para a Notre Dame. Ficou tão alto que chega a ser assustador.

Sentamos em uma mesa livre, e minhas botas ficam lado a lado com os chinelos de couro dele. Gabe pegou um barco de papel enorme cheio de anéis de cebola, e o cheiro de massa frita e da grelha se misturam no ar. Seu corpo quente ao lado do meu é o máximo que me aproximei de um garoto desde que Patrick disse que não queria me ver nunca mais. Em Tempe eu não tinha exatamente um namorado.

— E aí, o que veio fazer aqui? — pergunta.

Bebo um pouco do meu refrigerante e balanço a mão para espantar um mosquito que se aproxima do meu joelho nu.

— Terminei o colégio — respondo. — Não tinha para onde ir depois da formatura. Dava pra fugir, eu acho, mas...

— Não dava pra se esconder — completa ele, repetindo a conversa que tivemos no dia anterior no posto de gasolina. Sorrio. Ficamos sentados em um silêncio confortável por cerca de um minuto. É estranho estar assim com Gabe. Eu era menos próxima dele do que de todos os outros Donnelly antes de tudo

99 dias 23

acontecer. Ele não era a pessoa para quem eu contava meus segredos, não até tudo desmoronar com Patrick, pelo menos. Nunca foi Gabe quem soube de todas as minhas coisas. Deve ser por isso que ele agora é o único que ainda fala comigo.

Comemos nossos cachorros-quentes e ele me conta sobre a faculdade em Indiana, onde cursa biologia, como veio passar o verão em casa e que está trabalhando na pizzaria para ajudar sua mãe.

— Como ela está? — pergunto, me lembrando do rabo de cavalo e do sorriso largo de Connie, e de como, em vez de se dobrar sobre si mesma feito um origami depois da morte de Chuck, ela ergueu ainda mais a cabeça. O pai de Gabe, Patrick e Julia teve um infarto à mesa da cozinha da casa deles quando eu tinha quatorze anos e estava jantando com eles, bem no meio de uma discussão entre Gabe e Patrick sobre de quem era a vez de lavar o barco, o *Sally Forth*. Connie vendeu a embarcação no verão seguinte. E cuida da pizzaria sozinha.

— Está bem — responde Gabe, e eu sorrio. Falamos sobre coisas bobas. Uma festa à fantasia à qual ele foi duas semanas atrás, onde todos os caras foram vestidos como suas mães, e o que víamos na televisão.

— Uau. — Gabe ri quando conto vários fatos realmente interessantes sobre a Lei Seca e a Ferrovia Transcontinental, coisas que aprendi em todos os documentários a que tenho assistido. — Está realmente desesperada por contato humano, não é?

— Cala a boca — respondo, rindo, e ele me oferece o último anel de cebola com um sorriso culpado. Faço uma careta, mas aceito mesmo assim. Afinal, ele não está errado.

— Bem — diz Gabe ainda sorrindo. Seus olhos são azuis e profundos feito a água do lago. Do outro lado da área do trailer, um carro ronca e sai do estacionamento, a luz dos faróis cortando uma faixa radiante na escuridão do verão. — Estou muito feliz por você ter voltado, Molly Barlow.

dia 6

— **Espera aí, você está *sorrindo?*** — pergunta minha mãe na manhã seguinte, olhando para mim do balcão da cozinha, incrédula.

Sorrio dentro da xícara de café e não respondo.

dia 7

Acordo cedo com uma coceira no corpo que não sinto há muito tempo, mas a identifico imediatamente. Fico ali deitada embaixo do edredom, esperando para ver se passa. O sol derrama sua luz amarela pela janela. O ar tem um cheiro fresco e molhado, típico de Star Lake. Cochilo por mais dez minutos. Reavalio.

Não. Continua lá.

Finalmente, levanto da cama e visto uma legging velha que tiro do fundo da gaveta de baixo da cômoda, encolhendo a barriga ao sentir quanto a cintura está apertada. Faço uma careta e começo a desamarrar os laços dos tênis, que têm um ano.

É bem provável que eu caia dura depois de quinhentos metros, que acabe deitada igual a um guaxinim gordo e atropelado no acostamento da estrada.

Mas quero correr.

Minha mãe está tomando café na cozinha quando desço, mas, sabiamente, decide não comentar sobre minha súbita aparição do terceiro andar da torre, limitando-se a observar em silêncio quando prendo a guia na coleira de Oscar.

— Devagar com ele, hein — é tudo o que ela diz, provavelmente a primeira vez que pede para alguém ir devagar com outra criatura em toda a sua vida. — Ele não se exercita muito.

— Não se preocupe — resmungo, enfiando os fones de ouvido na orelha e me dirigindo à porta dos fundos. Aceno para

26 Katie Cotugno

Alex, que está podando alguns arbustos, e começo a descer pela entrada da garagem para a rua. — Eu também não.

Fui da equipe de corrida da escola desde a metade do fundamental até o ensino médio. Na metade da primeira série, Bristol tentou me recrutar para a equipe de corrida deles, e foi assim que fiquei sabendo que existiam. Quando fui para Tempe depois que tudo aconteceu, porém — a corrida mais longa e mais veloz de toda a minha vida —, isso acabou. Passei o último ano do colégio estacionada nas arquibancadas, praticamente imóvel. Agora me sinto um Homem de Lata pálido e enferrujado, rangendo na tentativa de voltar à vida.

Sigo pela ciclovia de pedra paralela à Rota 4, que mais adiante se estreita e se torna a Star Lake Road. Patrick e eu sempre corríamos por ali, quando estava quente como agora e também no inverno, quando a beirada do lago congelava e a neve cobria os aparentemente delicados galhos dos pinheiros. Ele ganhou um pulôver verde no Natal da primeira série do ensino médio, e eu me lembro de observá-lo quando corríamos pela paisagem cinza, pensando que ele parecia uma ave exótica. Observava Patrick o tempo todo, seu corpo rápido e elegante. Nós dois levávamos a sério a rotina de corrida naquela época. Acho que a maioria dos treinos em torno do lago era uma desculpa para ficarmos sozinhos. Namorávamos desde o outono anterior, mas tudo ainda era novo, secreto e excitante, como se ninguém tivesse vivido aquilo antes de nós.

— Gabe me contou que ele e Sophie Tabor vieram nadar pelados aqui no outono — ele me disse uma tarde, quando terminamos as voltas e sua mão nua segurou a minha dentro da luva.

Pus minha mão e a dele no bolso da jaqueta para aquecê-las.

— Sério? — Estava distraída com a sensação de tê-lo tão perto. Torci o nariz. — Não acha que *nadar pelado* é uma expressão grosseira? Tem alguma coisa nela que me incomoda. Tipo *úmido*.

— Ou *ceroula*.

— Não fala *ceroula* — ordenei.

99 dias 27

— Desculpa. — Patrick riu para mim, batendo com o ombro no meu quando acompanhamos a curva gelada do lago. Um halo pálido de luz do sol ultrapassava as nuvens de inverno. — Mas a gente devia experimentar.

— O quê? — perguntei, confusa. — Nadar pelados? — Olhei para a grossa camada de gelo que cobria o solo, depois de novo para ele. — Devíamos, é?

— Bem, não agora — Patrick explicou, e afagou minha mão dentro do bolso. — Quero ir à formatura sem nenhum membro congelado. Mas, quando o tempo esquentar, sim. A gente devia.

Olhei para ele naquela luz branca e gelada, intrigada e curiosa; um arrepio percorreu meu corpo. Até então, não tínhamos passado dos beijos.

— Neste verão — concordei, e me levantei na ponta dos pés para beijar o canto de sua boca.

Patrick virou a cabeça e segurou meu rosto entre as mãos.

— Amo você — disse, e eu sorri.

— Também amo você.

Não sei se é a lembrança ou o exercício que me deixa sem ar, mas seja o que for, pouco mais de um quilômetro ofegante depois, Oscar e eu temos que parar de correr e andar um pouco. Ali as estradas são sinuosas e cheias de árvores; um ou outro carro passa de vez em quando. As árvores formam um toldo sobre a pista asfaltada, mas, mesmo assim, estou suando dentro da camiseta de gola em V; o ar da manhã começa a esquentar. Quando passamos pela saída para a Pousada Star Lake, puxo a coleira num impulso e sigo pelo conhecido caminho de cascalhos em direção à clareira onde fica o velho resort, vendo as Catskills ao longe e o lago propriamente dito brilhando aos pés delas.

Trabalhei na pousada por três verões inteiros antes de ir embora daqui, entregando toalhas à margem do lago e cuidando da lojinha de presentes no saguão — muitos alunos do meu colégio também trabalharam lá, alguns servindo mesas no restaurante, outros dando aulas de natação na piscina. Patrick e Julia vinham me visitar nos turnos livres de trabalho da pizzaria; até Imogen esteve por aqui durante alguns meses na primeira série, quando o French Roast fechou para reforma. Era divertido de um jeito desprezível, com o carpete rosa desbotado e o elevador antigo que não funcionava desde antes de eu nascer. O lugar estava sempre quase fechando e, aparentemente, isso havia acontecido, afinal: o estacionamento está deserto, e o gramado na frente do prédio está salpicado de cocô de ganso. As cadeiras de balanço na varanda se movem de um jeito meio sinistro com a brisa que sopra da água. Mas tem uma luz lá dentro, e quando tento abrir a porta principal, ela cede e se move para dentro do saguão vazio, onde ainda está a mesma mobília de estampa rosa desbotada de que me lembro.

Estou virando para sair dali, porque o lugar parece abandonado e sinistro, quando um mennininho com um tênis de LED aparece correndo no saguão como se tivesse saído de *O iluminado*, pulando em cima de um dos sofás antes de continuar pelo corredor que leva à sala de jantar. Sufoco um grito.

— Fabian! Fabian, o que eu *acabei* de falar sobre correr aqui dentro? — Uma mulher alta, de uns trinta e poucos anos, vestindo jeans skinny e camiseta da polícia de Nova York, entra no saguão e para ao me ver na porta espiando o lugar feito uma lunática. — Ah. Você é a nova assistente? — ela me pergunta, olhando para trás, para o corredor por onde Fabian desapareceu. A mulher parece irritada. Cachos bem fechados emolduram seu rosto. — Está atrasada.

— Bem, não. — Balanço a cabeça, constrangida. Era estranho estar ali. Não sei o que é isso, mas desde que voltei estou indo a todos os lugares onde não sou bem-vinda. É meio que um novo hobby. — Desculpa, eu já trabalhei aqui. Não sabia que tinham fechado a pousada.

— Vamos reabrir no verão — a mulher me conta. — Sob nova administração. Queríamos abrir no Memorial Day, mas acho que nunca tive uma fantasia mais louca que essa. — Vejo que ela analisa minha roupa suada e os tênis, o rabo de cavalo úmido e o rosto vermelho. — O que você fez?

Por um segundo insano, imagino que ela está falando sobre Gabe e Patrick — porque é assim que a culpa me domina, como se uma desconhecida pudesse farejar a história em mim —, mas depois percebo que ela quer saber o que fiz quando trabalhava aqui, e então lhe explico.

— Sério? — diz ela, interessada. — Bem, estamos contratando. Assistente pessoal da nova proprietária. Na verdade, já contratamos uma, mas ela está atrasada e você está aqui. Vou considerar um sinal. É uma coisa que faço, interpreto sinais. Isso deixa meus filhos muito nervosos.

Não consigo evitar um sorriso. Não estava procurando emprego, principalmente em um lugar onde é perfeitamente possível encontrar muita gente que me odeia, mas tem alguma coisa nessa mulher que me convence, que acende em mim o mesmo tipo de expectativa que tive quando encontrei Gabe no posto de gasolina no outro dia.

— Quem é a nova proprietária? — pergunto.

Ela sorri para mim, um sorriso radiante e firme, como se tivesse um segredo que quer dividir e estivesse feliz por eu estar ali para ouvir.

— Sou eu. — A mulher estende a mão de pele negra e aperta a minha, confiante. — Pennsylvania Jones. Pode me chamar de Penn. Você começa amanhã?

dia 8

Meu primeiro dia de trabalho como assistente de Penn consiste em localizar e copiar as mil e quatrocentas listas de tarefas que ela fez e perdeu pela propriedade, rabiscadas em guardanapos de papel no bar e presas na porta do refrigerador de aço inoxidável na cozinha. Encontrei uma presa ao quadro de atividades da piscina, e só havia uma palavra escrita: CLORO. Quando tive certeza de que havia recolhido todas as listas, preenchi sete folhas de papel timbrado da Pousada Star Lake, frente e verso.

— Ah, pelo amor de Deus — diz Penn quando bato na porta do escritório e entrego as listas.

A mesa está coberta de ordens de serviço e recibos. Penn tem um sotaque nova-iorquino em sua voz irritada. Ela e os filhos — Fabian, de seis anos, e uma menina chamada Desi, que não pode ter mais que quatro e não falou uma palavra durante todo o tempo que estive na sala — se mudaram do Brooklyn para cá na primavera passada, ela me contou hoje de manhã. Não falou nada sobre o pai das crianças, e eu também não perguntei.

— Tudo bem, vou dar uma olhada nisso depois da reunião de equipe, ok? Marquei às duas da tarde no saguão com todo mundo. Queria encomendar donuts. Eu falei para você ou só pensei e não disse nada?

— Você falou — respondi, saindo do escritório atrás dela e seguindo pelo corredor escuro revestido de madeira. — Fui buscar os donuts na hora do almoço.

— Ah, você é boa — diz Penn, mas já não estou ouvindo mais nada.

Paro na passagem em arco para o saguão, onde duas dúzias de pessoas se espremem nas poltronas e nos sofás em volta da grande lareira, rostos tão conhecidos que, por um momento, fico literalmente paralisada. Elizabeth Reese, que foi secretária do conselho estudantil por três anos seguidos; Jake e Annie, que conheço desde antes do jardim de infância e que namoram mais ou menos desde então. Ela o cutuca com o cotovelo quando me vê, as sobrancelhas cuidadosamente desenhadas com pinça subindo até quase encostar na raiz dos cabelos. Em seguida, ela se vira com um gesto dramático.

Penso no bilhete deixado no meu para-brisa, *vadia suja*, e sinto um arrepio quente ao imaginar que todo mundo ali também o viu, ou escreveu, ou está pensando nele, mesmo que não tenha feito uma coisa nem outra. Era assim antes de eu ter ido embora. Certa vez, Julia ligou para o telefone da minha casa e deixou um recado fingindo ser alguém de uma clínica de exames pré-natal, dizendo que meus exames de ISTs haviam dado positivo, e me lembro de ter ficado agradecida quando isso aconteceu, porque apenas minha mãe testemunhou aquele ataque. Talvez eu tenha merecido o jeito como todo mundo passou a me tratar depois que o livro e o artigo foram publicados, como se eu tivesse algum tipo de doença social contagiosa. Mas nem por isso queria passar por tudo aquilo outra vez.

Se Penn notou as pessoas me encarando — e elas estavam: ou se inquietavam e mudavam de posição, ou cochichavam cobrindo a boca com a mão, como a menina que havia sido da minha turma de inglês —, não disse nada.

— Todo mundo pegou um donut? — ela começa.

É uma reunião rápida, apenas as boas-vindas à nova pousada e algumas explicações sobre como usar o velho relógio de ponto. Olho em volta para ver quem mais está ali. Um chef de cozinha de meia-idade e seus subordinados, que conheci hoje de manhã quando eles preparavam a cozinha, e a camareira que estava arejando os quartos de hóspedes, abrindo as velhas janelas. Três amigas de Julia da equipe de líderes de torcida, todas empoleiradas no sofá de couro e enfileiradas como pássaros em cima de um fio, três tranças idênticas sobre ombros muito magros. Faço um esforço para manter as costas eretas ali no canto, em vez de me encolher feito uma planta malnutrida diante da tripla expressão de desprezo casual. A que está à esquerda olha para mim e move os lábios formando com muita clareza a palavra *piranha*. Cruzo os braços, me sentindo nua. Quero sair de dentro de mim.

Mais tarde, levo meu donut para a varanda dos fundos, com vista para o lago, e fico ali tirando os confeitos e tentando me recuperar. Tem uma garota mais ou menos da minha idade vestida com short e tênis lavando as espreguiçadeiras com uma mangueira, o cabelo vermelho amontoado de qualquer jeito em um coque no topo da cabeça. Ela se assusta quando me vê, e o alarme fica estampado em seu rosto.

— Merda — resmunga, olhando para o relógio de pulso e depois para mim, franzindo a testa. — Perdi a reunião? Perdi a reunião, não é? *Merda*.

— Ah... é. Mas acho que tudo bem. E acho que ainda tem donuts.

— Bem, nesse caso — diz ela, largando a mangueira e subindo a escada da varanda com a mão estendida. Sua pele é muito pálida embaixo do rubor rosado de sol. — Meu nome é Tess. Sou chefe dos salva-vidas, ou serei, quando tiver alguém para nadar aqui. Por enquanto, sou só a garota com a mangueira nas mãos. — Ela torce o nariz. — Desculpa, a piada não pareceu tão pesada na minha cabeça. Você começou aqui hoje?

Dou risada — a primeira do dia — e o som da gargalhada é tão desconhecido que me assusta.

— Primeiro dia — respondo. — Mais ou menos. Eu sou a Molly, assistente da Penn. — Explico que já trabalhei aqui, que

99 dias 33

saí da cidade e voltei só para passar o verão. Depois dou uma mordida no donut.

Tess assente.

— Por isso não reconheci você, então — diz. — Moro aqui, tipo, há um ano. Vim fazer o último ano do colégio. — E aponta para o meu donut. — Tem certeza de que tem mais lá dentro?

— Tem — garanto, abrindo a porta de tela e seguindo Tess para o interior fresco e escuro. — Tem até os mais disputados.

Tess bufa.

— Dei sorte nisso, pelo menos — diz, e continuamos andando para a sala de jantar antiquada onde há pelo menos meia dúzia de lustres de bronze empoeirados. — Não sei se achei que isso seria glamouroso, ou algo assim. Trabalhar em um hotel? Mas meu namorado vai passar o verão todo fora, e decidi ocupar meu tempo. Trabalhar o tempo todo sem ter vida social.

— É mais ou menos o meu plano — concordo, olhando em volta à procura do covil de amigas horrorosas da Julia, omitindo que *não ter vida social*, no meu caso, não é exatamente uma opção. Já gosto de Tess; a última coisa que quero fazer é me identificar (ou pior, ser identificada por alguém) como a simpática vizinha adúltera e destruidora de famílias. — Seu namorado foi para onde?

O saguão está vazio quando entramos. Tess escolhe um donut coberto de chocolate e morde.

— Ele está no Colorado — conta com a boca cheia, engolindo e pegando um guardanapo de papel. — Desculpa, que grosseria. Ele foi fazer um trabalho voluntário de bombeiro. Acho que viu um filme sobre o assunto, sei lá. Nem sei.

Ela está brincando, mas dessa vez não dou risada. Meu coração está apertado, e tenho a sensação de que caiu do peito e foi parar no carpete desbotado da sala de jantar. O que o substituiu é frio, pegajoso e molhado em meu peito.

Ele não viu filme nenhum, penso, atordoada. *Ele quer combater incêndios desde que éramos crianças.*

— Seu namorado... — começo, e paro sem conseguir concluir a frase. Ela não pode... não pode ser. De jeito *nenhum*. — Quer dizer, como ele se...?

Tess sorri para mim, simpática e relaxada. Tem um pouco de chocolate do donut em seu lábio superior.

— Patrick Donnelly. — O carinho é palpável em sua voz, como quando a gente fala de uma canção, de um filme ou de uma pessoa favorita. — Por quê? Você o conhece?

Ele era meu melhor amigo. Foi meu primeiro amor. Fiz sexo com o irmão dele. Parti seu coração.

— Sim — respondo finalmente, pegando mais um donut e forçando um sorriso amarelo. — Conheço.

Um momento de silêncio. Tess ainda sorri, mas seus olhos perdem o brilho, ficam confusos. Em seguida, ela conclui:

— *Molly*. — Como se meu nome fosse a resposta para uma pergunta enigmática em um jogo de adivinhação; como se, no fundo, ela soubesse desde o princípio, mas não tivesse pensado na palavra a tempo. Como se perdesse a partida. — Uau. Oi.

— Oi. — Aceno de um jeito muito esquisito, embora ela esteja a trinta centímetros de mim. Meu Deus, por que insisto em sair de casa? — Desculpa. Não quis ser esquisita. Só não sabia...

— É, nem eu. — Tess engole o restante do donut como se fosse uma dose de uísque, torcendo o nariz e deixando o guardanapo amassado sobre a mesinha lateral. Por um segundo, nenhuma de nós fala nada. Eu a imagino telefonando para o Patrick no Colorado: *Conheci o lixo da sua ex-namorada hoje de manhã.* Deliberadamente, não faço ideia de como ele vai responder.

— Foi bom conhecer você — digo finalmente, querendo sair do saguão como nunca quis nada desde que cheguei aqui. Será que ela fez amizade com a Julia? Ajudou a jogar ovos na minha casa? Foi idiotice alimentar esperanças, mesmo que por um segundo. Foi idiotice aceitar esse emprego. — Acho... que a gente se vê por aí.

99 *dias* 35

— Acho que sim. — Ela balança a cabeça para cima e para baixo e acena meio desajeitada quando me afasto em direção ao corredor que leva à cozinha. Imagino que posso senti-la atrás de mim pelo resto da tarde.

Estou sentada no balcão de reservas no saguão, já quase no fim do meu horário, fazendo uma lista de revistas e sites onde podemos anunciar, quando a porta da frente abre e Imogen entra na pousada.

— Ah, oi! — diz ela ao me ver, claramente surpresa. A mesma expressão que vi no café outro dia, como se eu a surpreendesse de um jeito nada bom. — Está trabalhando aqui de novo?

Respondo que sim com a cabeça, ajeito o cabelo atrás das orelhas e tento sorrir. Odeio como tudo ficou tremendamente estranho entre nós, feito peças de quebra-cabeça que entortaram e não se encaixam mais corretamente. Imogen nunca me tratou mal antes de eu ir embora.

— Inauguração em duas semanas — tento assim mesmo. — Vai ter jogos e fogos de artifício. Veio se inscrever para a corrida de três pernas?

Imogen balança a cabeça, sorrindo aquele sorriso tolerante que a gente usa com uma criança pequena que acabou de perguntar alguma coisa absurda.

— Vim buscar minha amiga Tess. — Seu vestido tem botões frontais e estampa de folhas miudinhas. — Ela também trabalha aqui. Vamos comer, talvez ir de carro até Silverton e ver um filme.

Mordo a boca por dentro. É *claro* que elas são amigas, óbvio que seriam. Por um segundo, penso de um jeito mesquinho naquele filme *A malvada*, que minha mãe adora, em que uma jovem atriz rouba a identidade de outra mulher.

— Eu conheci a Tess — digo. Quero perguntar se ela e Patrick namoram firme, se estão juntos desde setembro do ano passado, se ele a ama mais do que me amava. — Ela é legal.

36 *Katie Cotugno*

— Quer ir com a gente? — Imogen me convida com um tom estridente e hesitante. — Acho que vamos só à lanchonete, mas você pode... vir também.

Caramba, aquele era o convite menos convidativo que eu já tinha recebido.

— Tenho umas coisas para terminar aqui — respondo, balançando a cabeça. Mas sinto falta dela. Não posso negar. Quando éramos pequenas, usávamos o cabelo sempre exatamente igual. — Mas a gente pode sair para jantar qualquer dia, só nós duas, colocar a conversa em dia? Eu levo bolo, você joga as cartas para mim? — A mãe de Imogen é maluca por tarô desde que eu a conheço; Imogen ganhou um baralho quando fez treze anos. Ela sempre lia as cartas para mim, espalhava-as devagar e com cuidado sobre meu edredom fofo e fazia aquele ruído característico quando virava as cartas: quatro de espadas, sete de ouros. O enforcado. O sol. Eu sempre pagava em bolo de chocolate da lanchonete na rua principal, que eu acho seco, farelento e um nojo, tanto o bolo quanto a lanchonete, mas de que Imogen gosta mais do que de qualquer outro.

Ela dá de ombros e balança a cabeça, sacudindo a franja reta.

— Não faço mais isso — diz. — As cartas. Mas, sim, vamos jantar, é claro.

Estou quase sugerindo um dia quando nós duas vemos Tess atravessando o saguão e segurando um pedaço de melancia. Imogen sai tão depressa que não tenho tempo nem de me despedir.

— Tenho que ir — ela fala olhando para trás. A porta da pousada se fecha com um baque.

dia 9

Na tarde seguinte, quando volto da pousada para casa, estou destruída depois de ter passado boa parte do meu horário ajudando a tirar os móveis velhos da sala de jantar para a remoção do carpete feio pela manhã — trabalho do qual eu gostei muito, na verdade, porque significava que ninguém podia falar comigo. Tudo que quero é um banho, seguido por um mergulho de cara na cama, mas minha mãe está na cozinha, cortando fatias de limão para acrescentar ao chá gelado que ela bebe aos litros sempre que está trabalhando em um livro, vestindo jeans e regata de seda, descalça sobre o piso de madeira. Ela cresceu nesta casa, pisa nessas mesmas tábuas barulhentas e largas desde que era um bebê. Nasceu na suíte principal lá em cima.

Eu nasci em um hospital municipal em Farragut, Tennessee, filha de um casal mais novo do que eu sou agora e que não pôde ficar comigo. *A noite em que Molly veio para casa* era uma história que eu ouvia antes de dormir quando era pequena.

— Eu escolhi você — minha mãe gostava de dizer quando estávamos as duas embaixo do edredom, meus pezinhos tocando os joelhos dela e meu cabelo espalhado sobre os travesseiros. Minha mãe nunca foi muito de tranças ou fitas. — Escolhi você, bebê Molly. Tudo o que eu queria no mundo era ser sua mãe.

Diana Barlow nunca precisou de imaginação para criar uma boa história.

Tudo bem, é *possível* que eu esteja editando um pouco. Mesmo assim, para alguém que queria tanto um bebê, sempre pareceu meio engraçado como minha mãe nunca foi maternal. Não que ela fosse uma rainha de gelo como a de *O jardim dos esquecidos* — nunca foi dura ou cruel, sempre disse que me amava e eu acreditei nela —, mas agia de um jeito que dava a entender que ela ficava meio *entediada* com coisas de criança, como Patrick, Julia e eu gritando o dia inteiro no quintal. Era como se um dia ela tivesse acordado e encontrado uma estranha criatura de um livro vivendo em sua casa, com ela, e não soubesse o que fazer. Talvez isso faça sentido — afinal, ela queria um *bebê*.

E esse bebê se transformou em... bem. Em mim.

— Você está imunda — ela me diz agora, jogando os limões na jarra e levando tudo ao refrigerador. — O que te obrigam a fazer lá?

— Luta na lama, basicamente.

Meus músculos doíam. Eu devia estar fedida. Enchi um copo com água da torneira, torcendo para estar fresca. Minha mãe fez algumas mudanças na pia depois que fui embora, com bancadas e utensílios diferentes, e eu pego a manteiga de amendoim da despensa onde agora há uma nova porta deslizante.

Minha mãe passou cinco anos sem escrever um livro antes de roubar meu pior segredo e transformá-lo em *best-seller*. Seu romance anterior, *Summer Girls*, foi um enorme fracasso. Ficar sem escrever a deixava nervosa, andando pela casa feito um animal de zoológico em uma jaula muito pequena. Eu me lembro de como fiquei feliz quando ela desapareceu novamente dentro do escritório no meu segundo ano no ensino médio, como parecia feliz por voltar ao trabalho. "Superei o bloqueio!", anunciou satisfeita certo dia, levantando um brinde com a xícara de café. Eu nem imaginava que havia sido usada como a dinamite para abrir caminho.

— Ah, que engraçada — minha mãe fala, balançando a cabeça e fazendo uma careta para mim. — É sério. Pensei que fosse assistente pessoal, não trabalhadora braçal.

99 dias 39

Dou de ombros, bebo um grande gole de água e tiro uma colher da gaveta.

— Faço o que ela achar que é necessário.

— Você não precisa de nada disso, Molly. — Minha mãe vira e olha para mim. — Não precisa passar o verão trabalhando, já disse isso a você. É seu último verão antes da faculdade; devia aproveitar para descansar, em vez de arrumar camas de hotel por dez dólares a hora.

— Eu não arrumo camas. Mas mesmo que *arrumasse*...

— Você não precisa trabalhar de jeito *nenhum* — ela me interrompe, e tenho que fazer um esforço enorme para não revirar os olhos. Minha mãe costumava dizer a mesma coisa quando o livro saiu e o mundo desabou em cima de mim, como se, de algum modo, o fato de ela se apoderar de meus segredos mais sombrios fosse um ato de generosidade do qual eu me beneficiava. Aparentemente, ela nunca se deu conta de que a última coisa que eu queria dela era pagamento. — Aquele dinheiro é *seu*.

— Aquele dinheiro é da Emily Green — respondo, furiosa. Emily é a heroína de *Driftwood*, uma garota naturalmente bonita que se envolve num estúpido e bombástico triângulo amoroso; uma pavorosa versão circense de mim mesma, ridícula e distorcida, mas completamente reconhecível para qualquer pessoa que se prestasse a dar uma olhada. — Não *quero* esse dinheiro.

Vita sai da cozinha quando subimos o tom de voz. Deixo o copo de água em cima do balcão com força suficiente para nós duas darmos um pulinho.

— Não quero — repeti, dessa vez em voz mais baixa. Minha mãe balança a cabeça. Respiro fundo e sinto o cheiro dos pinheiros e da água do lago pela janela aberta. Tento lembrar se algum dia eu me senti em casa neste lugar.

dia 10

No dia seguinte, aproveito minha hora de almoço para resolver algumas coisas para a Penn, cantando com o CD do Joni Mitchell que nem lembrava que tinha. Está gostoso ao ar livre, aquele tempo para café gelado, por isso estaciono na frente do French Roast para pegar um latte no caminho de volta. Já estou fora do carro quando vejo o Gabe de short e boné dos Yankees sentado em um dos bancos da quadra no pátio externo, e paro de repente sem querer, porque ele está tomando café com Elizabeth Reese, da pousada.

Fico parada na calçada por um segundo, incomodada, constrangida e ao mesmo tempo dizendo a mim mesma que é ridículo me sentir assim. Ele pode tomar café com quem quiser, é claro. Elizabeth estava um ano na nossa frente no colégio, um ano atrás de Gabe, portanto. Ela fez uma matéria com ele, e sempre usou uma longa fileira de pulseiras em um braço, todas prateadas e tilintantes. Agora ela estuda em Duke, eu acho. E é bonita.

Sentada no banco de madeira, ela ri e bate no braço musculoso de Gabe, balançando o rabo de cavalo do cabelo sedoso. Não tenho para onde ir, preciso passar por eles, e é claro que Gabe me vê e acena.

— Oi, Molly Barlow — ele fala com tranquilidade, levantando a xícara para mim. Elizabeth Reese não diz nada, apenas comprime os lábios cobertos de gloss e olha para o outro lado.

Resmungo um "oi" rápido e envergonhado antes de me refugiar na segurança do café escuro e de temperatura controlada.

Imogen está de folga hoje, mas fico lá dentro mesmo assim, com o rosto quente e torcendo para os dois terem desaparecido quando eu sair. Tenho cinquenta por cento de sucesso. Elizabeth foi embora, mas Gabe continua no mesmo lugar. Ele se levanta e vem atrás de mim na rua.

— Ei — Gabe grita, estendendo a mão e segurando o meu braço com delicadeza, mas de maneira insistente. — Molly, espera.

— Estou *trabalhando*. — Estou reagindo de um jeito exagerado, é o que estou fazendo. *Sei* disso, mas ainda assim estou à beira das lágrimas, cansada e frustrada e sozinha outra vez, agora que perdi Gabe também. É minha culpa, é tudo minha culpa. Fiz minhas escolhas. Mas a verdade não parece justa.

— Tem tempo para almoçar? — Gabe pergunta, sem se importar com a nuvem tóxica que, tenho certeza, paira sobre mim, densa como fumaça de cigarro. — Estava pensando em ir almoçar.

Dou uma olhada no relógio.

— Não, não tenho.

— A gente não vai demorar — ele promete. — Você precisa comer, não é?

Balanço a cabeça.

— Gabe... — Qual é? Estou azeda e irritada, e não consigo nem entender por quê, exatamente: se é por ter sofrido muito mais consequências que o Gabe, ou por ter visto como ele olhava interessado para Elizabeth quando parei o carro na frente do French Roast. É loucura sentir ciúme, não sei nem do *que* estou com ciúme, como se eu fosse um horrível monstro dos olhos verdes de guarda da única pessoa que parecia ter ficado feliz por me ver desde que voltei para cá, ou como se quisesse ter a atenção dele de um jeito diferente, mais sério.

— Rápido — aviso depois de um momento. — E não vou na pizzaria.

Gabe dá risada.

— Nada de pizzaria — concorda.

Andamos um quarteirão até a Bunchie's, uma lanchonete com hambúrgueres engordurados em cestos de plástico vermelho e uma daquelas máquinas de pegar brinquedos com uma garra apitando alto em um canto, um ponto de encontro para as famílias em férias na cidade.

— Posso perguntar uma coisa? — começo, depois de fazermos o pedido. É meio-dia e meia e o lugar está barulhento, dominado pelo tilintar de talheres baratos em pratos brancos e pesados. A música é Loretta Lynn, e ouço o pessoal da cozinha falando lá no fundo. Respiro fundo. — Não que seja da minha conta, e não estou, tipo, imaginando nada, mas você e Elizabeth Reese estão juntos?

Gabe sorri. Ele parece surpreso, as sobrancelhas grossas meio arqueadas. Seus olhos são muito, muito azuis.

— Não — responde devagar, e a covinha que eu havia esquecido aparece em seu rosto. Ele é estupidamente fofo, esse Gabe. Todas as garotas diziam isso, mas eu nunca havia notado, até o momento em que percebi. — Eu... *definitivamente*, não. Por quê?

— Só curiosidade — disfarço. Mordo o hambúrguer e volto a falar depois que engulo: — Sabe, só para evitar mais escândalo, já que esse tipo de coisa me persegue.

— Sei. Persegue nós dois sempre que estamos juntos, você quer dizer. — Ele inclina a cabeça para trás discretamente. Ao lado da janela de vidro, vejo um grupo de amigas da Julia olhando para nós como se fôssemos Bonnie e Clyde recém-saídos do banco assaltado, com as armas ainda fumegantes nas mãos.

— Aham — respondo, e sinto o arrepio de vergonha percorrendo minhas costas mais uma vez. Meu Deus, o que estou fazendo aqui? Inclino os ombros numa atitude defensiva, imaginando a mão de Gabe espalmada sobre minhas costelas nuas. Lembrando da pressão de sua boca quente sobre a minha. Penso na cara de Patrick quando ele descobriu sobre nós, como se mil anos de solidão fossem preferíveis a me ver novamente, e empurro o prato para o lado.

— Ignora — Gabe aconselha, trocando minhas fritas por alguns anéis de cebola do prato dele, o braço bronzeado de sol tocando o meu quando ele o estende por cima da mesa para pegar o ketchup. Depois muda de assunto. — Não sei o que você vai fazer essa semana, mas um amigo meu vai dar uma festa, se quiser sair um pouco. — A voz dele é tão casual que, por um momento, não consigo decidir se o tom é forçado ou não. — Conhecer gente nova.

— Não sei. — Escuto as gargalhadas na mesa perto da janela. É uma das meninas da pousada, Michaela, e outras duas que só conheço de vista. Nesta cidade não é preciso me conhecer para me odiar. Não quero *fazer* tudo de novo, não quero voltar ao que era antes de ir embora para Bristol, conversas parando de repente sempre que eu entrava na sala de aula e "Molly Barlow não consegue ficar de pernas fechadas" escrito com batom brilhante no espelho do banheiro do colégio. — Tem gente nova para conhecer em Star Lake?

Gabe balança a cabeça como se reconhecesse que é uma pergunta justa.

— Provavelmente não — admite. Ele ainda usa o boné verde e uma camiseta da mesma cor com o logotipo da Donnelly's Pizza, e os pelos loiros nos braços brilham sob a luz. — Mas tem gente legal.

— Ah, é? — Levanto as sobrancelhas. — Verdade?

— Verdade. — Gabe sorri. — A casa dele fica no lago. Pode levar um biquíni, se quiser. Vai ser divertido.

Estou abrindo a boca para agradecer e recusar o convite, quando alguém chuta um pé da minha cadeira com força suficiente para empurrar meu braço contra o copo do French Roast que deixei sobre a mesa. Está vazio, mas o restinho de café gelado cai na mesa. Levanto a cabeça e vejo Michaela se dirigindo à porta, acenando para mim por cima do ombro.

— Ops — diz ela, doce feito uma torta com cobertura de inseticida.

Cuidado aí, quero responder, mas Michaela já passou pela porta. Gabe fala um palavrão e pega um guardanapo para limpar a mesa. Posso sentir o gosto de ferro do meu coração, como se tivesse mordido a língua sem perceber.

Estou humilhada.

Mas também estou completamente furiosa.

Fecho os olhos e, quando os abro, me deparo com Gabe me olhando com atenção, como se estivesse pronto para interpretar qualquer pista que eu fornecesse. Como se estivesse disposto a me deixar comandar. Respiro fundo, solto o ar.

— E aí, quando é a festa? — pergunto.

dia 11

Os aparelhos de TV da pousada são enormes monstruosidades da década de 1980, com antenas de orelhas de coelho e painéis laterais. Passo a manhã ao telefone fazendo uma cotação de preços para comprar TVS novas, mesmo que o orçamento fornecido por Penn mal consiga contratar alguém para retirar os aparelhos velhos. Estou tentando pensar na maneira mais adequada de dizer a ela que é melhor desistir (*Volte à natureza! Conviva com a família longe da pressão do consumismo! Os hipsters não têm televisão, nem nós!*) quando levanto a cabeça e vejo Desi parada na porta do escritório igual a um fantasma, o corpo magro pressionado contra o batente de madeira escura. Não sei há quanto tempo ela está esperando. Estou aqui há mais de uma semana e nunca ouvi a voz da menina.

— Oi, Des — arrisco cautelosa, como se não quisesse assustar um filhote de cervo. O cabelo dela está preso em um milhão de trancinhas bem-feitas sobre a cabeça inteira; o único som que Desi produz é o tic-tic das contas de plástico na ponta de cada trança. É uma criança bonita. Seus olhos são escuros e grandes. — Está procurando sua mãe?

Desi balança a cabeça, mas não diz nada. Sua camiseta tem uma estampa de *Dora, a Aventureira*. As mãos seguram a bainha e puxam o tecido como se ela estivesse entediada ou infeliz, mas não imagino o que está procurando ali.

— Quer vir pintar? — tento em seguida. Tem uma caixa de 36 lápis de cor na estante exatamente para isso, e também uma pilha de livros de atividades e dois jogos de tabuleiro, mas a pergunta me rende outro não silencioso. Nós nos olhamos. Eu penso. Finalmente, abro a bolsa e pego um pacote de tubinhos de alcaçuz, que estendo na direção dela como uma oferta.

Desi sorri.

dia 12

Ryan é amigo de um amigo que Gabe conhece da faculdade, um sujeito de vinte e poucos anos que acabou com seu fundo de pensão e mora em um acampamento, possivelmente ilegal, do outro lado de Star Lake. Gabe tem que trabalhar na pizzaria na hora do jantar, por isso me manda uma mensagem para eu encontrá-lo na festa. Saio tarde de propósito, para não chegar antes dele. São quase nove e meia quando estaciono o Passat, e o ar carrega um cheiro de água à noite, turvo e misterioso. Há uma fogueira acesa em um trecho de areia da margem.

— Oi — Gabe grita, atravessando o mar de convidados quando me vê. Ele segura dois copos vermelhos e me entrega um deles depois de me cumprimentar com um abraço, o cabelo encaracolado cobrindo as orelhas e uma expressão que pode ou não ser preocupada. É difícil dizer ao certo. Ouço a música agitada que brota das caixas de som do iPod de alguém, Vampire Weekend, talvez.

— Você veio.

— Vim. — Sorrio ao ver sua cara meio surpresa. — Pensou que eu ia desistir?

Gabe dá de ombros e bate com o copo plástico no meu. Ele sorri.

— Talvez.

— Bem — respondo, tentando demonstrar mais confiança do que sinto —, estou aqui. — Bebo um grande gole de cerveja.

A festa é barulhenta, tem mais gente do que eu esperava, meninas de short e tops de biquíni, garotos de chinelo. Um grupo está reunido em torno de uma mesa improvisada com uma porta velha e dois cavaletes, jogando bolinhas de papel nos copos de cerveja uns dos outros.

Estou quase perguntando de onde veio toda essa gente quando um cara sem camisa e de chapéu de caubói, que imagino ser irônico, apoia um braço sobre os ombros de Gabe.

— Anjo Gabriel — diz ele com uma voz parecida com a do DJ Magic, do horário da madrugada em uma emissora FM. — Quem é sua amiga?

— Anjo Gabriel, sério? — Sufoco a risada e estendo a mão para apertar a dele. — Isso é... muito interessante.

— O mais constrangedor é que ele atende — o cara fala de um jeito simpático. — Sou o Ryan, e este é meu palácio. Venham, crianças, tem comida.

— Tem comida — Gabe repete com ironia, como se perguntasse *como dizer não para essa oferta incrível*, e seguimos Ryan pelo quintal em direção à churrasqueira. Tudo ali é alegre e meio exagerado, com luzes de Natal penduradas e um cheiro fraco de maconha a cada sopro de brisa. Gabe segura minha mão para eu não me perder enquanto atravessamos a pequena multidão, e tento não me arrepiar com o contato. A mão dele é quente e seca.

Eu estava errada sobre não ter ninguém novo para conhecer em Star Lake. O povo aqui é um pouco mais velho, gente que devia estar na terceira série do ensino médio quando eu estava no último ano do fundamental e que já estava indo para a faculdade quando o escândalo do *Driftwood* atingiu a escola como um furacão. Eu estava na primeira série quando Gabe e eu transamos. Ele foi para Notre Dame naquele verão, e eu passei o ano inteiro com Patrick, fazendo um grande esforço para fingir que não havia acontecido nada entre mim e o irmão dele. O esforço era tão grande que em alguns dias eu esquecia tudo.

99 dias 49

Todo mundo ali parecia conhecer Gabe, muita gente o chamava pelo nome, todos queriam sua atenção. Ele me conduz pela festa, uma das mãos em minhas costas, me apresenta a um cabeludo que estuda horticultura em Penn State e a uma garota chamada Kelsey, que usa alargadores enormes nas orelhas e trabalha em uma loja de presentes descolada na cidade.

— O que está estudando? — ela pergunta quando descobre que vou para Boston no fim do verão.

Estou me preparando para explicar que ainda não sei bem quando Gabe bate no meu braço de um jeito brincalhão e aponta para onde Ryan e um homem, cujo nome acho que é Steve, brincam no lago jogando água para cima feito dois bobos.

— E aí, Molly Barlow? — ele pergunta, levantando as sobrancelhas. Acho que tomou umas duas cervejas a mais que eu. A cara de quem vai aprontar lembra a de uma criança pequena. — Quer mergulhar?

— Ah, não — respondo com uma careta. Mesmo que *houvesse* uma chance remota de usar biquíni na frente de um bando de desconhecidos do jeito que estou agora, eu acabei não trazendo um. — Dispenso, obrigada.

Gabe assente.

— Tem certeza? — insiste com ar de provocação enquanto se aproxima de mim. — Será que precisa de ajuda para chegar lá?

Ah, de jeito nenhum.

— Não se atreva — consigo responder, e recuo um passo dando uma risadinha. Faz muito tempo que ninguém flerta comigo.

— Desculpa, como é que é? Não ouvi. Você disse que quer que eu te jogue do píer?

— Eu vou te matar — aviso.

— Ops! — Kelsey murmura.

Gabe me pega e me joga sobre um dos ombros como se eu não pesasse nada.

— Vai ser uma morte violenta! — prometo, mas a verdade é que mal consigo falar, porque estou rindo muito. Sinto o cheiro de fumaça da fogueira e de algodão limpo da camiseta de Gabe. Steve e Ryan gritam para nós de dentro do lago; alguém aplaude. Todo mundo está olhando, tenho certeza disso. O estranho é que, nesse momento, não me importo. — Com muita dor!

— Desculpa, o que disse? — pergunta Gabe. — Ainda não ouvi.

— Com um martelo! — declaro, dando socos em suas costas. Não acredito que ele vai realmente me jogar na água, mas estou quase batendo em sua bunda, de qualquer jeito, quando ele para e me põe no chão de repente. — Ficou com medo do martelo? — Estou ofegante de tanto rir, meu cabelo está todo despenteado e cobre parte do meu rosto. Mas, quando levanto a cabeça para olhar para ele, Gabe não está rindo. Sigo a direção de seu olhar e avisto Tess perto da fogueira, olhando para nós, cercada por fagulhas laranja que flutuam no ar.

E Patrick — o *meu* Patrick — está ao lado dela.

Por um instante, apenas nos encaramos de longe, os olhos dele, cinzentos como fumaça, fixos nos meus. Ele está mais alto do que da última vez que o vi. Tem um hematoma roxo em um lado de seu rosto. Abro a boca e volto a fechá-la, sentindo que deixei meu coração em algum lugar do caminho, sangrando e pulsando. Meu peito está apertado.

Patrick olha para mim, para Gabe e para mim de novo, depois balança a cabeça.

— Você está de *sacanagem* comigo? — pergunta. Pela cara dele antes de se virar, a impressão é de que estava diante de alguma coisa muito repulsiva, um cadáver em decomposição ou uma poça de vômito humano.

Ou eu.

O impulso de fugir é forte, como se um animal raivoso me perseguisse. Vou para o carro o mais depressa que posso sem sair correndo e atrair ainda mais atenção. Torço o tornozelo ao pisar em uma raiz de árvore e tropeço, mas recupero o equilíbrio. Só quero sair daqui sem falar com mais ninguém. Sei que estava de moletom e que ele tinha um capuz, lembro vagamente. Não sei o que aconteceu com ele. Estou apertando com desespero o botão de destravar a porta no chaveiro do carro quando Gabe me alcança.

— Molly — ele me chama, segurando meu braço e me puxando até eu virar para encará-lo, seu rosto bonito encoberto de preocupação. — Ei. Espera.

— Tá de *sacanagem*? — Sem querer, repito a pergunta do irmão dele. Não acredito no que acabou de acontecer aqui, em como me coloquei nessa situação quase com alegria. Eu me sinto uma idiota. Sinto que sou exatamente o que as pessoas provavelmente estão dizendo que sou, uma vadia idiota. — Por algum instante passou pela sua cabeça que eu iria *ficar* aqui?

Gabe recua um passo, como se desconfiasse de que posso rasgar sua garganta a qualquer momento.

— Tudo bem — diz, e levanta as duas mãos num gesto de rendição. — Não foi legal. Mas me escuta só por um segundo?

— Ah, sei — consigo falar, embora respire com dificuldade. A chave do carro corta a palma da minha mão. — Isso foi sórdido. Você sabia que ele estava aqui, é claro que sabia, e... *armou* pra mim, Gabe. Tipo, eu não entendo... por que...

— Eu não armei nada — ele nega, balançando a cabeça, aparentemente magoado por eu ter pensado assim. — Molly, ei, fala sério, sou eu. Eu não faria isso. Sabia que ele estava em casa, é verdade, mas não imaginei que fosse aparecer aqui. E sabia que, se eu contasse, você não teria vindo.

— Tem razão, eu não teria.

— Mas eu queria que você viesse.

— E por isso *mentiu*? — Tem alguma coisa bem estranha nessa situação. Patrick costumava reclamar disso o tempo todo, agora eu lembro. Dizia que Gabe era o cara mais legal do mundo, desde que não fosse contrariado. Não gosto de ver esse lado dele. — Queria que eu viesse, então mentiu?

Gabe franze a testa.

52 Katie Cotugno

— Eu não menti. Ia contar no fim da noite, juro. É que... a gente estava se divertindo, *você* estava se divertindo, e eu sabia...

— Aham — interrompi, cruzando os braços e me importando um pouco mais com o moletom perdido, agora que me sentia absurdamente exposta. — Ainda é uma desculpa ridícula, Gabe.

Ele sopra o ar com força, massageia a nuca.

— Tem razão — reconhece depois de um minuto. Ainda escuto o som da festa por entre as árvores, as pessoas rindo. — Tudo bem, você está certa. Eu vacilei. Sinto muito. Foi idiotice minha. Escuta, por que não saímos daqui e vamos tomar um café, ou alguma coisa assim? Não sei nem o que está aberto agora, mas me deixa consertar o que fiz.

Balanço a cabeça e me abraço com um pouco mais de força. Ainda vejo a expressão de repulsa no rosto de Patrick.

— Só quero ir embora — respondo em voz baixa. — Eu... a noite acabou para mim.

Gabe sopra o ar de novo, mas não discute.

— Manda uma mensagem quando chegar em casa — diz.

Não confesso a Gabe que não faço nem ideia de que lugar é esse.

dia 13

Reabasteço meu estoque de tubinhos de alcaçuz e passo o dia seguinte aprendendo tudo sobre os detalhes da marcha para o mar do General Sherman, cortesia do documentário *The Civil War*, de Ken Burns. Estou de calça de moletom e camiseta de manga comprida, embora faça vinte e um graus lá fora. Faço todo o caminho até 1864 antes mesmo de sair do quarto para fazer xixi. Nunca gostei de documentários até ir para Bristol, mas minha companheira de quarto, uma morena bonita chamada Karla, que pendurava um lençol no teto em volta da cama dela para esconder o que fazia lá, era surpreendentemente generosa com sua senha da Netflix, provavelmente por pensar que isso me impediria de cometer alguma loucura, como começar uma conversa. Foi assim que passei a assistir a um documentário depois do outro, um coral de narradores de voz calma, predominantemente britânicos, explicando as complexidades de várias esquisitices aterrorizantes, naturais ou não: a fronteira do Alasca, Steve Jobs, a Irmandade Ariana. Eu sentia que esse conhecimento me dava um pouco de poder. Era um jeito de manter o controle.

Hoje espero até ouvir o barulho do carro da minha mãe saindo da garagem para descer e comer um pouco de abacate em cima de uma torrada. Tenho vivido basicamente de glucose de milho e corante vermelho 40 desde que cheguei aqui. Posso sentir uma espinha brotando na minha bochecha. Tento me entender com a cafeteira luxuosa e espio pela janela para o quintal enquanto a máquina faz aquele barulho característico em cima do balcão de granito. Oscar suspira ruidoso no chão de ladrilhos pretos e brancos. Antes, quando eu ficava de mau humor, Patrick me contava piadas bobas até eu dar risada. *De que lado a galinha tem mais penas? Do lado de fora. E o que é verde e tem rodas? A grama — certo, eu menti sobre as rodas.*

Penso na cara dele na primeira vez em que me beijou. Penso na cara dele quando me viu na noite passada. Bebo o café e como a torrada, depois volto para baixo das cobertas e para o laptop e faço o possível para não pensar em nada.

dia 14

Não sei se Patrick continua trabalhando na pizzaria no mesmo horário de antes, agora que voltou a Star Lake para passar o verão, mas não consigo tirar da cabeça que tenho que vê-lo, e é assim que, na tarde seguinte, eu o encontro atrás da velha caixa registradora como há dois anos, recebendo de uma senhora o valor de três pizzas grandes com queijo extra.

A Pizzaria Donnelly's fica espremida entre uma lavanderia automática e uma loja de sapatos na rua principal, e está lá desde que me conheço por gente. Connie e Chuck namoraram desde o ensino médio e abriram o restaurante um ano depois de se casarem. Ser dono de pizzaria sempre foi o sonho de Chuck, e Connie, cujo nome de solteira era Ciavolella, ensinou o marido a cozinhar. O prédio é alegremente desmazelado, com uma grande janela de vidro laminado gravado com letras amarelas e redondas e um telhado de ripas de madeira sem pintura, e provavelmente o único telefone público que funcionava em todo o estado de Nova York instalado na parede do lado de fora dos banheiros. Toalhas impermeáveis de xadrez vermelho e branco cobrem todas as mesas. Colagens de fotos de times do ensino médio enfeitam as paredes.

Patrick não percebe minha presença imediatamente, porque está de cabeça baixa, olhando para o caixa, com o cabelo encaracolado caindo nos olhos. Quando estávamos no primeiro e no segundo ano do fundamental, todas as meninas tentavam tocar o cabelo dele. Isso deixava Patrick maluco.

Por um segundo, fiquei apenas olhando para ele. Com exceção da festa na outra noite, não havíamos estado no mesmo espaço desde que a *People* publicou aquele artigo há mais de um ano. Foi Julia quem mostrou a revista a Patrick — ela adora tudo o que tem a ver com celebridade, ou pelo menos adorava. Assinava a *People*, a *Us Weekly* e a *Life & Style*, e também tinha uma opinião formada sobre a veracidade da informação contida em cada uma delas. Naquela manhã, quando acordei, havia quatorze chamadas perdidas de Julia no meu celular, mais uma série de mensagens de texto tão cheias de incredulidade, raiva e exclamações que tive que ler tudo aquilo duas vezes antes de entender o que havia acontecido.

O que aconteceu foi que finalmente me pegaram.

Quando Patrick apareceu mais tarde, naquele mesmo dia, levou uma página arrancada da revista de Julia. Tinha uma dobra no meio da foto de minha mãe no escritório dela, uma dobra que dividia o rosto dela ao meio na vertical.

— Isso é verdade? — Patrick me perguntou em voz baixa. O Bronco continuava parado na entrada da garagem de casa com o motor ligado. Caía uma chuva fina e fria. A fumaça do escapamento se misturava ao ar úmido e cinzento.

— Tudo bem — falei com a voz trêmula, as mãos abertas e estendidas para tentar acalmá-lo. Eu tinha visto o artigo naquela manhã, e havia passado a tarde escondida no meu quarto. Sabia o que ia acontecer. Devia ter procurado por ele logo e enfrentado o inevitável. Em vez disso, me acovardei e o fiz vir a mim. — Tudo bem, a gente pode...

— Mols. — Patrick estava devastado, rasgado ao meio como se estilhaços tivessem explodido dentro dele. Parecia alguém que tinha voltado para casa e encontrado uma cratera no lugar. — Eu perguntei se é verdade. Você... — Ele balançou a cabeça de cachos escuros, completamente desorientado. — Quer dizer. Com meu *irmão*?

— Você precisa me ouvir. Você vai...

— Estou ouvindo. — A voz de Patrick agora era perigosamente fria, como se, no fundo, ele soubesse o que estava por acontecer e quisesse se preparar para isso. Seus olhos tinham o tom cinza do aço. — Sim ou não, Mols?

— Patrick. — Eu não conseguia nem responder. — Por favor.

Patrick deu um passo para trás, como se eu o tivesse agredido fisicamente. Havia pingos de chuva em seus cílios e no cabelo.

— Muito bem — ele falou devagar, depois mais depressa, feito um elástico que se arrebenta. — Preciso... é. Preciso sair daqui.

— Patrick — repeti, segurando seu braço para tentar detê-lo. Ele se soltou com um movimento brusco e entrou na caminhonete, engatou a ré e saiu como alguém que não esperava ficar ali muito tempo. Fiquei no gramado, na chuva, vendo Patrick ir embora e levar meu coração e minha história.

Agora prendo a respiração enquanto espero que ele me veja e estudo as prateleiras embaixo do balcão em busca de tubinhos de alcaçuz. Connie costumava encomendá-los especificamente para mim, porque sabia que eu era obcecada por essas guloseimas, mas não vejo nenhuma embalagem onde deveriam estar. Estou olhando em volta para ver o que mais mudou aqui quando a cliente pega as caixas de pizza e vai embora, e então ficamos só nós dois, Patrick e eu, olhando um para o outro como se estivéssemos em lados opostos do lago.

— Oi, e aí? — Minha voz é meio rouca, talvez por eu não ter falado nada desde a festa. — Ouviu alguma fofoca boa ultimamente?

Patrick não sorri, apenas balança a cabeça e pega uma bobina nova embaixo do balcão para colocar na máquina registradora. Ele nunca mais falou comigo depois que o artigo foi publicado, não chegou nem perto de mim, e foi a solidão horrível de perdê-lo,

58 *Katie Cotugno*

mais que a crueldade de todo mundo, que acabou me mandando para Bristol.

— O que você quer, Molly? — pergunta ele, abrindo a impressora e encaixando a bobina. O hematoma embaixo de um dos olhos quase desapareceu, agora é uma sombra meio verde, meio amarela.

— O que aconteceu? — pergunto em vez de responder, enfiando as mãos nos bolsos do short e arriscando me aproximar um passo.

Patrick dá de ombros e termina de trocar a bobina, fechando a tampa com um tranco e removendo a extremidade colorida com determinação.

— Bati em alguém — ele conta com tom neutro. — E apanhei de volta.

Isso me surpreende. Nunca em todo esse tempo desde que conheço Patrick ele se envolveu em uma briga física. Connie e Chuck eram praticamente modelos da resolução de conflito sem violência. Quando éramos pequenos, eles nos faziam resolver nossas diferenças usando bichinhos de feltro feitos à mão.

— Por isso voltou para casa? — perguntei.

— É — Patrick responde sem explicar. — Por isso.

— Sei. — Queria saber quem ele é agora, se é capaz de jogar fora uma coisa que quis por tanto tempo como se não fosse importante. E me pergunto se, de algum jeito, eu o fiz ser assim. — Olha, Patrick, eu... não está acontecendo nada entre mim e Gabe, viu? Só queria que você soubesse. Vim passar o verão em casa, estava me comportando de um jeito patético e ele me convidou para ir àquela festa, mas não é... nós não... — Não sei como continuar. Quando tínhamos doze e treze anos, Patrick sempre falava sobre coisas sérias quando ficávamos sentados de costas um para o outro, como se fosse mais fácil falar se a gente não tivesse que se encarar. O que aconteceria se eu sugerisse isso agora?

Ele levanta a mão para me interromper.

99 dias 59

— Escuta, Mols — ele fala, imitando meu tom com precisão. Patrick me chama por esse apelido desde que éramos bem pequenos, antes do jardim de infância, o mesmo apelido que o pai dele usava para mim. — É o seguinte: você pode trepar com o meu irmão todo dia, se quiser. Não tô nem aí.

Dessa vez sou eu quem recuo um passo, como se Patrick tivesse me agredido fisicamente, como se fosse acordar na manhã seguinte com os dois olhos inchados. Meu corpo todo esquenta e formiga. Ele continua calmo como a floresta no inverno, e dedica sua atenção à jovem família que entra na pizzaria, me tratando com uma indiferença ensaiada como se eu nunca o tivesse interrompido. Como se eu nunca houvesse estado ali.

dia 15

— **Já vai embora?** — Penn me pergunta no fim do expediente. Os dois filhos a seguem pelo corredor de serviço em direção à saída para o estacionamento ao lado do prédio. Fabian faz caratê duas vezes por semana e uma vez no sábado à tarde, e está escorregando pelo linóleo em seu imaculado *gi* branco. Desi os acompanha em silêncio, a mãozinha segurando a mão da mãe.

— Tudo pronto — respondo, girando a combinação da porta do meu armário. A parede tem vários deles, todos pequenos como os que a gente vê em academias e rinques de patinação, suficientemente grandes para guardar minha bolsa de lona e o estoque de emergência de tubinhos de alcaçuz, e quase mais nada.

— Conseguiu alguma coisa com as TVs?

— Ainda não. — Balanço a cabeça. — Mas estou cuidando disso. Ah, e não esquece a reunião amanhã de manhã com o cara da... — Paro de repente olhando para o conteúdo do armário. Grande o bastante para minha bolsa e quase mais nada, sim — e o *quase mais nada*, nesse momento, é uma longa tira de uma dúzia de camisinhas que eu não guardei lá dentro.

Penn para a alguns passos de distância e olha para mim com ar curioso.

— Reunião com quem?

— Ah! Hum... — Guardo as camisinhas no fundo da bolsa antes de tirá-la de lá, torcendo para Penn ou, Deus me livre, as crianças não terem visto nada. Olho para as frestas na porta

99 dias 61

do armário, suficientemente largas para alguém ter enfiado a tira de preservativos lá dentro. — Com o cara da vidraçaria, o que vem resolver o problema das janelas rachadas no segundo andar. Liguei para confirmar ontem à tarde.

— Boa menina — elogia Penn, ainda olhando para mim com alguma hesitação. — Você não vem?

— Vou — consigo responder. Fabian joga o corpo contra a barra que destrava a porta, e a luz do sol invade o saguão. — Vamos.

Aceno para me despedir de Penn e das crianças e atravesso a área asfaltada para chegar ao carro, que está parado embaixo de um pinheiro onde o estacionei de manhã, exatamente igual, exceto por um risco na lateral.

Alguém usou a chave com vontade e deixou uma cicatriz branca na lataria.

Alguém não.

Isso é coisa da Julia.

— *Merda* — resmungo, batendo com a mão aberta na janela, fazendo um barulho alto o bastante para Penn e as crianças, que estão entrando na minivan com jeito de nave espacial, olharem para mim assustados.

— Você falou um palavrão — diz Fabian, animado, no banco de trás. Penn aciona o chaveiro e tranca as crianças no carro.

— Perdeu as chaves? — pergunta ela enquanto anda pelo estacionamento em minha direção. — Molly?

— Não, é que... — Balanço a cabeça envergonhada, sem querer que ela se aproxime mais. Odeio pensar que Penn vai ver aquilo, como se ela pudesse deduzir a história inteira por um punhado de camisinhas e um risco idiota no meu carro.

No fim, tenho certeza de que minha cara é mais reveladora que o estrago no Passat.

— Caramba — murmura Penn ao ver o risco. — Molly, você sabe quem fez isso?

De repente, penso nas mãos de Julia, nos dedos grossos que ela odeia e como sempre pinta as unhas em cores néon, rosa--choque ou amarelo elétrico. Ela também gostava de pintar minhas unhas. Eu me lembro do cheiro de esmalte no quarto dela, quando a regra na casa dos Donnelly era que eu podia dormir lá desde que fosse no quarto de Julia, nós duas deitadas na cama de solteiro, uma para cada lado, seus tornozelos gelados tocando meu braço.

— Ai, meu *Deus*, esse colchão não é grande o suficiente para nós duas — ela reclamou certa noite, virando de lado e batendo o cotovelo na mesinha de cabeceira. Os vidrinhos de esmalte tilintaram. Julia resmungou um palavrão.

— Eu disse que ia trazer o saco de dormir! — respondi.

Julia suspirou de um jeito teatral.

— Não, tudo bem — disse, e fez uma careta engraçada para demonstrar que não estava brava de verdade. — Mas vê se casa logo com meu irmão para ir dormir na cama dele.

Levantei as sobrancelhas, surpresa por ouvi-la falar as palavras em voz alta. Nem Patrick nem eu falávamos em *quando* e *para sempre*. Acho que nós dois tínhamos medo.

— Ah, é esse o plano? — brinquei.

— É esse o plano — confirmou Julia, esticando os braços e tocando a cabeceira. — Vocês vão me dar um milhão de sobrinhos, e vão deixar todo mundo com nojinho quando contarem que se conheceram quando eram fetos, e vai ser totalmente nojento, mas legal. Fim.

Eu ri.

— Que foi? — Julia se apoiou nos travesseiros e olhou para mim no escuro do quarto, a voz estranhamente séria. — Acha que não vai ser assim?

Ela era desse jeito, metade querosene, metade romantismo, mas, até agora, nunca pensei que falasse sério. É *claro* que eu pensava em Patrick comigo por muito tempo. Já tínhamos esse muito tempo.

99 dias 63

— Não, não é isso, é só que...

— Relaxa, esquisita — ela riu, caindo novamente sobre os travesseiros e puxando o cobertor até os ombros. Seu cabelo se espalhava pelo colchão feito uma tempestade escura. — Não tenho uma pasta de recortes de revistas de casamento para dar para vocês. Só estou feliz por Patrick e você estarem juntos, só isso. Fico feliz por terem um ao outro.

Pensei no beijo de boa noite que Patrick dera atrás da minha orelha alguns minutos antes. Pensei nele respirando do outro lado da parede. Fazia um ano que Chuck havia morrido, tudo ainda era muito recente, aquela sensação de ter que manter tudo bem próximo.

— Também fico feliz por isso — eu disse.

— Que bom. — Ela deu um tapinha na minha canela por cima da coberta. — Mas tenta não me acordar quando sair escondida do meu quarto para ir pegar meu irmão.

— Que *nojo*! — Mas eu ria, lembro, e Julia também ria, e o som daquela risada é a última coisa que me lembro de ter ouvido antes de dormir.

— Molly? — Penn ainda olha para mim de maneira curiosa, como se tivesse certeza de que existe uma história por trás daquele risco. — Tudo bem?

Respondo que sim com um movimento firme de cabeça, e é a primeira vez que minto para ela. Dá para perceber que ela não acredita.

— Foi um acidente — comento com entusiasmo, controlando as lágrimas e a coriza. — A culpa é só minha, de mais ninguém.

dia 16

Paro no French Roast depois da corrida na manhã seguinte — constrangedor ou não, preciso falar com alguém sobre o que está acontecendo aqui, e Imogen deve ser a única garota em Star Lake que não aplaude Julia em segredo por ela me dar exatamente o que mereço. A intenção é me colocar inteiramente nas mãos dela, mas, quando entro, encontro Imogen na hora do intervalo sentada a uma das mesas na frente de Tess com uma cruz celta de cartas de tarô entre as duas.

Meu primeiro impulso é me virar e sair dali. Sinto a pele quente embaixo da camiseta. Não vejo Tess desde a noite da festa, quando saí correndo como se meu cabelo pegasse fogo. Meu horário de trabalho e o dela são quase sempre diferentes, e vai ser assim até a pousada abrir de verdade. Nos poucos dias em que a vi no turno da manhã, fiquei escondida no escritório feito um político pedindo asilo. Além do choque de ter encontrado com Patrick, havia o incômodo de tê-lo visto com a nova namorada. Tess é a prova viva de que não posso consertar o que quebrei.

— Oi, Molly — ela cumprimenta antes que eu consiga sair, evidentemente mais educada que eu. Tess usa óculos de aro de tartaruga, espeta pedaços de fruta de uma tigela e olha para as cartas que Imogen vai virando.

Imogen olha para mim com ar culpado quando me aproximo, então acena. *Não faço mais isso*, ela havia dito. Na verdade, o que queria dizer era que não tiraria cartas para mim.

99 dias 65

— Oi, pessoal — cumprimento as duas com um sorriso amarelo, olhando para as cartas sobre a mesa. Justiça e julgamento, temperança e força. O que Tess pode ter perguntado, se é que ela se sente insegura sobre algo? Imagino como são as coisas entre ela e Patrick, se ele faz piadas quando Tess está preocupada. Será que fala com ela até que volte a dormir depois de um pesadelo? Sinto outra vez a dor conhecida no peito, como se estirasse novamente um músculo que nunca foi completamente recuperado. *Ele seguiu em frente*, penso em silêncio. Todo mundo seguiu em frente.

Menos eu.

Patrick tem uma nova namorada. Imogen tem uma nova melhor amiga. Bristol deveria ter sido meu grande recomeço, mas a verdade é que lá eu também era um fantasma. Vivia no meu canto. Fazia o dever de casa. Ficava sozinha. Pensava naquele tempo no colégio interno como uma pena a ser cumprida e, de maneira geral, não me importava com isso.

Porém, mais de duas semanas depois de ter voltado para casa, percebo que ainda cumpro a mesma pena.

— Posso tirar cartas para você depois dela — Imogen sugere, virando um Quatro de Copas e deixando sobre a mesa. Um ramo de oliveira, talvez, mas estou cansada e magoada demais para estender a mão e pegá-lo. Balanço a cabeça e seguro minha carteira. Não posso falar com ela sobre Julia, de jeito nenhum, compreendo tarde demais. Não tem ninguém aqui com quem eu possa conversar.

— Estou com pressa — respondo, querendo deixar as duas à vontade. Eu a perdi, fui descuidada; perdi Imogen como perdi tudo o que tinha. Não preciso das cartas para me mostrar nada. Já sei que sou A Louca.

dia 17

No dia seguinte, Gabe aparece na pousada com dois cafés e o moletom que deixei na festa.

— Pronto, Cinderela — anuncia ele. Fabian, que havia entrado correndo no escritório para anunciar eufórico que um *menino* estava me procurando, olha para nós descaradamente de trás de um dos sofás velhos do saguão.

— Cinderela esquece o sapato — respondo, virando Fabian pelos ombros e dando um tapinha delicado em suas costas para mandá-lo procurar a irmã. — Não o velho moletom da equipe de corrida do colégio.

Gabe sorri.

— Conheço a história, obrigado.

— Eu que agradeço. Por ter guardado meu moletom e tudo mais. — Eu me ocupo com a tampa do copo descartável, levando mais tempo que o necessário para removê-la.

Teoricamente, sei que não tenho motivo para ficar constrangida na presença de Gabe — se eu sou vadia, ele também é, certo? —, mas as razões que me fizeram decidir ir à festa parecem ter perdido importância depois de tudo o que aconteceu nos últimos dias, como se eu não tivesse mais forças. Ninguém enfia camisinhas no armário de Gabe, acho que não.

— Ei. — Como se pudesse ler meus pensamentos, Gabe dá um passo em minha direção e inclina o rosto para olhar nos meus olhos. — Estamos do mesmo lado, lembra? Você e eu. —

Ele massageia o pescoço, balança um pouco a cabeça. — Sei que sofreu muito mais com tudo isso quando a bomba explodiu, e eu devia ter falado alguma coisa antes. Foi mal não ter ajudado. Mas você e eu, esse verão e todos os outros? Estamos do mesmo lado.

Sorrio, apesar de tudo, e a sensação é agradável. Não consigo lembrar a última vez que tive alguém do meu lado. Na equipe de corrida, talvez. Talvez, na corrida.

— Estamos, não é? — Entorto os lábios. — Cúmplices na vergonha e na degradação?

— Exatamente. — Gabe ri baixinho, relaxado. Não consigo decidir se ele simplesmente supera as coisas com tranquilidade ou se nasceu para a política, dominando a arte das relações públicas. Patrick nunca foi assim — tudo que ele sente fica estampado em seu rosto feito uma placa na estrada, sem segredos para serem descobertos. Essa é uma das coisas de que mais gosto nele, ou era.

Gabe se senta confortavelmente no sofá, como se passasse um tempo ali todos os dias.

— Então, e aí? Já que somos os canalhas sujos e irrecuperáveis, o que acha de a gente sair daqui? Vamos dar uma volta de carro?

— *Gabe*. — Balanço a cabeça, embora ainda esteja correspondendo àquele sorriso, um sorriso torto que, começo a perceber, pode ser mais que um gesto de amizade. No momento, quero dizer sim tanto quanto quero dizer não. — Estou trabalhando.

Ele levanta as sobrancelhas.

— Mas vai terminar o expediente em algum momento, não vai?

— Eu... vou. — Em menos de uma hora, na verdade, mas não é tão fácil. Não pode ser tão fácil, e não é. — Sua família inteira me odeia — faço questão de lembrá-lo. — E é um desastre sempre que a gente se aproxima. Acho que já ficou claro que todo mundo em Star Lake prefere que eu fique no meu quarto e passe o verão inteiro vendo documentários. Quer dizer, tem um sobre agricultores que plantam abóboras gigantes para ganhar prêmios, estou louca para ver esse, então...

— Então. — Gabe fica olhando para mim com ar paciente, como se estivesse disposto a esperar. O saguão está silencioso, o sol entra pela porta no fundo do espaço e ilumina as plantas arranjadas recentemente sobre o console da lareira. — Então *o quê*, exatamente?

Sopro o ar com um barulho alto em vez de responder.

— *Por quê?*

Gabe ri.

— Porque eu gosto de você. Sempre gostei, e agora você é uma pessoa exilada do convívio social, então imagino que esteja livre.

Sufoco uma risada.

— Grosso — resmungo, ignorando o elogio. Ignorando o *sempre* e tudo o que ele pode significar. — E aquela história de estarmos do mesmo lado?

— Também fui exilado! — Gabe exclama imediatamente, o que é tão absurdo quanto estranhamente vitorioso. Ele sorri satisfeito ao me ver sorrir. — Vamos — insiste, como se sentisse que já me convenceu. — Ninguém vai ver, você pode ficar abaixada no banco até chegarmos na estrada. Usa um disfarce.

— Óculos com nariz, talvez — sugiro, e balanço a cabeça rindo. *Dane-se*, diz uma voz dentro da minha cabeça; a mesma que me convenceu a ir a uma festa no lago. Quase todo mundo nessa cidade me odeia ou me ignora. Todo mundo, eu sinto, exceto... — *Gabe*.

— *Molly* — responde ele, imitando meu tom perfeitamente. — Confia em mim.

Então, eu confio.

Viajamos de carro por uma hora até Martinvale com as janelas abertas, sentindo o vento. É estimulante sentir a brisa levando de mim tudo o que é velho.

— Biologia, mesmo? — pergunto, estendendo a mão por cima do console e tocando com uma das minhas unhas curtas e sem esmalte o chaveiro da Notre Dame pendurado na ignição. Esperava uma viagem tensa ou desconfortável. Mas o clima é legal. — O que vai ser, um cientista maluco?

— Exatamente. — Gabe solta o volante e abre os braços feito o monstro de Frankenstein, e seu ombro toca o meu. — Vou fazer robôs sexuais, principalmente. Alguma coisa sigilosa com lagartos. — E, quando começo a rir: — Não. Estou me preparando para fazer medicina.

— Sério? — Por alguma razão, isso me surpreende. Sempre pensei em Julia como o cérebro da família Donnelly. Gabe era a personalidade. Patrick era a alma. — Que especialidade?

— Cardiologia — responde ele imediatamente, depois bufa e balança a cabeça. — Acho que o motivo é meio evidente, não? Senhoras e senhores, o pai desse garoto morreu de infarto, percebam como ele resolve todos os seus problemas do mundo do jeito mais óbvio.

Nunca ouvi Gabe falar sobre o pai antes. Não sei por que sempre pensei na morte de Chuck como uma perda mais de Patrick do que dos outros, porque Patrick era meu Donnelly favorito, e sempre imaginei que ele fosse o preferido de Chuck também. Isso era o que Chuck tinha de mais especial, porém, porque havia seiscentas pessoas no funeral: todo mundo que ele conhecia achava que era sua pessoa favorita. Ele era assim.

— Não é a solução mais óbvia — respondo, virando a cabeça para olhar para o perfil de Gabe. O sol desenha estampas na pele lisa das bochechas e da testa. O nariz é muito, muito reto. — A *mais* óbvia seria se juntar a uma banda.

Ele dá risada.

— Verdade — concorda, dando sinal para sair da estrada. — Entrar para uma banda seria pior.

Almoçamos em uma lanchonete com drive-thru não muito longe da saída da estrada, equilibrando sacos de papel imper-

70 *Katie Cotugno*

meável cheios de batata frita e copos de chá gelado. Eu me sinto meio constrangida enquanto como, olhando para minhas coxas brancas expostas pelo short. Mesmo que tenha voltado a correr, o bacon do meu hambúrguer não vai colaborar para melhorar o que vejo.

— Solta o verbo. — Gabe me cutuca. É uma velha expressão da mãe dele, significa *em que está pensando?*

Balanço a cabeça e amasso o saquinho vazio.

— Sua irmã riscou meu carro — conto.

Gabe olha para mim de boca aberta.

— Ela fez o *quê?* — Os olhos azuis estão arregalados. Estamos sentados na carroceria aberta da caminhonete, com as pernas balançando sobre o para-choque, mas ele pula de lá de repente. — Meu Deus, Molly. Quando?

— Quando eu estava trabalhando — resmungo, olhando de novo para minhas pernas e me escondendo atrás da cortina de cabelo. Não tinha contado a ninguém até agora, e desabafar com Gabe é como abrir uma bolha com bisturi, uma combinação de satisfação e repulsa. Não sei como me tornei essa pessoa, uma dessas garotas que vivem sempre cercadas de drama. Uma pessoa cuja porcaria romântica preenche um livro, literalmente. Patrick e eu teríamos julgado meus erros há dois anos. Eu os julgo sozinha agora.

Mas Gabe não parece me julgar. Quando olho para ele de trás da cortina de cabelo, vejo sua expressão furiosa e sei que não sou o alvo dessa raiva.

— Olha, eu vou falar com ela. Isso, tipo... é uma merda, isso sim. Às vezes Julia exagera, passa dos limites. E, tipo, eu tenho tentado relevar muita coisa que ela faz ultimamente porque... — Gabe para de falar e balança a cabeça. — Enfim, eu vou resolver isso com ela.

— Não, não, não — protesto, pulando da carroceria. As coisas só ficariam piores se Gabe interferisse. Talvez seja justo, talvez não, mas o que acontece entre mim e Julia, entre mim

99 *dias* 71

e Patrick, entre mim e o próprio Gabe... sou eu que tenho que lidar com isso. — Está tudo bem — minto, querendo que fique bem de verdade, por mim e por Gabe. Toco seu braço e sinto a pele quente, os músculos definidos embaixo dela. — É sério, não faça nada, por favor. Eu vou pensar em uma solução.

Gabe revira os olhos, mas não discute. Gosto disso, de como ele parece confiar no meu julgamento. De como não tenta me convencer de que sabe mais do que eu. Por um momento, sigo a direção de seu olhar para as árvores. Gabe estacionou com a traseira da caminhonete voltada para o bosque, aquela faixa larga de verde ininterrupto. Eu tinha me esquecido de quanto sentia saudade disso quando estava em Tempe.

— Tudo bem — diz ele, levando o braço para trás até encontrar minha mão e afagá-la por um momento, antes de soltá-la. O gesto provoca uma descarga elétrica que percorre meu braço até o cotovelo, como se eu tivesse batido o ossinho. — É que eu... sei que sua vida tem sido basicamente um show de horrores desde que voltou para cá. E sei que uma grande parte disso é culpa minha.

Balanço a cabeça para protestar.

— Não é...

Gabe faz uma careta.

— É claro que é.

Por um segundo, lembro a sensação de sua boca morna sobre a minha. Eu me sinto segura quando estou com Gabe, percebo lentamente, como se a caminhonete fosse um veículo de fuga e estivéssemos a caminho da fronteira ao anoitecer. Não é exatamente uma coisa desagradável de fingir.

— Tudo bem — admito. — É.

— Mesmo lado, lembra? — Gabe dá de ombros, e o sol ilumina as mechas mais claras de seu cabelo castanho e âmbar. Ele volta a sentar na carroceria da caminhonete, pega alguns pelos de cachorro do interior e joga fora. — Não vou fazer nada que você não queira, o comando é seu, mas... estamos do mesmo lado.

— O comando é meu, é? — Sento ao lado dele, inclino o corpo para trás, me apoiando sobre as mãos abertas, e viro a cabeça para olhar para ele. — Tudo bem.

— Tudo bem — repete, e imita minha posição. Seu dedo mindinho encosta no meu no assoalho da carroceria. Olho por cima do ombro para nossas mãos lado a lado, minhas cutículas ressecadas e os pelos loiros em seus punhos. Imagino Gabe adulto, formado em medicina, com um paciente na mesa de cirurgia, estendendo as mãos para o interior do peito de alguém, consertando um coração partido.

dia 18

A pousada abre em alguns dias, e Penn está agitada: hoje de manhã ela mandou Desi e eu limparmos os detalhes do acabamento da moldura do teto com cotonetes, depois interrompeu essa tarefa para nos levar à cozinha para a degustação de três opções diferentes de ketchup. Estou exausta, com os braços e os ombros doloridos e meio moles, tão cansada que, quando Michaela Malvada acena para mim no corredor perto do relógio de ponto, sou idiota o suficiente para acenar de volta um segundo antes de ela virar a mão e me mostrar o dedo do meio.

— Boa noite, piranha — ela cantarola animada, e bate a porta depois de sair.

— Legal — resmungo, e reviro os olhos ao sentir o conhecido calor cobrindo meu rosto. Só quero ir para casa e dormir sem ter que falar com outro ser humano, mas quando pego a bolsa no armário e me dirijo à porta, encontro Tess batendo o cartão no relógio.

— Dia difícil? — pergunta, e também parece cansada. Tento imaginar quais foram as tarefas na piscina hoje, se ela teve que limpar gordura dos azulejos com uma escova de dentes, ou algo assim. Tess veste short e uma camiseta da Pousada Star Lake com o antigo logotipo. Deve ter encontrado em algum canto da casa. O cabelo é um emaranhado preso no topo da cabeça. Ela não parece uma supermodelo, não é alta nem extraordinariamente bonita. E isso faz dela alguém muito mais difícil de odiar.

— Sim, muito — respondo, batendo o cartão e devolvendo-o à fenda no quadro. O relógio de ponto é da década de 1960. Aceno para me despedir, me sentindo incomodada só por estar perto dela, mas Tess levanta a mão, me pedindo para esperar.

— Olha, Molly — ela diz, movendo os ombros largos de atleta e segurando um pêssego mordido —, acho que só queria dizer... — Uma pausa. — Caramba, isso é desconfortável. É bem desconfortável, não é?

O comentário me faz sorrir.

— Um pouco — reconheço.

— Então... bem, agora já começamos, então vou até o fim. Acho que só queria dizer que sei que o clima está estranho entre nós, mas, tipo, trabalhamos juntas, vamos nos ver muito depois da inauguração, e eu... o que aconteceu antes de eu me mudar para cá, bem, você não me fez nada, sabe? E apesar de... — Ela faz mais uma pausa e torce o nariz. — Espero que sinta a mesma coisa em relação a mim.

Sinto uma imediata e enorme gratidão, e também tenho a sensação de que cresci cinco centímetros.

— Pensei que você me *odiasse* — confesso, olhando para ela embaixo das luzes brilhantes do corredor dos funcionários. — Quer dizer, por causa do...

— Eu li o livro — ela me interrompe. — E, tipo, Patrick me contou...

Eu a interrompo movendo a cabeça numa resposta afirmativa.

— Sim...

— Mas não odeio você, de jeito algum. Eu tinha medo de você, para ser honesta.

— Sério? — Não tento esconder o espanto. — *Por quê?* Não tenho amigos! Já notou que não tenho amigos?

— Você tem o Gabe. — E, como se percebesse que esse não era o melhor exemplo, ela continua: — E é a favorita da Penn, é evidente. E, sei lá, você conhece essas pessoas desde sempre, conhece Imogen desde sempre...

99 dias 75

— Não é assim. — Balanço a cabeça. — Não importa como era antes, agora tudo mudou.

— Bem, tanto faz. — Tess sorri, dá a última mordida no pêssego e joga o caroço na lixeira mais próxima. — Tudo bem, então? Só não queria passar o verão inteiro em um cenário de *Meninas Malvadas*. Não é assim que eu funciono. Tudo certo entre nós?

— *Certíssimo* — respondo, e meu sorriso é verdadeiro. Mesmo que Patrick me odeie para sempre, fico feliz por ele ter alguém como Tess. — Sim, tudo certo.

dia 19

Tem um evento chamado Verão de Spielberg no cinema centenário em Silverton, e Gabe está sorrindo animado embaixo da lâmpada da velha marquise.

— Ah, comprei uma coisa para você — diz ele quando estamos atravessando o estacionamento. Depois, enfia a mão no bolso da bermuda cargo e tira de lá um desses óculos de plástico com um nariz e um bigode. — Para evitar que te reconheçam.

Estou gargalhando quando entramos no hall do cinema e pego os óculos das mãos dele. A ponta de seus dedos toca os meus.

— Ah, você é engraçado. Agora ninguém vai me reconhecer.

— Não. — Gabe pega a carteira quando entramos na fila da bilheteria. — Deixa comigo — diz quando tento pagar pelo ingresso.

— Tem certeza? — Penduro o disfarce na gola da camiseta. Até agora, sempre dividimos todas as contas quando fazemos alguma coisa juntos, como almoçar no Bunchie's ou o cachorro-quente naquela primeira noite no Frank's. Não tenho muita certeza do que significa essa mudança de regras. *Não é um encontro*, falei a mim mesma enquanto me arrumava para sair, apesar de ter passado perfume atrás das orelhas e rímel nos olhos.

De qualquer maneira, Gabe me deixa comprar a pipoca, e sentamos nas velhas poltronas vermelhas e meio rasgadas. O ar gelado tem cheiro de manteiga velha e sal. O cinema é antigo, e as fileiras são bem próximas. Os joelhos de Gabe batem no en-

99 dias 77

costo da cadeira da frente, e a menina sentada ali vira para trás e olha feio para ele, mas só por um segundo — só até perceber que ele é lindo, e então ela sorri.

Gabe balança a cabeça, meio acanhado.

— Olha para mim, sou meio André, o Gigante — murmura, bufando baixinho. — Já contei que me pediram para ir para o fundo de um bar em Indiana no inverno passado? Era uma festa, as pessoas estavam lá para ver *Game of Thrones*, e eu estava na frente dos dragões.

Isso me faz rir.

— A vida é dura — respondo, e Gabe faz uma careta engraçada e finge não saber o que fazer com os cotovelos. É surpreendentemente engraçado, um lado dele que nunca vi antes. Quando éramos pequenos, sempre achei que ele fosse o Cara Legal, alguém que nunca se sentia acanhado ou inseguro.

— Isso é um encontro? — pergunto de repente quando as luzes começam a apagar, fazendo um esforço para enxergar sua expressão franca e curiosa na penumbra. Gabe parece surpreso.

— Quer dizer, isso aqui, agora, você e eu?

Gabe parece surpreso.

— Não sei, Molly Barlow — responde, balançando a cabeça como se preparasse um enigma para mim. — Você quer que seja?

Se eu queria?

— Eu... — *também não sei*, quase digo, mas as luzes apagam nesse instante, e a conhecida trilha sonora começa. Gabe segura minha mão no escuro. Em vez de segurá-la como eu esperava, ele a vira e começa a deslizar o polegar pela parte interna do meu punho, acariciando o ponto pulsante até eu ter a sensação de que todas as minhas terminações nervosas estão ligadas àquele lugar, um ardor gelado e quente como o que era provocado por aquela coisa que o treinador de corrida fazia a gente passar nos joelhos depois do treino. É o Gabe. É o *Gabe*, e tenho certeza de que isso *é* um encontro, de que eu *gosto* que seja um encontro, de estar sozinha aqui com ele, apesar de o cinema estar meio cheio. É um sentimento de algo proibido, como se pudéssemos ser levados algemados para a prisão se alguém nos encontrasse. Mas também sinto que é bom, tranquilo e correto.

Os dedos de Gabe brincam com meu punho durante o primeiro terço do filme, desenhando voltinhas lentas na pele. Queria saber se ele consegue sentir o sangue pulsando dentro da pele. Prendo o fôlego, sinto meu coração apertar com a antecipação no fundo da boca quando ele me toca, como um dos fãs malucos da minha mãe lendo depressa os capítulos para saber o que vai acontecer a seguir.

O que acontece a seguir: nada.

E.T. e Gertie assistem a *Vila Sésamo*. Gabe pega pipoca. Espero ele segurar minha mão de novo, mas ele fica ali sentado vendo cenas clássicas, *E.T., telefone, minha casa* e a bicicleta voando na frente da lua, como se tudo fosse apenas um programa entre amigos.

É confuso.

Eu podia segurar a mão dele, é claro. Não tenho doze anos, não sou Amish nem estamos em 1742, e Deus sabe que eu segurava a mão de Patrick sempre que queria. Não sou tímida. Mas tem alguma coisa na repentina retração de Gabe que coloca todo o resto em relevo, apaga o brilho e afasta minha confusão mental o bastante para eu finalmente enxergar a noite como ela realmente é — e também como ela não é.

Acho que estava errada, então.

Não sei por que me sinto tão desapontada com isso.

Estou recuperada quando, por fim, as luzes acendem e as pessoas começam a descer pelos corredores estreitos. Exibo aquele sorriso de "está tudo ótimo" que tenho usado com todo mundo, menos com Gabe, nesse verão.

— Foi divertido — comento, animada, usando um tom de camaradagem tão falso que eu poderia ter acrescentado um "mano". Gabe apenas assente. Pego minha bolsa e o sigo em

99 dias 79

direção à saída, dizendo a mim mesma que não tenho motivo para me sentir tão decepcionada.

— Tudo bem? — ele pergunta, e olha para mim de repente. Saímos pela porta lateral, e somos apenas nós dois andando pela calçada estreita do lado de fora do cinema, com as luzes do estacionamento projetando poças alaranjadas no concreto e todo o resto banhado em escuridão. Ele bate o braço no meu suavemente. Sinto um arrepio imediato. — *Hum?*

—Aham. — Paramos de andar. Ouço portas batendo no estacionamento, motores sendo ligados. Engulo em seco. — Tudo bem. Eu só...

Gabe me interrompe.

— Olha, não quis te assustar com aquela história do encontro. Você namorou o meu irmão por muito tempo. Eu sei. Não quero parecer maluco.

Espera.

— Quê? — reajo. — Não, não, não, você não me assustou. Quer dizer, na verdade fui eu que falei do encontro, lembra? Pensei que eu tivesse assustado *você*.

— Tem certeza? — Gabe pergunta, e dá um passo em minha direção. Levanto o queixo numa reação instintiva. Ele não me toca, mas posso senti-lo completamente mesmo assim, e há tantos átomos vibrando entre nós que é como se o ar pudesse fazer barulho.

— Aham — garanto, sentindo um sorriso de alguma coisa parecida com alívio se espalhar pelo meu rosto. — Não me assustei, de verdade.

—Ah, não? — Gabe toca meu rosto com cuidado. Sinto o calor de seu corpo através da camiseta dele e da minha. — E agora?

O sorriso se alarga.

— Não.

— E agora? — pergunta de novo, e me beija antes que eu possa responder.

dia 20

Beijar Gabe acende um fogo que eu nem sabia que tinha. Quando acordo na manhã seguinte, é como se tudo se abrisse de repente, como se esse verão tivesse uma pequena possibilidade guardada no bolso, afinal. Entro no French Roast feito um general a caminho da batalha, como se Gabe houvesse carimbado um distintivo de coragem em meu coração. Pela primeira vez em muito tempo, me sinto corajosa.

— É o seguinte — digo para Imogen, debruçando sobre o balcão atrás do qual ela limpa a máquina de café com o cabelo preso em um coque meio hipster. A loja está quase vazia, só tem um cara perto da porta, e ele está de fones de ouvido. — Sei que você está muito brava comigo, que agora tem a Tess e que não precisa mais de mim, mas, tipo... — Respiro fundo e admito: — Eu preciso de uma amiga, Imogen.

Por um segundo ela se limita a olhar para mim com o pano na mão, sem piscar. Depois ri alto.

— *Você* precisa de uma amiga? — pergunta, e balança a cabeça como se estivesse esperando esse momento, como se houvesse previsto tudo há muito tempo. — Sério? E o ano passado inteiro, Molly? Fiquei firme do seu lado enquanto todo mundo tratava você mal, e você nem se despediu de mim antes de ir embora. — Ela solta o pano em cima do balcão como se fosse uma capa vermelha diante de um touro, os olhos bem abertos. — Minha mãe teve câncer de pele no outono passado, sabia? Teve que tirar um pedaço enorme das costas, não podia andar, nem se mexer, não podia fazer nada, e eu não tinha nem como conversar com você sobre como estava apavorada, porque você fugiu e nunca retornou nenhuma das minhas ligações. E agora você voltou, Patrick está aqui e, sim, deve ser bem estranho para você, eu entendo, mas, de verdade, não sei se quero ficar aqui no meu trabalho ouvindo você falar como *precisa de uma amiga*.

Por um momento fico ali parada, imóvel, os pés enraizados no chão feito um dos pinheiros centenários na margem do lago.

— Você está certa — digo a ela, e sinto o rosto vermelho e os dedos gelados. Nesse momento, me sinto mais intimidada do que me sentiria se Julia Donnelly passasse o resto do verão riscando meu carro com uma chave todos os dias. Eu me sinto a pior amiga do mundo. — Desculpa, você tem toda razão.

O silêncio se prolonga, tenso, antes de Imogen responder:

— Agora ela está bem. Minha mãe. — Ela parece exausta. Imogen sempre detestou brigas, ou pessoas se tratando com crueldade. Quando estávamos no terceiro ano do fundamental, alguns meninos arrancaram as asas de uma borboleta no recreio, e ela passou a tarde inteira inconsolável. — Não espalhou.

Nós nos olhamos por um longo minuto. Respiramos. Finalmente, Imogen dá de ombros e pega o pano de novo, volta a limpar a caixa cromada da máquina de café, embora ela já esteja brilhando.

— Eu gosto de um menino — diz ela.

Sinto um sorriso surgir lento e incerto em meu rosto. Sei reconhecer um presente quando o vejo, e sou muito grata por este.

— É? — pergunto. — Quem?

O nome dele é Jay, Imogen conta enquanto termina de limpar a área atrás do balcão, trocando a música do velho iPod da cafeteria. Ele é cliente do French Roast, tem dezenove anos, estuda gastronomia em Hyde Park. Está na cidade para fazer um estágio na pousada.

— Ah! Eu conheço o Jay — anuncio, sorrindo. Ele é quieto e simpático, o sous chef que serve o café na sala de refeições todas as manhãs. Eu o encontrei algumas vezes em minhas várias visitas à cozinha para cumprir uma ou outra tarefa para Penn. Uma vez ele me ajudou a servir suco para Desi, quando eu precisava de três sabores diferentes porque a menina não dizia qual queria. — Jay é *bonito*.

— É, não é? — Imogen fica vermelha da raiz do cabelo até a gola do vestido de estampa floral. — Ele tem ascendência negra e chinesa; os pais se conheceram em Londres. — Ela faz uma careta. — Quer dizer, ele contou isso espontaneamente. Tipo, não cheguei me apresentando e pedindo para ele falar sobre sua herança cultural, nada disso.

Dei risada.

— Quer dizer que você e o Jay Gato conversam bastante, é?

— Aham. — Imogen assente quase tímida. Depois abre a estufa de assados, pega um croissant de chocolate, coloca em um prato e me dá. — Experimenta. Trocamos de confeiteiro, esse é novo. Conversamos um pouco, sim. E ele deu várias sugestões legais para a minha exposição de arte...

— Ei, ei, ei — interrompo com a boca cheia do croissant delicioso. — Que exposição de arte?

— Vou organizar uma aqui no fim do verão. Eles cederam o espaço por uma noite. Vamos ter comida e coisas legais. Você devia vir.

— Eu venho — prometo imediatamente. — Não perderia por nada; é claro que eu venho.

— Tudo bem, já entendi, segura a onda — Imogen responde sorrindo. — Ah, e o que acontece entre você e o Gabe Bonitão?

Balanço a cabeça, pego um pedaço do croissant e dou para ela.

— Nem queira saber — aviso, mas conto assim mesmo.

dia 21

Passo correndo pela porta aberta na manhã de inauguração da pousada quando o celular vibra no bolso da minha calça, um alerta de e-mail. Pego o aparelho pensando que pode ser uma mensagem da Penn de última hora, mas o e-mail é da faculdade avisando que ainda não escolhi um curso. Não é obrigatório, mas *altamente recomendável* que eu faça a escolha *antes do registro das turmas*, informa o reitor. *Escolher uma área de estudo antes da chegada ao campus ajuda os calouros na seleção do curso e maximiza a eficácia do conselheiro do aluno em questão.*

Faço uma careta, travo a tela e guardo o celular no bolso. É como se toda a minha vida estivesse indeterminada. É difícil imaginar que algum dia vou sair de Star Lake, quanto mais decidir o que quero fazer do resto da minha existência. Sinto o começo de uma dor de cabeça pulsando atrás dos olhos.

Felizmente, o trabalho ocupa todo o meu tempo. É estranhamente gratificante ver o saguão cheio de gente depois de duas semanas em um lugar que parecia uma cidade fantasma: pais de bermuda puxando enormes malas de rodinhas e crianças gordinhas flutuando em boias coloridas no lago. Um grupo de mulheres de meia-idade chega de Plattsburgh para o retiro anual do clube do livro neste fim de semana, e elas passam a tarde toda na varanda bebendo coquetéis de rum.

Aceno para o Jay da Imogen a caminho da cozinha, sorrio para a Tess quando passo correndo pela piscina; Penn me pede muitas coisas, todas urgentes e rápidas: cubos de açúcar para um hóspede que está tomando chá na sala de jantar, limpar respingos não identificados no assoalho do corredor. Penn escolheu um estilo rústico vintage na nova decoração, com grandes sofás de couro combinando com cobertores xadrez em todos os quartos, uma enorme cabeça empalhada de alce, que todos nós passamos a chamar de George, sobre o balcão de reservas.

— É de mentira — explico para um menino com ar apavorado, mesmo sem saber se é verdade. Desconfio que não seja. Ganhar algumas, perder outras, acho. Pobre George.

— Bom trabalho hoje — Penn me diz no intervalo antes do jantar, quando ela tem cinco minutos para um jogo da velha rápido com Fabian no verso de uma folha de papel timbrado. Desi está dormindo no chão embaixo da mesa dela, com o polegar enfiado na boca. — Na verdade, bom trabalho desde que começou. Obrigada pela ajuda.

— Tudo bem — respondo, tentando engolir um bocejo sem muito sucesso. Mas me sinto bem, como me sentia depois do treino de corrida no começo do ensino médio, como se tivesse feito alguma coisa importante. Penso no e-mail de Boston ainda na caixa de entrada, a mensagem sobre escolher um curso, sobre decidir, de uma vez por todas, o que eu quero. — Posso perguntar uma coisa? Como soube que vir para cá e abrir esse lugar era o que você queria?

Penn olha para mim por um momento, como se estivesse surpresa com a pergunta. Agora ela veste um terninho, em vez do jeans e da camiseta com que estou acostumada. Hoje de manhã eu a segurei pelo braço quando passei por ela no saguão, e arranquei a etiqueta que ainda estava presa no colarinho.

— Ah, eu administrei restaurantes por muito tempo — responde ela, desenhando um círculo no papel do jogo e recitando nomes de vários lugares que conheço, lugares aonde minha mãe vai com sua editora quando está em Nova York. — Antes disso, eu planejava festas para pessoas ricas.

— É mesmo? — Tento imaginá-la em um vestido elegante, de sapato alto e com um daqueles fones de ouvido com microfone, orientando o pessoal do bufê e esquemas de iluminação. Cutuco o ombro de Fabian, apontando um espaço no esquema de jogo que vai dar a vitória a ele, seja qual for o próximo movimento da mãe. — E você gostava?

Ela pensa um pouco.

— Eu gostava de ser a chefe. Gostava de resolver problemas. Gostava de conviver com outras pessoas. Aquilo impedia que eu me recolhesse muito dentro de mim, eu acho. — Ela passa a mão nos cachos sedosos do filho, assumindo um ar quase sonhador. — Eu amava a cidade — confessa em voz baixa.

—Ah, é? E por que saiu de lá?

Penn volta a si e sorri quando Fabian levanta o bloco de papel, mostrando triunfante os três Xs enfileirados.

— Era hora de mudar — é tudo o que ela responde.

dia 22

O dia seguinte também é movimentado, com um banquete ao ar livre na margem do lago para comemorar a inauguração e um antiquado campeonato de quem come mais tortas, e os preparativos para uma grande queima de fogos que começaria no fim da noite. Gabe chega no meio da tarde e me encontra no escritório para um beijo rápido e culpado, as mãos quentes descansando no meu quadril e a boca se movendo sobre a minha.

— Senti saudade — ele murmura quando minhas mãos tocam seu cabelo. Fico surpresa com quanto me agrada ouvir isso.

— Eu também — respondo, e percebo imediatamente que é verdade.

Trocamos algumas mensagens desde a noite no cinema, mas acho que ele entendeu que eu precisava de um tempo para analisar as coisas. É inesperado como a presença dele — o tato, o cheiro, o gosto — me alegra.

Gabe sorri lentamente com os lábios tocando os meus. Tiro da minha cabeça o rosto machucado de Patrick.

Combinamos de nos encontrar de manhã para o café, e eu o acompanho da porta lateral da pousada até o estacionamento, puxando-o pelo cinto para me despedir. Estou entrando quando dou de cara com a Tess.

— E aí, o que está rolando? — pergunta ela, as sobrancelhas claras erguidas e uma dúzia de pulseiras da amizade em um dos braços. Tess organizou uma atividade na beira da piscina hoje de manhã, uma aula de artesanato. E agora sorri para mim. Em seguida, percebe minha expressão chocada. — Ah, meu Deus, desculpa, não, não estou tentando te atormentar, nada disso. Gosto do Gabe, acho que ele é um cara legal.

— Não — reajo imediatamente. O impulso de mentir é como um reflexo. Lembro o que falei para Patrick na pizzaria, *sei o que está pensando, mas não é nada disso.* — Quero dizer, ele é um cara legal, eu só...

— Ei, não se preocupa com isso. — Tess levanta a mão cheia de sardas e balança a cabeça. — Não precisa nem responder. Não é da minha conta. Não vou dizer nada para ninguém.

— Não, tudo bem. — Suspiro. — Obrigada.

Ela dá de ombros.

— De nada — diz, levantando as mãos para prender o cabelo em um rabo de cavalo. — Não sei se você vai achar isso estranho, mas Imogen e eu conversamos e íamos mesmo te convidar... vamos ao Crow Bar amanhã, se quiser ir com a gente.

É uma missão suicida. Completamente absurdo. *Por que você está falando comigo?*, eu gostaria de perguntar. *Por que está sendo tão legal?*

Mas respondi:

— É claro. — Era como se o verão tivesse uma correnteza que se movia suavemente, como se, de algum jeito, eu fosse carregada. — Vai ser divertido.

Tess sorri.

— Legal — diz ela, e se vira para seguir em frente, rumo à margem do lago. — Ah, e seu batom está todo borrado.

dia 23

O Crow Bar é um prédio quadrado de concreto perto do acesso à estrada, com uma silhueta gigante de um corvo pendurada na placa de madeira do lado de fora. Passa das dez horas quando o táxi nos deixa lá, e o segurança baixinho e forte olha para nós da cabeça aos pés antes de nos deixar entrar. O lugar fica logo depois da saída da estrada em Silverton, e é famoso por não barrar ninguém, nem mesmo quem chega sem documento, e tem um bom motivo para isso: é um bar tão sujo que nenhum adulto que se respeite vai querer frequentá-lo. O cheiro é de mofo e cerveja, com uma mesa de bilhar e uma barulhenta máquina de fliperama, o aperto de muitos corpos e o som de uma música chata do Kings of Leon na jukebox. Fico parada na porta por um segundo, e Imogen segura minha mão e me puxa para dentro.

— Bebida para todo mundo? — Tess pergunta sorrindo, os olhos muito abertos.

Ela está mais arrumada do que me acostumei a vê-la, com o cabelo vermelho solto sobre as costas e as sardas no rosto sugerindo travessuras. Consigo ver o que Patrick aprecia nela: no táxi até aqui, Tess me ofereceu o batom e uma manga desidratada que levava na bolsa — simpática o bastante para me fazer imaginar se ter amigas ainda era uma impossibilidade nesse meu verão, mesmo que uma delas fosse tão improvável quanto a namorada de Patrick. Talvez eu pudesse relaxar.

— Bebida — repete Imogen, e dou uma risada enquanto pego dinheiro na bolsa para entregar a Tess. Vejo Patrick do outro lado do bar com Jake e Annie, que trabalham na pousada, todos iluminados por um brilho vermelho-azulado de um painel da cervejaria Pabst. Depois de um momento eles me veem: Jake acena e Annie bebe sua cerveja num gesto não muito simpático de reconhecimento, mas Patrick apenas me encara com as sobrancelhas erguidas antes de falar alguma coisa para os dois e desaparecer no fundo do salão.

Tess vai falar com eles. Imogen se aproxima do balcão. Olho em volta por mais um tempo, reconhecendo alguns rostos e sendo reconhecida — algumas garotas que sentavam comigo na mesa do almoço e Elizabeth Reese em uma blusa preta e justa. Vejo uma garota a menos de meio metro de onde estou, cabelo preto e boca vermelha, pele clara feito a Branca de Neve na floresta encantada; os Donnelly sempre foram ridiculamente bonitos, mas a irmã gêmea de Patrick é a vencedora dessa loteria genética, sem dúvida nenhuma. Julia está de jeans skinny, sapatilhas e regata comprida e solta por cima de um sutiã roxo. E parece muito séria.

Respiro fundo. Não consigo evitar, é como ver um lobo no meio do shopping ou aquela sensação de cair em um buraco quando a gente está pegando no sono. Julia era totalmente careta nos primeiros dois anos do ensino médio, não bebia nem fumava. O Crow Bar era o último lugar onde eu esperava vê-la.

Parece que o sentimento é mútuo: ela arregala os olhos azuis ao me ver, como se acreditasse que sua campanha *bem-vinda de volta, foda-se* fosse suficiente para me manter em casa por mais tempo. Depois suspira.

— Vadia — resmunga, alto o suficiente para eu poder ouvir.

Ela está muito irritada, como se a ideia de ter que gastar a energia necessária para me odiar a aborrecesse, como se fosse um jogo que eu a obrigasse a continuar jogando depois que ela já enjoou dele. Julia e eu crescemos como irmãs, compartilhando roupas, bonecas e maquiagem até os dezesseis anos. Agora, ali no meio do Crow Bar no começo do nosso último verão antes da faculdade, ela flexiona o punho delicado para despejar o conteúdo do copo de cerveja na frente da minha blusa.

Por um segundo, fico ali parada olhando para ela — Julia, que adora ver reprises de *Três é Demais*; Julia, que ronca quando dá risada. Agora tínhamos uma pequena plateia, a meia dúzia de pessoas à nossa volta e Imogen, que se aproxima como se um pressentimento há muito adormecido despertasse e fizesse formigar seu tronco cerebral.

— Caramba, Julia — diz ela, segurando meu braço e me puxando para trás como se temesse que Julia pudesse fazer coisa pior. — Que merda é essa?

— Tudo bem — digo, levantando as duas mãos num gesto de rendição. Eu tinha razão; essa ideia foi horrível. Não sei onde eu estava com a cabeça. Sinto o calor queimando todo o meu corpo, o choque gelado da cerveja encharcando minha blusa. Solto meu braço da mão de Imogen. — Tudo *bem* — repito com mais veemência do que pretendia. E, quando ela virou para se afastar: — Também gostei de te ver, Jules.

Ela não para.

— Vai devagar com a cerveja, Molly — diz por cima do ombro. — Está ficando meio gordinha.

— Tudo bem — repito assim que ela se afasta. Minhas mãos estão tremendo. Vejo que Patrick está assistindo a tudo do outro lado do bar. Só o que eu quero é fechar os olhos e me afastar dali o máximo possível, mas se não posso fazer isso, então quero meu quarto no terceiro andar, o grande cobertor cinza e a luz do computador no meu colo. Quero ir para casa. — Eu tenho... quer dizer, isso foi... eu tenho que *ir*, Imogen.

— O que foi que aconteceu? — Tess se aproximou de nós pelas costas e bateu com o quadril no de Imogen. Ela carregava três doses de uma bebida cor de âmbar e algumas fatias de

99 dias 91

laranja que pegou no bar para petiscar. Tess arregala os olhos quando vê minha camisa. — Julia fez isso de propósito?

Imogen balança a cabeça.

— Não pergunta. — E pega dois copos da mão dela, me entregando um deles como se eu nunca tivesse mencionado a intenção de ir embora. — Prontas?

Olho para as duas. Minhas improváveis companheiras de equipe, depois de tudo o que aconteceu, mas são elas que estão ali. Gabe tem razão; não posso me esconder para sempre. Só tenho setenta e seis dias pela frente.

— Pronta.

dia 24

Acordo de péssimo humor, com a ressaca latejando atrás dos olhos e a boca com um gosto horrível. Sem chance de eu correr, isso é certo. Em vez de escovar os dentes e prender o cabelo em um rabo de cavalo, desço a escada para tomar café. Minha mãe está sentada na bancada da cozinha, lendo o *Times* com seus óculos novos de armação grossa e uma camiseta listrada que poderia tranquilamente ter saído tanto do meu armário quanto do dela.

— Bom dia — diz, olhando para o relógio na parede com a evidente intenção de me mostrar que já passava de meio-dia. — Tudo bem?

Cheiro a caixa de leite e torço o nariz.

— Tudo — murmuro. Meu estômago não está tão bem.

— Mesmo? — Minha mãe se recosta na cadeira para me olhar com aquele tipo de ceticismo maternal que não estou mais acostumada a receber dela, depois de mais de um ano sem nenhuma tentativa de agir como minha mãe. Emily Green, convenientemente, era órfã. — Porque, preciso dizer, você não parece estar nada bem. — Ela bebe um gole da xícara fumegante. — Quer me contar?

— Contar *o quê*? — pergunto, irritada. Foi isso o que ela perguntou na noite em que me abri sobre Gabe, quando estava na primeira série do ensino médio, lembro de repente. Estava transtornada de culpa e pânico, e ela ali, sentada na mesa do escritório. *Quer me contar?*

99 dias 93

E eu contei.

Contei tudo.

Deus, agora qualquer demonstração de curiosidade que venha dela me enoja, e o instinto de preservação entra em ação feito um vento frio que sopra do lago no outono. Tenho a sensação de que ela quer arrancar a carne dos meus ossos.

— Qual é o seu problema, bloqueio de escritor ou alguma coisa assim? Está procurando um assunto novo? Já falei que está tudo bem.

Minha mãe suspira alto, chega a fazer barulho.

— Está bem, Molly. Como você quiser. Sei que preferia não passar o verão aqui, e já pedi desculpas. Lamento se acha que invadi sua privacidade, mas eu ainda...

Eu me viro para ela.

— Se acho que você invadiu minha *privacidade*? — Não dá para acreditar. Francamente, não consigo acreditar nela. — Quem é você? Quem *diz* isso? Como você pode...?

— Sou uma escritora, Molly — ela me interrompe, como se falasse de uma religião, de uma cultura bizarra ou alguma coisa assim, como se um relativismo moral confuso pudesse explicar tudo isso. — Pego eventos da vida real e os transformo em ficção, é isso o que eu faço, o que eu sempre fiz. É claro que vai haver...

— Você é minha *mãe*! — Minha voz vibra de um jeito que trai toda a frieza que cultivei durante o último ano e meio, uma rachadura feia na concha. Balanço a cabeça e deixo a xícara de café em cima da bancada com tanta força que tenho medo de quebrá-la. — Ou melhor... era. Você me *escolheu*, lembra? Foi o que você sempre disse. Mas a verdade é que só queria me vender aos pedaços.

Minha mãe fica pálida, ou eu apenas imagino o que gostaria de ver.

— Molly...

— E você tem razão, eu preferia não estar aqui. Preferia não ter mais nada a ver com você até o fim da minha vida, na verdade. E sabe de uma coisa? *Isso* você pode colocar no seu próximo livro. Pode contar ao mundo todo, mãe. Vai em frente.

Deixo a xícara vazia em cima do balcão e subo a escada, assustando Vita e afugentando Oscar. A velha escada range sob meu peso.

dia 25

— **Ei** — Gabe começa, recuando um pouquinho para permitir que um suspiro trêmulo lhe escapasse, algo que me deixa estranhamente satisfeita, porque é a indicação de que estou conseguindo mexer com ele. A pele de seu pescoço é muito, muito quente. — Posso falar uma coisa sem você surtar?

Assinto distraída, me ajeito no banco do passageiro da caminhonete e respiro um pouco ofegante. Estamos parados no escuro no estacionamento da pousada há quase uma hora, namorando e conversando sobre nada em particular — uma criança que apareceu nua no saguão outro dia, a pizza de figo e gorgonzola que foi o especial da pizzaria naquela tarde. As mãos mornas de Gabe subiam devagar e firmes por minhas costas, por cima da blusa. Não consigo decidir se acho tudo isso divertido ou indecente, ficar namorando no carro dele embaixo de uma cobertura de pinheiros com o rádio baixo, mas a verdade é que não quero levar Gabe à minha casa, e com certeza não vamos para a casa dele, então... nos resta a caminhonete.

— É claro — respondo, ajeitando o cabelo atrás da orelha e olhando para ele com curiosidade.

Sinto meus lábios inchados e adormecidos de tanto beijar. O rosto de Gabe está corado de um jeito que me faz sorrir, como se eu tivesse conseguido algo importante. É diferente estar com ele, mais e menos sério ao mesmo tempo. Patrick e eu não tínhamos vivido muita coisa com outra pessoa antes de começarmos a namorar, e fizemos tudo com uma lentidão quase dolorosa — cada novo passo um pouco assustador, nós dois muito conhecidos um para o outro, e tudo que fazíamos nos era completamente novo. Com Gabe não é assim, não mesmo; primeiro porque já estivemos onde isso possivelmente vai nos levar, e segundo porque... bom, porque é o *Gabe*. As coisas são fáceis com ele. *Isso* é fácil com ele. Não tem nada com que ficar obcecada, nada em que pensar demais.

— Fala — incentivo.

Gabe franze um pouco o nariz, como se estivesse se preparando para alguma coisa. O brilho pálido das luzes do estacionamento ilumina um lado de seu rosto pela janela.

— É o seguinte — ele começa, e parece mais cuidadoso que de costume, mais hesitante do que estou acostumada a vê-lo. Acho que, normalmente, ele é uma pessoa que consegue o que quer, que fica à vontade para pedir as coisas. — O que acha de ir à festa?

E assim, sem mais nem menos, o torpor que eu sentia no corpo todo, o prazer intenso que percorria meus braços e pernas e todos os lugares, evapora. Sufoco uma risada irônica.

— *Sem* chance — respondo, e balanço a cabeça com tanta determinação e força que poderia deslocar o pescoço. Não preciso nem perguntar de que festa ele está falando. — *Seeeem* chance! Esquece. Não, mil vezes não.

— Eu falei para você não surtar! — reclama Gabe, rindo. Depois ele segura minha mão por cima da alavanca do câmbio, entrelaça os dedos nos meus e me puxa até eu estar perto o bastante para ele beijar a curva do meu queixo. Gabe acrescenta uma mordida suave, e eu me arrepio, apesar de tudo. — Escuta — murmura, roçando o nariz atrás da minha orelha —, sei que é até ridículo perguntar...

— É um *pouco* ridículo, sim — concordo, e me afasto de novo. A festa acontece todos os anos na casa dos Donnelly para comemorar três aniversários no verão, o de Gabe e o de Julia e Patrick. É um evento ao ar livre na fazenda da família, com muita comida, um jogo de vôlei e quatorze tipos diferentes de delícias de confeitaria, tudo embalado pelas músicas dos Beatles. Antes, eu achava que esse era o melhor dia do verão. Ano passado foi o primeiro em que não fui à festa. — Tipo, não dá para eu ir na festa com sua mãe que me odeia, sua irmã que me odeia e seu irmão que me odeia mais que todo mundo e com quem eu *namorava*, e com *você* que...

Paro de repente, constrangida e sem saber como continuar. Sem saber exatamente o que Gabe e eu somos. A ideia de aparecer no maior evento do calendário dos Donnelly com alguém que não é Patrick é suficiente para me fazer retrair, para me fazer questionar quem eu penso que sou. Beijar Gabe na caminhonete é uma coisa — uma coisa egoísta e estúpida, admito, mas divertida, livre, relaxada e, em última análise, inofensiva. É um segredo que não prejudica ninguém.

A festa? Aí é outra história.

— Eu o *quê*? — pergunta ele com tom de provocação. Com a mão livre, Gabe começa a desenhar círculos no meu joelho nu e meio saliente, os dedos subindo lentamente até encontrarem a barra do short. Respiro fundo. — Eu o *quê*, *hein*?

— Cala a boca — resmungo, sentindo minha pele formigar em cada lugar que ele toca, sem mencionar os que não toca. Espero um minuto antes de continuar, ouvindo o barulho das cigarras e o pio distante de uma coruja nos pinheiros. — Você, que eu pego no carro toda noite, para começar.

—Ah, *é isso* que temos feito? — Gabe sorri para mim mostrando os dentes quase como um lobo, mas tem mais alguma coisa por trás desse sorriso, algo que não consigo identificar. — É isso, então?

—Ah, eu... — Movo as mãos num gesto vago, me sentindo envergonhada de um jeito que raramente acontece quando estou com Gabe. — Não é?

Ele balança a cabeça.

— Não sei, Molly Barlow — responde, os olhos cravados nos meus. — Eu tinha esperança de me transformar em um homem honesto, mas, até agora, nada.

—Ah, é? — Minha voz soa um pouco mais suave do que eu esperava. — É isso que você quer?

— Sim — ele diz, e seu tom de voz combina perfeitamente com o meu. Parece que esteve mesmo pensando nisso, como se não fosse uma ideia que só tivesse aparecido nesse momento. — É isso, sim. — A mão dele continua no meu joelho, e ele o afaga uma vez antes de perguntar: — E você?

— Eu não *sei*. — Passo a mão no cabelo despenteado, me sentindo pressionada e eufórica na mesma medida. É como se eu tivesse perdido toda a capacidade de tomar decisões desde que voltei para cá, como se não soubesse distinguir entre amor e solidão. Eu *gosto* do Gabe; gosto *muito* dele, de seu sorriso, de como é fácil conviver com ele, de como ele espera que o mundo esteja sempre a seu lado e ele está, simples assim. Os dias que passo com ele parecem pedras preciosas no longo e desfiado fio desse verão, valiosos e inesperados. — Quero dizer, *sim*, mas...

— Sim? — Agora Gabe sorri de verdade.

— Talvez! — Levanto as mãos e dou risada, nervosa ou sei lá o quê. — Fala sério, você é *você*, é claro que pensei nisso.

Ele também gosta dessa resposta.

— Eu sou eu, é? — pergunta com as sobrancelhas erguidas.

— Ai, para de ser babaca.

Reviro os olhos, tentando imaginar a cena: nunca serei aceita por ninguém da família dele, e namorar Gabe seria me expor a todo tipo de novos tormentos, arrancar casquinhas de antigos machucados que mal começaram a cicatrizar. Sem mencionar minha viagem para Boston na primeira semana de setembro — o que vai acontecer no fim do verão? A gente se despede e diz que foi legal enquanto durou? A ameaça do distanciamento foi o que começou a desgastar meu relacionamento com Patrick — ou uma das coisas, pelo menos. Foram muitas. Mas começar alguma

99 dias 99

coisa com Gabe agora é colecionar mais idiotices, porque o pacote já tem a data de validade carimbada com tinta indelével.

Mas Patrick nunca me pediu em namoro desse jeito, percebo de repente. Nós sempre *fomos*, simplesmente. Não houve decisões conscientes, apenas nós nos envolvendo com tudo isso, um com o outro, e ficando lá. Nenhum dos dois sabendo como sair de lá.

— Como seria? — pergunto finalmente, sentando com as costas um pouco mais eretas, a coluna apoiada na porta do lado do passageiro. — Nós dois namorando, o que ia parecer?

— Como assim? Para as outras pessoas? — Gabe pergunta balançando a cabeça.

Hesito.

— Para a sua *família*, pra começar.

— Eles vão superar. — A voz de Gabe é urgente. — Ou não, mas também não superaram nada até agora, não foi? Por que deixar pessoas que já decidiram não te perdoar te impedirem de viver alguma coisa que pode ser muito legal? — Gabe para de falar e parece repentinamente envergonhado, como se só agora pensasse que podia ter ido longe demais. — Se é só isso que te preocupa, é claro. Tipo... — Meu Deus, ele está vermelho! — Se você também quiser, com exceção desse detalhe.

— Eu *quero* — declaro, e então me dou conta de que é verdade. Quero dar uma chance ao que tenho com ele. Quero tentar ser feliz até o fim do verão. — Que se danem as pessoas, você tem razão. Ah, não, quero dizer, não tem, não completamente, acho que tem muita coisa em que não pensou, mas...

— *Molly*. — Gabe ri e beija minha boca, um beijo brusco que não tem nada a ver com os movimentos suaves com que estou acostumada e que às vezes me dão a impressão de que ele sempre pensa um passo à frente. Dessa vez o beijo é espontâneo, meio desajeitado. Nossos dentes se chocam. Mesmo assim, acho que esse é meu beijo favorito desde o começo do verão. Quando acaba, Gabe sorri e apoia a testa contra a minha.

— Mesmo assim, não vou à sua festa maluca — resmungo teimosa.

Gabe ri junto do meu rosto, uma risada baixa e satisfeita. Ele me empurra para o banco de trás da caminhonete, me envolve com pernas e braços, com o cheiro de seu pescoço e da camiseta limpa. Pela janela, vejo a lua branca subindo no céu, pesada e quase cheia.

dia 26

Acordo assustada às quatro e meia da manhã, com o coração disparado, e jogo as cobertas longe. A euforia do que está acontecendo com Gabe — e é euforia, como meu corpo ainda vibrava uma hora depois de ele ter me deixado em casa, a sensação da boca na minha barriga e sobre as costelas... nada disso se traduz em uma noite inteira de sono. Pelo contrário, na verdade. Agora, depois de três pesadelos com Patrick, desisto de dormir e calço os tênis de corrida na escuridão, a cabeça fervendo com lembranças e arrependimentos.

Depois de um tempo, minhas pernas desistem do esforço e o suor escorre pelas costas. Estou meio tonta com o calor e a desidratação, e corro como se alguma coisa me perseguisse, como se minha vida estivesse em perigo. Quando paro e apoio as mãos nos joelhos, meu rosto está vermelho e sinto uma pontada em um lado do corpo, uma dor que me faz pensar que alguém segura meus pulmões e os torce com *força*.

É difícil acreditar que houve um tempo em que me quiseram em Bristol especificamente para correr, mas eis o que realmente aconteceu: a mulher bronzeada de sol e atlética na arquibancada na minha prova contra o Convento do Sagrado Coração em março, na primeira série do ensino médio, e novamente em um treino na manhã seguinte. Fui chamada na Orientação depois do almoço, e lá me pediram para sentar em uma cadeira de plástico e me deram um panfleto.

— Pense nisso — disse a recrutadora. Ela usava o cabelo preso em um rabo de cavalo alto e tênis de atletismo, como se planejasse voltar correndo para o Arizona depois da reunião. — É só uma proposta a ser considerada para o ano que vem.

Encontrei Patrick no estacionamento depois da última aula. Ele me esperava sentado ao volante do Bronco. Havia uma lei antiga que permitia que os jovens tirassem a carteira de habilitação seis meses antes da idade mínima determinada se os pais precisassem de ajuda para o trabalho na fazenda. A casa dos Donnelly ficava na zona rural, e por isso os três conseguiram a habilitação antes de todo mundo. Gabe costumava levar a gente para o colégio, porque era o mais velho, mas naquele dia ele ia pegar carona com Sophie, com quem estava ficando, e Julia tinha treino da equipe de líderes de torcida até as quatro e quarenta e cinco. As terças-feiras eram sempre assim, Patrick e eu sozinhos na volta para casa. Terça-feira era meu dia preferido.

Quando abri a porta, ele ouvia Mumford com a cabeça apoiada no encosto do banco de couro gasto, o sol fazendo desenhos no rosto bronzeado. Ele segurou meu rosto com as duas mãos e me beijou, um beijo conhecido e bom.

— O que é isso? — perguntou quando mostrei o panfleto, os olhos cinzentos e curiosos se movendo do papel para mim e de volta ao papel. Sua expressão ficou carregada quando expliquei. — Uau. — Patrick devolveu o panfleto, olhou para trás e deu ré no Bronco. — Eu... uau.

— Esquisito, não é?

—Aham. — Ele deu uma risadinha. — É *bem* esquisito.

— É? — Fiquei magoada, apesar de ter falado a mesma coisa segundos antes. —Ah.

— Não, não estou dizendo que você não merece ou que não é uma boa corredora, só que... espera. — Patrick olhou para mim de novo antes de sair do estacionamento. A embalagem da barra de granola que Julia havia comido antes da aula estava amassada no chão, perto dos meus pés. — Você quer ir?

99 *dias* 103

— Não sei. — Dei de ombros e me arrependi de ter contado para ele. Nunca havia me sentido desse jeito com Patrick, sempre havia contado a ele tudo que fazia e pensava praticamente desde que aprendi a falar. Era estranho e desorientador, como pisar em um buraco na calçada. — Não. Quero dizer, acho que não. Não.

— Que lugar é esse? É tipo Hogwarts? Um bando de meninas morando na floresta e fazendo rituais secretos com sangue de virgem?

— Não é Hogwarts. — Aquilo me irritou um pouco, na verdade. Patrick não costumava ser assim tão desdenhoso; bem, ele *era*, mas não comigo. Eu era a pessoa que ele ouvia, a que falava sua língua. — E já moramos na floresta — brinquei, ignorando o comentário sobre o sigilo e as virgens, me ocupando com uma costura plástica solta no interior da porta do carro. Era raro eu sentar no banco da frente, porque Julia sempre pulava no lado do passageiro e Patrick e eu viajávamos no banco de trás. — Acho que é no deserto. Tanto faz. Não sei. Tem razão, é bobagem. Esquece.

Estávamos parados em um sinal fechado; Patrick estendeu a mão e cutucou minha coxa.

— Mols — disse, olhando para mim como se pensasse que eu estava brincando, como se esperasse uma pegadinha, como se eu tentasse apertar sua mão segurando um aparelhinho de choque ou fazê-lo sentar sobre uma almofada de apito, ou oferecesse um daqueles chicletes que pinta os dentes de preto. — Fala comigo. Você quer ir?

— Não — repeti, teimosa. — Não quero, eu só... não gosto de ouvir você falando como se nem fosse uma possibilidade, sabe?

— Mas *não* é uma possibilidade — Patrick respondeu com ar confuso. — Certo?

Certo?

Só estou pensando na proposta, gostaria de dizer a ele. *É legal alguém me querer para alguma coisa. Às vezes eu tenho medo de estarmos muito presos um ao outro.*

104 *Katie Cotugno*

Olhei para ele por um instante, segurei sua mão e respondi:

— Certo.

O sinal abriu e Patrick seguiu em frente.

Patrick aparece na pousada no fim daquela tarde, quando uma tempestade se aproxima tingindo tudo de preto. Ele abre a porta para o retumbar baixo do clima e um sopro de vento frio e úmido.

— Oi — digo, e meu coração tropeça por um segundo antes de eu perceber que dois anos se passaram, e agora ele não vem mais me buscar no trabalho todas as noites. Aquilo já foi, digo a mim mesma, e meus dedos apertam a beirada do balcão de reservas como se eu me preparasse para alguma coisa fisicamente dolorosa. — Está procurando a Tess?

Patrick assente; ele está atravessando o saguão, com o balcão, duas poltronas e um pufe de couro entre nós, mas dá um passo para trás como se eu fosse radioativa, como se fosse possível se contaminar com o que eu tenho.

— Ela mandou uma mensagem — diz com uma voz impessoal, sem nenhuma entonação. — Está terminando o turno.

Respondo que sim movendo a cabeça devagar.

— Tudo bem. — A atitude educada seria deixá-lo quieto, mas me pego olhando para ele do mesmo jeito, encarando como uma criança sem educação. Ele é alguns centímetros mais baixo que o Gabe, deve ter quase um metro e oitenta, talvez. E percebo uma insinuação de barba em seu queixo. Patrick não está perto de mim o bastante para que eu possa ver agora, mas sei que tem uma manchinha no olho, uma pinta escura na íris cinzenta do olho esquerdo. Eu costumava olhar para ele e me concentrar nela quando nos beijávamos, como se assim pudesse enxergar seu coração.

— Fiquei sabendo que meu irmão te convidou para a festa — comenta.

Fico surpresa por ele falar comigo, considerando que mantém uma distância suficiente para se prevenir contra qualquer coisa transmissível. Patrick usa uma camiseta de beisebol com as mangas arregaçadas até os cotovelos. Dá para ver a marca de nascença em forma de feijão no punho.

— Pois é — respondo, prendendo o cabelo atrás das orelhas e tentando imaginar o que mais ele ouviu, que conversa pode ter sido essa. — É. — Não dá para conceber que Gabe tenha jogado na cara de Patrick nosso relacionamento recente. Afinal, ele manteve aquela noite em seu quarto em segredo por quase um ano. Porém, não pela primeira vez, me pergunto o que penso estar fazendo, por que estou me envolvendo novamente com os Donnelly. — Já falei para ele que não vou, se é isso que te preocupa.

Patrick balança a cabeça.

— Não me interessa o que você faz, Mols. Achei que já tivesse dito isso.

Sinto o rosto esquentar.

— Sim — concordo, e pego os papéis que vim buscar, a lista de reservas para o próximo fim de semana. Penn está me esperando no escritório, Desi encolhida em seu colo com medo da tempestade. — Você disse.

Viro para sair do saguão, mas olho para trás no último segundo. Patrick está olhando para mim, e a força daquele olhar é como uma coisa física. Patrick e eu nunca fizemos sexo. Até hoje, Gabe é a única pessoa com quem transei, e só aquela vez, mas, mesmo assim, conheço quase cada centímetro de Patrick, o tipo de familiaridade que a gente tem quando passa todos os dias com alguém por anos a fio. Sei como foi ridículo quando a voz dele estava mudando, e como, no sétimo ano, ele me perguntou sem rodeios se eu estava de sutiã.

— Vi o que minha irmã fez com você no Crow Bar na outra noite — diz ele olhando para mim. Sinto saudade de Patrick de um jeito estúpido, absurdo. — Você devia mandar a Julia ir se foder.

Cruzo os braços, um gesto instintivo e constrangido. *Está ficando meio gordinha*, eu me lembro, e meus membros esquentam e formigam de vergonha. É claro que ele ouviu, claro que sim. Ele deve me achar horrível.

— Pensei que não se importasse com o que eu faço — respondo.

Patrick levanta as sobrancelhas, como se não esperasse uma resposta. Acho que nem eu esperava uma resposta minha. Por um segundo, tenho a impressão de que ele vai sorrir e prendo a respiração com a expectativa, como se aguardasse um espirro ou uma borboleta pousar no meu dedo. No fim, ele só balança a cabeça.

— Não me importo — diz, e seu rosto está com uma expressão que não consigo decifrar. — Se quiser ir à festa, pode ir.

Pisco os olhos, surpresa, sem saber se ele está falando sério.

— Está me desafiando?

— Chame do que quiser. — Patrick se vira e caminha para a porta, para a tempestade que sibila e explode lá fora. — A gente se vê, Mols. Diz para a Tess que estou esperando no carro.

dia 27

Gabe fica muito feliz quando mando uma mensagem avisando que decidi ir à festa, afinal; ele até vai me buscar na casa da minha mãe para eu não ter que chegar sozinha como Hester Prynne, enfrentando o cadafalso da cidade.

— Está preparada? — pergunta quando afivelo o cinto de segurança da caminhonete. — Confortável, tudo certo?

— Cala a boca. — Sorrio e seguro a vasilha de molho de tomate e o pão com tanta força que corro o risco de chegar na festa coberta com molho e migalhas. Dá para perceber que Gabe sabe o quanto estou apavorada, e também que ele acha que meu medo é desnecessário, mas é legal saber que se preocupa. — Está tudo bem. Eu estou bem, essa sou eu estando bem.

— Ah, é isso? — Gabe ri. — Vou avisar o pessoal.

Olho para ele com uma cara feia bem exagerada.

— Não se atreva.

— Foi só um comentário — ele continua com o mesmo tom provocante. — Se você está *bem*, as pessoas precisam saber.

— Aham. — Olho para a estrada pelo para-brisa. — Só continua dirigindo, tá? Antes que eu recupere o bom senso e me jogue do carro.

A fazenda Donnelly é grande, branca e antiga, com três chaminés desmoronando e o celeiro marrom no fundo. Não me atrevi a vir aqui desde que voltei, no começo do verão, mas a familiaridade com o lugar me tira o fôlego, com o emaranhado das roseiras de Connie dos dois lados da varanda e a janela rachada no canto direito superior, onde Patrick acertou uma bola de beisebol quando tínhamos onze anos, no outono. Eu costumava me encolher no sótão inclinado e apertado quando nós quatro brincávamos de esconder. Fico surpresa com quanto meu peito se comprime quando vejo o celeiro.

Meu plano é evitar Patrick e Julia tanto quanto possível, por isso, é claro, essas são as duas primeiras pessoas que vejo quando chegamos. Eles estão sentados na escada lateral tirando a palha de espigas de milho que jogam em um saco de papel pardo no chão. Meu coração dá um pulo. Todo mundo usa a porta lateral da casa dos Donnelly, até o carteiro. Só desconhecidos tocam a campainha na frente da casa.

Quando Gabe para o carro, vejo Tess abrir a porta de tela e sair da cozinha em um vestido branco esvoaçante, segurando um dos pirex antigos de Connie, um azul com cenas rurais. Ela passa a mão livre pelos cachos curtos de Patrick de um jeito casual. Ele vira a cabeça e beija a mão dela.

Fico incomodada com a cena, e novamente com a injustiça da minha reação. É como se eu fosse um demônio ciumento, como se tivesse o direito de ficar magoada. Estou aqui com *Gabe*, não estou? Vou entrar na festa com o irmão de Patrick, literalmente. Tenho que me controlar.

Gabe não parece estar prestando atenção, felizmente:

— Vamos — diz ele, pegando a vasilha do meu colo e abrindo a porta do motorista para o calor e o ruído lá fora, onde o sol atravessa a copa de árvores muito antigas. Consigo ouvir a conversa e o ruído da festa que vem do quintal. Patrick e Julia levantam a cabeça quando escutam o barulho da porta batendo, e ambos reagem com uma incredulidade ofendida, como se vissem um pouco da lua, decidissem que era um truque e se enfurecessem com quem tentava convencê-los do contrário. Seria cômico, e Patrick e eu teríamos achado engraçado se víssemos isso acontecer com outra pessoa, se não doesse tanto.

Levanto a mão e aceno, acanhada. Tess é a única que acena de volta.

— Viu? — Gabe comenta altivo, revirando os olhos para a expressão dura dos irmãos e segurando a minha mão quando atravessamos a faixa larga e verdejante do quintal. — Me diz que já não está se divertindo como nunca!

— Aham — resmungo. — Essa sou eu me divertindo horrores.

O quintal já está cheio de tias e tios e primos e amigos da família, rostos que reconheço de uma década de festas de verão como essa, formaturas e viagens para esquiar, a fila dos cumprimentos do funeral de Chuck. Ir na direção deles é como ser abordada por um exército composto inteiramente por pessoas um pouco mais velhas do que eram na minha cabeça. É difícil engolir.

— Tá tudo bem — Gabe murmura, abaixando a cabeça para que só eu pudesse ouvi-lo. — Cola comigo.

Acho que isso é exatamente o oposto de um bom plano, na verdade. Por um momento, olho para trás, para Patrick, pensando com nostalgia em como ele sempre foi bom em evitar multidões, mas não tenho opção, por isso sorrio com toda simpatia e humildade possíveis.

— Oi, pessoal — Gabe repete várias vezes, acenando para o grupo de pessoas segurando pratos de salada de macarrão e garrafas de cerveja. O cachorro com artrite dos Donnelly, Pilot, fareja distraído pelo quintal, e alguma coisa animada e regional, uma banda que tem "uísque" ou "Alabama" no nome, brota das velhas caixas de som de Patrick. — Vocês conhecem a Molly, né?

Ele faz isso várias vezes, me apresentando novamente a todos com uma das mãos nas minhas costas e um sorriso tranquilo, perguntando pelo time de beisebol do primo Bryan e o clube do livro da tia Noreen. Gabe é enormemente, imensamente, absolutamente casual sobre a toda a situação.

E todo mundo reage do mesmo jeito.

— Viu? — pergunta ele depois que damos uma volta pelo quintal e paramos ao lado de uma das mesas de comida, onde me sirvo de um pouco de salada de batata com maionese.

Falamos com os antigos parceiros de bebida do Chuck e com o novo noivo da prima Jenna. Expliquei para umas três tias diferentes que não, ainda não sei qual curso pretendo fazer. Ficamos longe de Julia e Elizabeth Reese, que estão largadas na rede com a cabeça bem próxima uma da outra — elas vestem camisas de cambraia iguais e, felizmente, parecem mais interessadas em dar risada do que em me atormentar. Enquanto isso, Patrick é um fantasma. Eu o vejo de vez em quando pelo canto de olho como se ele pudesse atravessar paredes e desaparecer quando quisesse, como se fosse cheio de truques de magia, aparecendo e sumindo.

Patrick e eu costumávamos curtir essa festa do nosso jeito — curtíamos todas as festas do nosso jeito, verdade seja dita —, escondidos no celeiro jogando ou apenas conversando, as pernas cruzadas em cima do outro e a mão de Patrick no meu cabelo. Eu me lembro de ter estado aqui no verão depois da primeira série, depois que dormi com Gabe e antes de ele ir embora para a faculdade. Patrick e eu estávamos juntos, e passamos o dia todo sozinhos no sofá do celeiro. Normalmente, eu teria tentado convencê-lo a ficar lá fora com todo mundo, mas naquele dia me senti agradecida por Patrick preferir a solidão. Afinal, dessa maneira era mais fácil evitar o irmão dele.

Gabe é um ser social, porém, e eu sabia que estar ali com ele significava estar *ali* com ele, circular e participar da festa, ser o tipo de pessoa que aparece na frente das fotos, em vez de me esconder em algum lugar no fundo, cortada, com o rosto virado para o lado.

Patrick e Julia não eram os únicos Donnelly que me evitavam — eu ainda não tinha encontrado Connie, só a vi pelo canto de olho correndo para a cozinha. Mas, a não ser por alguns

99 dias 111

olhares confusos dos tios de Gabe, a maior parte da tarde não é exatamente a tortura medieval que eu esperava.

— Não é tão ruim, é? — Gabe pergunta, batendo o ombro no meu. — Falei para todo mundo que você estava bem e que era para eles acreditarem.

— Ah, engraçadinho. — Tento revirar os olhos, mas não consigo apagar o sorriso do rosto. É como ter uma vitória: pequena, talvez, mas real, uma vitória tangível. Estico a mão e puxo o passante do cinto da bermuda dele.

— Anjo Gabriel! — O grito vem da entrada da garagem. Lá estão Ryan e vários amigos de Gabe que conheci na festa no lago, um grupo inteiro com caixas de cerveja e refrigerante.

— Precisa fazer esse pessoal parar de chamar você desse jeito — digo para Gabe quando vamos recebê-los. Kelsey também está lá com os brincos de aparência dolorosa e o cabelo platinado e repicado e uma sandália gladiadora amarrada até os joelhos. Tem um garoto de cabelo comprido cujo nome acho que é Scott ou Steve, talvez, mais duas pessoas que não conheço, todo mundo de óculos escuros e sorrindo, como se não houvesse outro lugar onde quisessem estar além da festa da família de Gabe.

Kelsey me abraça como se fôssemos velhas amigas, depois começa a contar uma história longa e complicada sobre o designer da bijuteria azul-turquesa que ela encomendou para a loja. Vamos sentar nas cadeiras de jardim perto da horta, onde bebemos limonadas e comemos batatas fritas durante a maior parte da tarde. Eu me sinto protegida e incluída com esse grupo. Com os amigos de Gabe, percebo, me sinto segura.

A estranha e doce verdade, porém, é que ninguém nessa festa parece estar especialmente interessado em mim. Ninguém põe o pé na minha frente nem ri de mim; ninguém estoura uma bola de chiclete no meu cabelo. Por volta das quatro horas, Kelsey vai procurar mais salada de macarrão e, graças a ela, e também à margarita que uma das tias Ciavolella preparou para mim, estou relaxada o bastante para me arriscar a ir

112 *Katie Cotugno*

sozinha ao banheiro. Estou saindo do lavabo embaixo da escada quando escuto a voz de Connie na sala de estar:

— Vem me ajudar com o sorvete lá fora, aniversariante! — A voz conhecida ecoa no teto alto e no assoalho de tábuas largas e brilhantes. Nós quatro adorávamos escorregar naquele chão de meias. — E aproveita para mudar um pouco essa cara! Para de torcer o nariz como se sentisse algum cheiro ruim.

— Eu *sinto* um cheiro ruim — Julia responde imediatamente. — E se chama Molly.

— Chega — Connie a interrompe. Eu me sinto empalidecer tão intensamente que tenho medo de ter feito algum ruído. É como se um alçapão se abrisse embaixo de mim. Isso costumava acontecer muito antes de eu ir para Bristol; ouvia pessoas falando de mim sem se importar com a possibilidade de eu estar escutando. Eu já deveria estar mais acostumada com isso agora. A conhecida onda de tontura é física como uma vertigem. — Será que a gente pode não falar sobre isso agora, por favor? — Connie continua. — Enquanto a garota está nesta casa? — Eu me encolho com o *a garota*, com a ideia de que agora eu seja apenas isso para Connie, depois de todas as vezes que ela me cumprimentou com um abraço, me pôs na cama e me tratou como filha. Eu tinha certeza de que ela me amava como amava os três filhos. — Não adianta ficar toda agitada com isso agora, Jules, e estragar o dia.

Julia não se convence.

— Eu *estou* agitada — responde. Consigo imaginá-la nitidamente; as roupas J. Crew e as pernas magras, longas e graciosas. Julia é uma guerreira, sempre foi. Eu costumava dizer que se um dia tivesse que enterrar um corpo ou travar uma batalha na Tasmânia, ela seria escolhida para ir comigo. — Acho que é de mau gosto. É de mau gosto e é grosseiro Gabe trazê-la aqui, e é *duas vezes* mais grosseiro da parte dela vir enquanto o Patrick...

— Patrick está com a Tess — Connie a interrompe.

99 dias 113

— Mãe, aquela garota legal é só uma enorme tentativa de transferência, e todo mundo aqui sabe disso, então...

— Dá para dar um tempo, Julia? — Connie está irritada, como se essa não fosse a primeira vez que elas conversassem sobre o assunto. É bizarro, mas eu me lembro do verão em que tínhamos oito anos e Julia decidiu que nunca mais usaria sapatos, como ela estava determinada, apesar de todo mundo tentar demovê-la da ideia. — Por favor, vamos cortar o bolo. É seu aniversário, estamos todos juntos, não vamos...

— Meu aniversário não é hoje.

Connie suspira.

— Liz, me ajuda com ela. Explica que Molly não tem importância.

Ouço a risada alta e mansa. Elizabeth Reese também está ali, então. As três falam sobre mim e meu comportamento *grosseiro* e *de mau gosto*, mas só consigo ouvir muitas e muitas vezes as últimas palavras.

Molly não tem importância.

Sinto o gosto metálico da minha pulsação no fundo da boca. Sei que não estão erradas, e essa é a pior parte. Era um *absurdo* eu estar ali, totalmente inadequado.

—Ah, tanto faz, não envolve a Lizzie nisso — reclama Julia, a voz transbordando desgosto. — Ela não vale a pena, blá-blá--blá, tanto faz se é uma...

— Isso é sério? — Uma voz furiosa a interrompe. A voz furiosa de *Gabe*. Eu me encolho mais na penumbra do lavabo, o coração batendo ainda mais forte do que um momento antes, se é que isso é possível, humilhada por pensar que ele ouviu o que disseram. — Estão mesmo aqui dentro falando mal de alguém feito um bando de fofoqueiras amargas?

Julia bufa.

— Um bando de *quê*...?

— Eu esperava isso de você, Jules, mas... que droga, mãe. Tipo, quem é você, mesmo?

O silêncio que paira no ar por um instante antes de Connie responder é tenso.

— Gabriel...

— Molly era da *família*. Molly estava aqui quando o papai morreu. E eu não... não quero entrar em detalhes, mas é preciso duas pessoas para fazer o que fizemos, certo? E Patrick é meu irmão. Eu só... eu tô cheio dessa merda. De verdade.

— Calma, fera — Julia responde com a voz dura e seca.

Connie não diz nada, ou diz e eu não escuto, porque estou apertando o punho contra a boca para não deixar escapar um soluço que vai me delatar.

Saio do banheiro quando escuto os passos dele no corredor, e levo um dedo aos lábios quando vejo seu rosto surpreso. Puxo Gabe para a cozinha, o empurro contra a parede e beijo sua boca.

— Obrigada — consigo dizer.

Gabe balança a cabeça e entrelaça os dedos nos meus, as duas mãos.

— Vem — diz ele, e morde meu lábio de leve. — Tem uma festa lá fora, está ouvindo?

As coisas começam a acalmar por volta da meia-noite, com velas de citronela sobre as mesas e Ray LaMontagne cantando baixinho sobre Hannah e Jolene depois do Steve Wonder, que embalou o momento após o jantar. Tess se despediu há algum tempo, acenando com o cabelo brilhante como um farol na noite azul e roxa. Faz frio longe da fogueira, e estou com braços e pernas arrepiados.

Encontro Gabe estendido em uma cadeira no gramado, sozinho pela primeira vez, com uma garrafa quase vazia de Ommegang entre os dedos. Levanto as sobrancelhas. Os Donnelly nunca foram severos com os filhos, e depois que Chuck morreu, Connie praticamente desistiu da disciplina. Mesmo que ele ainda estivesse vivo, acredito que seriam aquele tipo de pais que *preferem que os filhos façam as coisas em casa, seja o que for*. Mas quando ele senta na cadeira, percebo que Gabe está mais bêbado do que é aceitável em um evento de família.

— Oi — digo, e me sento na beirada da cadeira, perto dos tornozelos dele. — Acho melhor pensar em uma alternativa para voltar para casa, não é?

Gabe franze a testa com uma consternação debochada, depois ri.

— Eu... não devia dirigir, é verdade — concorda animado, segurando minha mão e puxando até eu chegar mais perto dele na cadeira. Sinto o calor de seu corpo através da camiseta. — Mas vou arrumar alguém para te levar.

— Posso ir com o seu carro — sugiro. — Devolvo amanhã depois do trabalho ou...

Gabe balança a cabeça.

— Tenho que abrir a pizzaria amanhã — ele me conta, como se só agora se lembrasse disso. — Ai, tenho que abrir a *pizzaria* amanhã, eu sou um idiota, vai ser um sofrimento. Bom, deixa eu ver se...

— Eu posso levar a Mols.

Assustada, viro a cabeça e vejo Patrick ali parado na escuridão, as mãos nos bolsos e o mesmo olhar duro e desconhecido com que me acostumei recentemente, como se nunca tivéssemos dormido lado a lado no sótão do celeiro no verão ou contado um ao outro nossos medos mais terríveis. Ele olha para uma picada de mosquito em seu cotovelo.

Eu me sinto empalidecer. Não me aproximei dele o dia inteiro de propósito, porque queria dar a ele o maior espaço possível, ou, pelo menos, tanto espaço quanto pudesse depois de vir a esta festa.

— Patrick, não precisa — respondo.

Mas ele já foi para a entrada da garagem com as chaves do carro na mão.

116 *Katie Cotugno*

— Você vem ou não? — pergunta, olhando para trás.

Tudo que consigo fazer é assentir.

dia 28

De acordo com o relógio no painel, é meia-noite e meia quando sento no banco do passageiro do Bronco ao lado de Patrick e encaixo o cinto de segurança na trava como fiz um milhão de vezes antes. É neste carro que penso quando me lembro dos Donnelly, o que Connie usava para nos levar a qualquer lugar, o carro em que entrávamos sonolentos todas as manhãs para ir à escola. Às vezes subíamos no teto para procurar cometas.

— Obrigada por me levar — digo, engolindo o estranho nó de memórias que se forma na garganta quando Patrick sai da entrada da garagem. — Você realmente não precisava fazer isso.

Patrick olha para a frente, o rosto avermelhado pela luz do painel. Ele tem algumas sardas claras em cima do nariz.

— Eu sei — responde.

Vamos em silêncio até a casa de minha mãe, sem ligar o rádio e com a floresta nos observando dos dois lados do caminho, próxima e assombrada. Os faróis abrem largas fatias brancas na escuridão. Não tem nenhum outro carro na estrada, só Patrick e eu. Abro a boca e volto a fechá-la. O que posso dizer? O que eu poderia falar e que seria relevante?

Depois do que parece uma eternidade, Patrick sobe pela entrada da garagem e para ao lado da casa de minha mãe.

— Tudo bem — diz, dando de ombros com as mãos sobre o volante. É a primeira vez que ele abre a boca desde que saímos da fazenda. — A gente se vê.

— Aham. — Assinto de um jeito mecânico, feito um robô ou uma marionete. — Tudo bem. Obrigada. Sério. Eu... sério. Obrigada.

— Não foi nada — resmunga Patrick.

Ele mal espera eu sair do carro para ir embora, e é por isso que fico muito surpresa quando ele pisa no freio de novo antes de chegar na rua.

— Merda — diz ele ao sair do carro e bater a porta do Bronco, percorrendo a distância entre nós com passos largos. — Eu só... merda. Odeio isso.

— Patrick. — Meu coração está batendo na garganta, acelerado e forte. Eu ainda nem tinha saído do lugar. — Qual é o seu problema?

Ele balança a cabeça.

— *Odeio* isso — repete quando me alcança, quando está perto o bastante para eu poder sentir seu cheiro familiar. — Meu *Deus*, Mols, como consegue não odiar isso? Estar no mesmo carro que você me faz querer arrancar a pele! Odeio isso. Odeio.

Fico olhando para ele, perplexa, sem saber se a explosão é geral ou específica, se devo pedir desculpas ou gritar de volta, ou se devo beijá-lo aqui mesmo onde estamos.

Se ele ao menos deixasse. O que significaria se ele deixasse? O que significa que parte de mim ainda queira beijá-lo, mesmo que eu sinta que estou me apaixonando por Gabe?

— Também odeio isso — respondo finalmente, com dez anos de história apertando meu peito, como se o tempo se expandisse por dentro. Pela centésima milionésima vez, queria saber como agir corretamente nessa situação. — Sinto muito, eu...

— Não quero ouvir você se desculpar, Mols. — Meu Deus, ele parece muito, muito cansado. E muito mais velho do que realmente é. — Quero parar de sentir tudo isso. — Patrick balança a cabeça. — Eu quero... eu quero... — Uma pausa. — Esquece — diz, como se lembrasse, de repente, feito um sonâmbulo que acorda de um sono. — Isso foi idiota, sei lá. Queria ter certeza

99 dias 119

de que você chegaria em casa, você está em casa. Como eu disse... a gente se vê.

— *Espera* — peço em voz alta, e minha voz ecoa no quintal. — Só... espera.

Eu me sento no chão onde estou e sinto a grama úmida de orvalho esfriando minhas pernas. Depois me viro de costas.

— Vem. — Estou de costas para ele como costumávamos fazer quando éramos mais novos e precisávamos conversar sobre alguma coisa importante ou constrangedora. — Senta aqui um segundo.

— Está falando sério? Eu... não, Molly.

Não posso vê-lo, mas imagino exatamente com que cara ele está, a irritação contida, como se eu estivesse envergonhando nós dois. Pela primeira vez, não me importo. Levanto a cabeça até ver o topo da dele atrás de mim, aquele cabelo enrolado.

— Faz o que eu pedi, é só um segundo — insisto. — Depois pode voltar a me odiar, prometo. Só um segundo, por favor.

Patrick olha para mim por um instante, de cabeça para baixo e de cara feia. Finalmente, ele suspira.

— Não odeio você — resmunga, e se senta no gramado com as costas apoiadas nas minhas.

Respiro fundo.

— Não? — pergunto quando ele se acomoda no chão atrás de mim, promovendo o primeiro contato físico que temos em mais de um ano. Sinto cada vértebra de sua coluna. Nós mal nos tocamos, nada que sirva de material para romances bobos, certamente, mas é como se meu corpo estivesse cheio de fagulhas do mesmo jeito, como se eu não tivesse pele e pudesse senti-lo em meus órgãos e ossos. Tento ficar quieta, muito quieta. — Não?

— *Não* — responde Patrick, e acrescenta depressa: — Não gosto de você com meu irmão. — Ele fala tão depressa que sei que era isso que estava tentando dizer há um minuto. O truque de sentar no chão de costas um para o outro ainda funciona. — Eu só... penso em você com ele e não... não gosto.

120 *Katie Cotugno*

Sinto o sangue correndo em minhas veias, um chiado baixo e rápido. *O que isso significa?*, quero perguntar.

— Bem, não gosto de você com a Tess — confesso, e olho para as árvores no fundo da propriedade. A mão de Patrick está plantada na grama, não muito longe da minha. — Já que estamos falando das nossas queixas.

— Não sei se você tem o direito de opinar sobre mim e a Tess. — Patrick afasta a mão da minha e se senta um pouco mais ereto. Um sopro de ar frio passa entre as costas dele e as minhas.

— Nós *terminamos* — lembro, virando e interrompendo completamente o contato físico. — Fala sério, Patrick. Antes de acontecer alguma coisa com ele, você terminou comigo, lembra?

Estou surpresa por ter dito isso. Nunca nem pensei na situação dessa maneira, porque parece que estou inventando desculpas. É verdade, no mais básico dos níveis: Patrick não era meu namorado quando transei com o irmão dele. Estávamos brigando havia meses, desde que mencionei pela primeira vez a ideia de ir para Bristol, e finalmente chegamos a um impasse e ele disse para eu ir. Mas detalhes técnicos nunca foram importantes para nós.

— Vai mesmo tentar discutir isso comigo agora? — Patrick continua de costas para mim. — Passamos a vida inteira juntos, ele é meu *irmão*, e você está dizendo que não tem importância porque tínhamos terminado cinco minutos antes?

— Não é isso... — Patrick sempre sabe como distorcer tudo, dar a impressão de que estou tentando escapar do que fiz. — Não estou dizendo...

— Escondeu isso de mim durante *um ano* — diz ele com tanta mágoa que é de partir o coração. — Um ano inteiro. Se sua mãe não tivesse escrito aquele livro bizarro, você teria me contato algum dia? Antes do nosso casamento, ou sei lá? Antes de termos filhos?

— *Patrick.* — Sei que perdi essa. Ele tem razão. O segredo era quase pior que o ato, como todos os dias que passamos

99 dias 121

juntos depois daquilo foram uma mentira de proporções épicas, um milhão de pequenas inverdades formando uma crosta sobre a mentira maior. Fingi a gripe no Natal seguinte para não ter que ver Gabe, que voltara de Notre Dame para casa, lembro de repente. Patrick me levou sopa e o DVD de *Esqueceram de Mim*.

Eu me viro novamente e apoio os ombros nos dele mais uma vez.

— Sinto muito.

— Tudo bem. Quero dizer, não está. — Patrick bufa, espera um minuto. Ele se reclina, e consigo sentir sua respiração. — Estamos quites, então, é isso o que está dizendo?

Levo um minuto para perceber que ele voltou ao começo, está falando sobre mim e Gabe e ele e Tess. Balanço a cabeça, embora ele não possa me ver — mas pode sentir, provavelmente, e isso basta.

— Não sei se posso dizer que estamos quites, exatamente.

— Não — diz Patrick, e não sei se estou imaginando coisas ou se ele de fato pressiona um pouco mais as costas contra as minhas, como se me mostrasse que ainda está ali. — Acho que não.

Ficamos sentados assim por muito tempo, nós dois respirando. Ouço grilos nas árvores. Um cachorro late ao longe, e Oscar responde. Meu estômago faz um barulho, e Patrick sufoca uma risadinha.

— Cala a boca — reajo automaticamente, e dou uma cotovelada nas costelas dele. Patrick segura meu cotovelo por um segundo antes de soltá-lo. — O que vamos fazer agora? — pergunto em voz baixa.

— Não sei. — Para alguém que achava que esse era um experimento idiota, ele não fez nada para se virar, percebo. Imagino se Patrick tem tanto medo disso quanto eu, como se vir seu rosto fosse suficiente para romper o encanto que nos domina, a noite e a privacidade e o sentimento de estar em casa. — Nem imagino.

— Podemos tentar ser amigos — sugiro, sentindo que me aproximo perigosamente de um precipício, como se tivesse mais a perder do que tinha vinte minutos atrás. Se ele me rejeitar de novo, vai ser o fim. — Não sei se vamos conseguir, mas... podemos tentar.

Patrick se vira e olha para mim. Eu também me viro quando sinto que ele está se movendo, e os olhos cinzentos encontram os meus.

— Quer ser minha amiga? — Vejo nos cantos de sua boca um esboço de sorriso que não consigo decifrar. — É sério?

— Se você quiser. — Dou de ombros. — Não sei.

— É. — Patrick balança a cabeça e fica em pé, como se isso fosse típico. — Você nunca quis. — E, antes que eu pudesse protestar: — Vamos ser amigos, Mols, é claro. Vamos tentar. — E começa a andar pelo gramado em direção ao Bronco. — Não pode ser pior do que somos agora.

dia 29

Vou correr por um caminho diferente do habitual, mais perto da estrada e dos restos comerciais esquisitos do redesenvolvimento fracassado de Star Lake na década de 1980, um McDonald's, um parque aquático chamado Splash Time, que pertencia a uma família e era praticamente um processo esperando para acontecer desde que eu tinha cinco anos, e um Super 8 com um gramado insignificante onde havia uma placa anunciando PRÉDIO À VENDA. Estou tão distraída pensando em Patrick — penso nele há mais de vinte e quatro horas, no momento na frente da minha casa e em tudo que pode ou não pode acontecer — que não registro realmente a informação até passar por lá de novo no caminho de volta, quando faço aquele esforço final dos últimos três quilômetros.

PRÉDIO À VENDA.

Hum. Será que o conteúdo também está à venda?

O mais sensato seria ir para casa e telefonar de lá como faria um adulto, mas a verdade é que estou muito animada, com aquela descarga de adrenalina correndo nas veias. Atravesso o estacionamento vazio e o saguão dilapidado e desbotado onde um funcionário de aparência sonolenta está sentado atrás da mesa.

— Posso ajudar? — pergunta ele sem interesse.

Respiro fundo.

— Oi. — Estendo a mão esperando que a atitude seja firme, forçando um sorriso do tipo *vamos fazer negócios*, apesar do rosto vermelho e suave. — Sou Molly Barlow, da Pousada Star Lake. Queria falar com alguém sobre a compra dos seus aparelhos de TV.

— Ah, você é esperta — comenta Penn, sorrindo para mim de trás da mesa quando relato minha história de sucesso daquela manhã. Quarenta aparelhos de tela plana, último modelo, por uma fração do que eu teria conseguido se fosse negociar em qualquer outro lugar, desde que a gente consiga tirar tudo de lá até o próximo fim de semana. O proprietário está falindo. É chato lucrar em cima da falta de sorte de outra pessoa, mas não é suficientemente chato para me impedir de sorrir quando ela acrescenta: — Você é *boa*!

Fico acanhada de repente, não estou acostumada com elogios.

— Não foi tão importante assim, sério.

— Não faça isso — Penn aconselha balançando a cabeça. — Não diminua a importância do que fez. Você viu uma oportunidade, tomou a iniciativa e conseguiu o que queria. Estou impressionada com você, garota. Devia estar impressionada com você também.

— Eu... — Balancei a cabeça e corei. — Tudo bem. Obrigada.

— Você merece. — Penn olha para mim por cima da xícara de café. — Molly, o que vai estudar quando for embora no outono? Eu já sei e esqueci?

— Nem eu sei ainda. Não sei o que quero fazer.

Penn assente como se isso não fosse incomum, o que me agrada. Tenho a sensação de que todo mundo que conheço está absolutamente certo do caminho a seguir. Imogen vai para a escola de arte, Gabe vai voltar para as aulas de química orgânica. Todas as meninas do colégio em Bristol se inscreveram em programas especializados, coisas como engenharia, comunicações políticas e literatura inglesa. Muitas vezes, é como se eu fosse a única perdida.

99 dias 125

— Tem um programa de administração na Bristol, não tem? — pergunta ela.

— Ah. — Respondo que sim com a cabeça, sem saber aonde Penn quer chegar. As pessoas sempre me perguntam se quero ser escritora, como minha mãe. — Acho que tem, sim.

— Devia pensar nisso. Você tem talento, faz coisas muito boas aqui. Precisa saber disso. Está fazendo um trabalho muito bom.

Sorrio, feliz. Faz muito tempo que não me sinto competente em alguma coisa.

— Você também tem feito um bom trabalho aqui — respondo, e saio do escritório para ver o que precisa ser feito no saguão.

dia 30

Minha mãe está em Nova York para uma reunião com o editor e uma passagem pelo *Good Morning America* para falar sobre o *Driftwood*. Gabe traz pizza e nós assistimos a uma maratona de Indiana Jones na TV a cabo. Não o via desde a noite da festa na casa dos Donnelly. Não ficamos sozinhos há quase uma semana.

— Tem certeza de que quer ver isso? — pergunta Gabe, se recostando no sofá e sorrindo enquanto come uma fatia de pizza de pepperoni. Ficamos na cozinha nos beijando por cerca de meia hora quando ele chegou, minhas mãos em seu cabelo ondulado e sua boca pressionando a minha. Gabe beija muito, *muito* bem. Ele abaixa a cabeça para alcançar minha omoplata e o esterno, e tento tirar Patrick da cabeça. *Não gosto de você com meu irmão.* Continuo me lembrando daquela noite no gramado de casa. — Não tem nenhum documentário sobre produção de suco ou a composição do solo do Oeste da África que você queira assistir?

— Já vi os dois, obrigada — respondo animada. Caprichei um pouco na roupa antes de ele chegar, vesti jeans skinny e uma regata com decote largo e pus duas pulseiras douradas e finas em um braço. Com Patrick, eu usava sempre jeans rasgado e camisa de flanela, mas tem alguma coisa em sair com Gabe que me faz sentir que preciso me vestir melhor. É legal fazer esse esforço. — Mas tem um programa sobre baleias assassinas no SeaWorld que eu queria ver.

— Esquisita. — Gabe passa um braço em torno dos meus ombros e me puxa para perto na penumbra. Só o abajur aceso ilumina a sala. Ele me encara. — E aí, como foi com meu irmão na outra noite? — pergunta, franzindo um pouco a testa. — No carro, quero dizer. Desculpa, te joguei na fogueira. Não percebi que tinha bebido tanto até ficar completamente bêbado.

— Não, não, foi tudo bem. — Faço uma pausa. Sinto que tenho que ser cuidadosa, mesmo sem saber por quê. — A gente teve uma boa conversa, na verdade.

— Ah, é? — Gabe sorri e acompanha a alça da minha regata com um dedo, vai e volta. — Sabia que ele ia acabar amolecendo.

— É... sim. — Não sei se o que aconteceu naquela noite foi um sinal de que Patrick amoleceu, mas também não sei como explicar tudo ao Gabe, nem mesmo sei se quero explicar. — É — concluo.

Gabe não parece notar minha hesitação, felizmente. Ele me beija de novo, e continua abrindo caminho com a língua em minha boca até eu ficar sem ar. Nunca ninguém me beijou desse jeito. A mão dele é quente e pesada em minha cintura. Tenho tido o cuidado de não deixá-lo ver nenhuma parte minha que não fique sempre coberta pelas roupas, como meu corpo ainda é flácido e fofo apesar de eu ter voltado a correr, mas quando ele levanta minha camiseta devagar e tranquilamente, estou tão distraída que quase nem percebo até já ter quase acontecido. Os dedos deixam rastros de fogo na minha pele.

— Meu Deus — murmuro em sua boca, ofegando tanto que chego a sentir vergonha. Meu peito se move no ritmo acelerado da respiração.

— Tudo bem? — pergunta Gabe.

Respondo que sim com a cabeça, e gosto de ele ter perguntado. Sinto cheiro de sal e de seu antigo sabonete amadeirado.

128 *Katie Cotugno*

Por cima de seu ombro, Indiana Jones foge da pedra ao som da velha canção familiar.

— Essa é a parte boa — murmuro, e fecho os olhos para ele me beijar outra vez.

dia 31

Connie está do lado de fora da pizzaria ajeitando as flores no vaso quando apareço na tarde seguinte. O sol aquece minhas costas.

— Oi, Molly — diz ela ao me ver, e parece surpresa. De maneira geral, tenho me mantido longe do restaurante. A agitação cresce dentro de mim.

— Oi, Con.

— Oi, Molly — repete, e sua expressão é neutra como a cor das paredes de um hospital. — Gabe não está aqui.

Assinto, tentando imitar sua expressão. Eu já sabia que os dois filhos dos Donnelly trabalhavam em horários desencontrados, que passavam o menor tempo possível juntos. Sabia que mal se falavam e que a culpa era minha.

— Só vim comprar pizza.

Uma fatia de calabresa e pepperoni é meu disfarce, talvez, mas encontro o irmão que estou procurando atrás do balcão, com um avental salpicado de molho, espalhando queijo sobre um círculo de massa crua. Patrick gosta de fazer pizzas, ou gostava. Ele dizia que isso o acalmava.

— Oi — chamo em voz baixa, tentando não o assustar. A pizzaria fica bem vazia a essa hora. Os únicos barulhos são os de uma criança jogando Ms. Pac-Man no canto e a vibração sibilante do aparelho de música no alto-falante. E, com um instante de atraso e muita estupidez, acrescento: — Migo.

Patrick revira os olhos para mim.

130 *Katie Cotugno*

— Oi, parça — responde, e um canto de sua boca se eleva. Não é um sorriso de verdade, mas é o mais próximo que consegui dele desde que voltei. Patrick está ainda mais parecido que antes com o pai. Meu sorriso é um reflexo. — E aí?

— Ah, nada de novo. — Dou de ombros com as mãos nos bolsos. — Por aí causando, doida por uma pizza.

— Aham. — Patrick sorri com ironia. Ele sempre ria de mim por isso quando estávamos juntos; dizia que, quando eu ficava nervosa, ia me tornando mais e mais engraçadinha, até alguém me fazer parar. Ele olha para mim. E espera.

Faço uma careta. Patrick não está facilitando essa coisa de sermos amigos. Acho que ele não tem obrigação de facilitar. Tento outra vez.

— Você vai ao Falling Star? — O evento vai começar em poucos dias. É a versão pobre das Catskills para o Burning Man. Um bando de adolescentes acampando nas montanhas, fumando toda maconha que aguentar, enquanto a banda da república do irmão de alguém toca três músicas do o.a.r. muitas e muitas vezes. Há dois anos nós fomos passar um dia no acampamento, um grande grupo de amigos. Foi depois de eu ter ficado com o Gabe, mas antes do livro, e lembro que fiquei muito feliz durante aquela tarde ensolarada. — Você e a Tess, vocês vão?

Patrick assente, termina de espalhar o queijo e põe a pizza no forno. Ele é um pouco mais baixo e musculoso que o irmão. Deixa a pá de fornear apoiada na parede.

— Parece que sim. Ela quer ver como é.

— Sei, legal. Eu também quero ir. — Dou de ombros, meio desajeitada. —Acho que a gente se vê lá, então.

Dessa vez Patrick sorri de verdade. Está se divertindo com quanto eu hesito e gaguejo, provavelmente, mas qualquer atenção é bem-vinda.

99 dias 131

dia 32

— Oi — Tess me cumprimenta na manhã seguinte no trabalho, quando me encontra no corredor do lado da sala de jantar. Estou ajeitando na parede as velhas fotos em preto e branco de Star Lake, as que Fabian, por alguma razão, adora entortar. — Sei que a pergunta deve ser idiota, mas... com que tipo de *roupa* as pessoas vão ao Falling Star?

Sorrio.

— Quer saber se precisa de uma calça boca de sino e macramé? — Recuo um pouco para ver se os quadros estão alinhados. — Não precisa, a não ser que você queira entrar no lance do amor livre. Aí tem que se vestir de acordo.

— Para a orgia, sei. — Tess dá risada. — A pergunta é se dá para ir de short, esse tipo de coisa, sabe? É só um acampamento. Não preciso de um vestido, certo?

— Bom, eu com certeza não vou de vestido — garanto. — Mas Imogen sempre diz que eu me visto feito um menino, então... talvez seja melhor você perguntar a ela.

— Qual é! Você está sempre descolada. Mas tudo bem — continua antes que eu possa reagir ao elogio. — Obrigada, Molly. — Tess se vira para ir embora, mas volta no último segundo, girando sobre o assoalho de madeira com seus chinelos de salva-vidas. — Escuta, não tem que ser, tipo, estranho, ou alguma coisa assim, tem? — O gesto é vago, como se ela se referisse a tudo e qualquer coisa. — Tipo, nós todos irmos?

132 *Katie Cotugno*

— Não, de jeito nenhum — respondo, mesmo sem saber como pode ser qualquer outra coisa *além* disso. Não sei se Patrick contou a ela sobre a conversa que tivemos no gramado de casa na noite da festa. Não sei se é estranho eu não ter contado ao Gabe. — É claro que não.

— Tudo bem, legal. Pena a gente não ter passado mais tempo juntas na festa — ela continua. — Sei que Julia não estendeu o tapete vermelho para você. — Tess hesita, talvez pensando se está ultrapassando algum limite, mas continua antes que eu possa dizer alguma coisa. — Enfim, fico feliz por você ir também.

Olho para o rosto sardento de Tess, franco e cheio de expectativas. É impossível ter raiva dessa garota. Caramba, chego a querer ser amiga dela.

— Também fico feliz por você ir.

dia 33

Jay Gato só vai ao Falling Star no dia seguinte, então Gabe, Imogen e eu vamos juntos para as montanhas. O caminho é sinuoso e levamos pouco mais de uma hora e meia para chegar. Estou me perguntando se a viagem vai ser muito estranha — tenho medo de que o fim de semana inteiro seja bem esquisito, na verdade, de que esse programa de casais seja um pesadelo que volta do passado com todo mundo que eu conheço ali presente para testemunhar minha desgraça, mas Gabe e Imogen não param de falar; ela mal se acomodou no banco de trás da caminhonete, e os dois já começam um animado debate sobre o disco novo do Kanye West. Depois disso, passam para o professor tarado do colégio que dá aulas de educação no trânsito e para uma lanchonete nova perto do French Roast, um lugar que Gabe chama de "Paraíso da Mortadela". Suspiro e apoio a cabeça no encosto, satisfeita por ouvir a conversa entre eles.

— E aí, o Jay Gato trabalha hoje? — pergunto a Imogen, virando para olhar para trás.

Ela usa uma echarpe vintage, como se fosse Elizabeth Taylor em um filme antigo, e óculos escuros que cobrem metade do rosto. É muito glamour para um acampamento, mas Imogen sempre gostou disso, desde que éramos pequenas e nos enfiávamos em um forte montado em sua sala de estar. Foi ela quem começou a nos levar ao Falling Star.

— Aham — responde com um suspiro dramático, olhando para mim por cima das lentes. — Aliás, não é você quem *decide* o horário dos funcionários naquele lugar?

— Não o da cozinha! — Eu me defendo. — Só o da recepção.

— Sei, sei — Imogen dá risada. Ela se inclina um pouco e aponta o pacote de tubinhos de alcaçuz que deixei no console. — Passa isso para cá.

Dou o pacote para ela. Imogen pega um punhado das guloseimas e morde a ponta de uma.

— Falando nisso, como vão as coisas entre você e o Jay Gato? — pergunto.

— *Muuuuuito* bem — responde com uma risadinha. — Ele me levou ao Sage outra noite.

— Que chique! — Sage é o único restaurante com toalhas brancas em Star Lake, além da sala de jantar da pousada. Minha mãe costumava me levar lá no meu aniversário, só nós duas, mas ir com um garoto é totalmente diferente.

— Não é? — Imogen se anima. — Sei que é só um lance, nós dois vamos embora no fim do verão, mas, tipo... eu *gosto* dele. — Ela olha para Gabe e franze um pouco o nariz. — Desculpa. Está achando a conversa muito chata?

— Não, não. — Gabe balança a cabeça numa resposta sincera. — O palco é todo seu.

Imogen ri.

— Bom, *nesse* caso... — diz, e se joga no assunto. Toco o joelho de Gabe, orgulhosa de como tudo parece ser tranquilo entre eles.

É quase... normal.

Imogen está falando toda contente sobre a família de Jay, do pai que gosta de pintar. De repente, lembro que encontrei com ela na manhã seguinte de eu ter dormido com Gabe, antes da primeira aula — lembro-me de como ainda não havia falado com Patrick, nem com minha mãe, nem com ninguém; de como passei a manhã inteira atordoada, e ver Imogen sorrindo para mim do outro lado do corredor com seu vestido florido e o sapato de sola de cortiça foi suficiente para me fazer engolir as lágrimas.

— Bom dia, flor do dia — disse ela, animada. Imogen nunca levava mochila. Não achava feminino. — E aí, qual é a boa?

Não seja legal comigo, eu queria responder. *Não seja legal comigo, eu sou terrível, não mereço, fiz a pior coisa que alguém poderia ter feito*. Por um instante, senti vontade de contar tudo a ela, abrir o jogo, apesar da confusão que isso criaria ao recuar e olhar para o horror de tudo aquilo como se fosse a obra de arte mais feia do mundo.

Depois percebi que não queria contar a ninguém. Nunca.

— Nada de mais — respondi balançando a cabeça. — Bom dia.

Paramos para abastecer o carro em um posto na estrada, e vejo os carros passando carregados de bagagem e equipamento de camping. É verão, época de férias. Está quente.

— Posso dizer uma coisa? — Imogen me pergunta quando estamos esperando nossa vez na fila do banheiro. — Você, tipo, parece feliz.

— Pareço? — Olho para ela surpresa. É a primeira vez que alguém me descreve desse jeito desde que voltei para cá. É a primeira vez que alguém me descreve desse jeito em mais de um ano. Ouvir isso parece estranhamento incorreto, como se alguém pronunciasse meu nome errado.

Imogen ri.

— É, parece. É tão difícil assim de acreditar?

—Ah... não, na verdade. Acho que não. — Olho para Gabe, que está enchendo o tanque do carro do outro lado da área asfaltada. Ele me vê olhando em sua direção e sorri. Penso em suas histórias engraçadas, no jeito interessado como ele conversa com cada pessoa na cidade. Penso em como ele conhece minhas partes feias e gosta de mim mesmo assim, como não se mostra eternamente desapontado com a pessoa em que me transformei. Ainda estou nervosa com o fim de semana. Só de pensar em encontrar Patrick e Tess já faz meu estômago se contrair de um jeito desagradável, mas ali, no meio do nada com Gabe e Imogen, fico muito feliz por ter decidido vir.

A bomba de gasolina para com um barulho alto.

— Estou feliz — digo para Imogen, erguendo o rosto para o sol.

dia 34

O Falling Star está bem animado na tarde seguinte, com toda a área do acampamento cheia de gente. O ar cheirava a maconha, filtro solar e fumaça de churrasqueira, meninas de biquíni tomavam sol nas pedras e um garoto branco cheio de dreadlocks dedilhava uma guitarra. Imogen e eu fizemos um café horroroso na fogueira naquela manhã, então desistimos, entramos na caminhonete de Gabe e fomos até a cidade mais próxima, a vinte minutos dali. Eu trouxe um copo de café e o coloquei embaixo do nariz de Gabe, que ainda dormia na barraca que dividíamos.

— Você é minha heroína — disse, e eu ri.

Agora estávamos reunidos em torno de uma mesa de piquenique, comendo batatinhas e jogando pôquer com punhados de notas amassadas de um dólar. Éramos Gabe, eu e Imogen, Kelsey e Steven, que estavam acampados um pouco longe de nós, e Jay Gato, que veio para cá depois de seu turno no café da manhã da pousada hoje cedo. Até Patrick e Tess estavam jogando, ela com o cabelo vermelho preso em uma trança pesada que caía sobre um ombro. Tess parecia ter saído de um catálogo da Anthropologie, naturalmente rústica. Cutuco as cutículas e bebo um pouco de água da garrafinha, tentando não notar a mão de Patrick no joelho dela. Eles apareceram na noite passada e nos encontraram perto da fogueira. Tess me cumprimentou com um abraço, enquanto Patrick esperava nas sombras.

— Oi — fiz questão de dizer a ele. Afinal, havíamos combinado que tentaríamos ser amigos, não foi?

Patrick se limitou a olhar para mim.

— Oi — respondeu, mas com uma voz tão baixa que só eu consegui ouvir.

Gabe abaixa três dez e vence a partida, e todos murmuramos bem-humorados e jogamos as cartas em cima da mesa de madeira.

— Obrigado, obrigado — diz ele altivo, e puxa o dinheiro com movimentos exagerados, bobos.

— Ah, não, espera aí — diz Imogen, apontando a mesa antes de Jay recolher o baralho. — Patrick tem um full house, não tem?

Patrick levanta a cabeça e olha para as cartas, surpreso. Ele estava jogando distraído, é evidente, perdido na Patricklândia enquanto nós continuamos aqui na Terra.

Ele sorri.

— Ah, verdade, eu tenho.

Patrick estende a mão para pegar o dinheiro, mas o irmão o impede.

— Espera um segundo — diz Gabe, balançando a cabeça. — Não é assim que funciona. Vacilou, dançou.

Patrick faz uma careta, tipo *boa tentativa*.

— Acho que não, cara.

Gabe franze a testa.

— É sério, você nem estava jogando direito, outra pessoa precisou avisar que tinha ganhado...

— É, tudo bem, mas eu ganhei — Patrick insiste, e há na voz dele um tom ligeiramente mais duro, uma nota que teria passado despercebida para quem não o conhecesse desde sempre. Mas eu o conheço desde sempre. E fico meio agitada, sem gostar do rumo que as coisas estão tomando.

Gabe também o conhece.

— Cara, estamos falando de vinte dólares — ele diz, e balança a cabeça como se Patrick fosse idiota.

— Cara, são meus vinte dólares.

Merda. Patrick imita o tom de Gabe *perfeitamente*, e sei desde que éramos crianças que esse é o jeito mais rápido de tirar Gabe do sério.

— Por que você está sendo babaca agora? — pergunta Gabe, estreitando os olhos.

— Quem disse que *eu* sou o babaca? — Patrick parece aborrecido com muito mais que vinte dólares em notas de um. Eu me encolho um pouco. — *Você não ganhou*, cara. Sei que isso contraria toda sua compreensão do universo, mas...

— O que contraria minha compreensão do universo é alguém que faz questão de ser babaca sempre — Gabe interrompe.

— Quer mesmo falar sobre ser ba...?

— Deixei meus óculos de sol no carro — anuncio de repente, e levanto tão depressa que quase derrubo a mesa. — Vou buscar.

— Molly — Gabe me chama irritado —, não precisa...

— Tudo bem, eu já volto.

É uma fuga, eu sei que é, mas ficar ali sentada ouvindo os dois discutindo é como tentar ficar quieta enquanto centopeias rastejam por meu corpo nu. Não consigo. Não tenho estômago para isso. Eu tenho, tenho que ir.

— Quer companhia? — pergunta Imogen.

— Não, tudo bem.

Eu me afasto andando depressa, mas as vozes alteradas já chamaram a atenção de Julia. Passo direto quando ela está levantando do velho cobertor de acampamento dos Donnelly, onde lia algumas revistas com Elizabeth Reese.

— Você provocou *outra* briga entre meus irmãos? — pergunta, balançando a cabeça como se realmente não pudesse acreditar. — Sério?

— Eu não... Caramba, Julia. Eles estão brigando por causa de um jogo idiota, sei lá.

— Aham. — Ela passa por mim. — É claro que estão.

140 Katie Cotugno

A caminho do estacionamento, vejo Jake e Annie, da pousada. Eles montaram um esquema complicado envolvendo um gerador. Jake é escoteiro, lembro vagamente. Ele trabalha na recepção, e o vejo mais do que encontro Annie, que é salva-vidas.

— Oi, Molly — diz Jake. — Quer uma cerveja?

Quase aceito, mas Annie olha para ele de um modo que poderia arrancar seiva de um pinheiro, e eu balanço a cabeça constrangida. *Juro que não estou a fim do seu namorado*, é o que desejo dizer a ela.

Vou buscar os óculos na caminhonete e me sento no para-choque por um instante, tentando respirar fundo e me acalmar um pouco. Meu cérebro diz que dessa vez a culpa não é minha, não totalmente. Patrick e Gabe nunca foram muito próximos, nem antes de tudo acontecer. Quando éramos crianças as brigas eram comuns, coisas de irmãos, mas depois que Chuck morreu eles realmente se afastaram, e as diferenças pareciam ter se tornado insuperáveis. A personalidade de Gabe, seu jeito brincalhão, tornou-se maior e mais exagerada, como se estar cercado de amigos vinte e quatro horas por dia, sete dias por semana, fosse garantia de nunca ficar sozinho. Enquanto isso, Patrick fazia exatamente o contrário. Não queria se relacionar com ninguém que não tivesse se relacionado com Chuck de maneira suficientemente próxima para ter um apelido, não queria sair nem fazer muito mais do que ficar no celeiro ou no quarto dele comigo, nós dois em nosso mundinho particular. Às vezes Julia aparecia e assistia a um filme conosco, mas, na maior parte do tempo, era como se as outras pessoas não entendessem o que estava acontecendo.

— O *pai* dele morreu — protestei quando Imogen reclamou de todas as vezes que eu havia desmarcado com ela.

— É, há um ano — argumentou.

Fiquei sem saber como responder a isso. Sempre soube como o mundo via o distanciamento dele. Mas eu não o enxergava desse jeito. Afinal, Patrick era eu mesma, minha metade.

Nunca me senti presa, isolada, nunca quis fazer outra coisa, nunca quis estar em outro lugar.

Não até o momento em que eu quis.

Foi algumas semanas depois da minha reunião com a recrutadora de Bristol na sala da coordenação, abril da primeira série do ensino médio. Eu havia recebido outro e-mail dois dias antes: *Apenas gostaria de ressaltar que foi muito bom falar com você.* Eu havia respondido e feito algumas perguntas. Não voltei a tocar no assunto com Patrick, mas a ideia ainda me cutucava feito a etiqueta na gola de uma camiseta barata, como andar com um caquinho de vidro no pé. Era estranho sentir que eu tinha para dizer alguma coisa que ele não queria ouvir. Isso nunca havia acontecido antes.

Tentei tirar tudo aquilo da cabeça, o que ficou mais fácil quando Patrick começou a beijar meu pescoço. Estávamos deitados no sofá da sala da casa dos Donnelly, passando o tempo antes do jogo de beisebol no colégio naquela noite. Éramos apenas nós dois na casa. Seus dedos quentes contornavam as linhas das minhas costelas, brincavam hesitantes com o botão da minha calça jeans. Eu inspirei. Apesar do namoro longo, nunca fomos muito além disso, e cada pedacinho novo de pele que ele tocava era incrível e assustador, uma sensação de fogo e gelo.

— O que você acha? — ele cochichou no meu ouvido. — Quer subir?

Eu queria, de verdade. Queria continuar fazendo o que ele estava fazendo, queria aquele rosto e aquele corpo familiares e os lençóis amassados na cama dele.

— Sim — respondi. — É, eu quero, só preciso... — Respirei fundo me sentindo meio tonta. Íamos mesmo fazer o que eu estava pensando? — Só preciso fazer xixi primeiro.

Patrick deu risada.

— Tudo bem. — Ele se levantou do sofá e se ajeitou. Depois segurou minha mão e me pôs em pé. — Trouxe protetor labial?

— Por quê, beijou demais? — Brinquei. — Na mochila.

— Engraçadinha.

— Você me ama — falei por cima do ombro, certa de que ele me amava, de que me amaria para sempre. Quando voltei, um minuto depois, sua expressão fechada me deixou insegura.

— O que é isto? — perguntou Patrick, mostrando uma folha de papel de impressora.

Merda. O papel que ele havia encontrado na minha mochila era a troca de e-mails com a recrutadora. Eu tinha imprimido os e-mails no colégio mais cedo, porque queria mostrar a conversa para minha mãe no fim de semana.

Respirei fundo.

— Patrick...

— Você vai? — perguntou ele, indo de zero a cem na escala da fúria em três segundos e meio. — Vai para o Arizona?

— Não! — respondi, querendo acalmá-lo o mais depressa possível, buscando retomar o que sentia um minuto atrás, a segurança e a excitação. — Provavelmente não. Só queria...

— *Provavelmente* não?

— Eu não sei! Eu ia falar com você sobre isso, eu *queria* falar com você, só que...

— Só que achou melhor mentir para mim por uma semana?

— Ei, pessoal. — Gabe apareceu na porta da sala, batendo duas vezes no batente como se soubesse que estava interrompendo alguma coisa, mas quisesse avisar que havia chegado. — Estão prontos?

— Ai, droga, que horas são? — Olhei para Gabe, depois para o relógio do aparelho de TV a cabo, envergonhada por pensar que ele havia escutado nossa discussão. Gabe ia nos dar uma carona até o colégio para o jogo de beisebol. Eu tinha perdido a noção do tempo. — Temos que ir, não é?

—Ainda não — respondeu ele. Gabe era formando naquele ano, terminaria o colégio em um mês. — O jogo só começa às sete.

99 *dias* 143

Olhei para a cara fechada de Patrick, depois para Gabe de novo.

— Eu sei, mas disse a Imogen que chegaria cedo. — Esportes não eram lá superimportantes no nosso colégio, mas o time de beisebol disputava a pré-temporada e era sexta-feira, a noite pela qual esperávamos a semana inteira. Julia estava na equipe de líderes de torcida, e Annie havia feito várias faixas com o pessoal do grupo de arte. Depois do jogo, todo mundo comeria panquecas. Fazia muito tempo que eu não saía com a galera, e começava a perceber que sentia falta disso, como se meus amigos estivessem muito longe, apesar de continuarem onde sempre estiveram. Como se uma parte secreta de mim já começasse a se preparar para ir embora. Respirei fundo, olhei para Patrick e toquei seu punho numa oferta de paz. Tentei pedir telepaticamente: *Por favor, dá para deixar isso para depois?*

— Vem, a gente tem que se arrumar — chamei.

— E se a gente não for? — sugeriu Patrick sem sair do lugar, de braços cruzados. Ainda estava frio, e ele usava o moletom cinza e macio que eu adorava.

— Não ir? — repeti. — Por que a gente não iria?

— Não sei. — Patrick olhou para o irmão e balançou a cabeça. — Não acha que vai ser chato?

— Não — respondi —, não acho. Eu quero ir.

— Eu... meio que prefiro ficar em casa.

— Opa, dissidência na tropa — brincou Gabe, parado na porta. — Bom, decidam aí. Vou trocar de camiseta. Saio em cinco minutos.

Sentei no braço do sofá de frente para Patrick.

— Me desculpa, tá? Não vou a lugar nenhum, prometo. Foi bobagem, eu devia ter contado que estava pensando nisso. Mas não estou nem pensando mais no assunto.

Achei que isso resolveria tudo, que voltaríamos a ter uma noite normal, divertida, mas Patrick suspirou.

— Acho que vai ser chato — disse, ignorando o que eu havia acabado de falar sobre Bristol, como se tivéssemos mudado completamente de assunto. — Acho chato e falso sair com um monte de gente de quem eu nem gosto para torcer por um time de beisebol que nem me interessa. Não quero ir.

— São nossos *amigos*. Desde quando você não gosta dos nossos amigos?

— Eu gosto dos nossos amigos. — Patrick balançou a cabeça. — Sei lá. — Ele sentou e pegou o controle remoto no sofá, mudando os canais da TV. — Olha, vai começar aquele programa sobre os pit bulls e os criminosos. Como pode falar não para um programa que tem pit bulls e criminosos?

— *Paaatrick!* — Dei risada, mas estava incomodada. Ele estava brincando, mas não estava, dava para perceber, queria mesmo que eu desistisse de encontrar nossos amigos e assistir ao jogo de beisebol para ficar ali.

E queria que eu desistisse de *Bristol* para ficar ali, também.

De repente era tudo muito sufocante, a ideia de passar o resto da vida assistindo a qualquer episódio antigo de *How I Met Your Mother* que fosse exibido em seguida, e o ar da casa ficou denso, estagnado. Havíamos tido muitas sextas-feiras assim, apenas nós dois, e isso nunca havia me incomodado, mas de repente eu queria gritar.

Gabe apareceu de novo na porta com a jaqueta e as chaves do carro.

— Já decidiram? — Ele olhava para nós, e eu sabia que enxergava duas pessoas que, certamente, não haviam decidido nada. Depois fez uma careta como se dissesse: *Não vou me meter nisso.* — Eu posso te levar, Molly, se meu irmão estiver te enchendo o saco.

— Vai se ferrar — resmungou Patrick.

— Não — respondi —, ele não...

— Pode ir — Patrick me interrompeu de modo grosseiro. — Se quer ir com o Gabe, vai com o Gabe. Não sou seu guardião.

99 dias 145

— Eu... — Apoiei um pé no chão, sem saber o que fazer. Tinha que encontrar Imogen em dez minutos. — Patrick, qual é, não...

— Meu Deus, Molly, dá para não transformar tudo isso em um processo federal? — Patrick bufou irritado. — A gente se vê amanhã.

Fiquei furiosa por ele falar comigo daquele jeito na frente do irmão. Por ter falado comigo *daquele* jeito, ponto final. Senti meu rosto quente, fiquei constrangida e muito brava. A questão era que sempre fomos assim, eu e *Patrick*, uma unidade, um pacote, nós de um lado da rua e todo mundo do outro lado. Nunca, jamais brigávamos em público.

Mas, aparentemente, agora era diferente.

Bem, se ele queria complicar as coisas, eu não ficaria ali sentada estragando minha noite e tentando convencê-lo a mudar de ideia.

— Tudo bem — respondi. Peguei a mochila do chão e a pendurei no ombro. Depois olhei para Gabe e sorri. — Vamos nessa?

As coisas parecem ter acalmado um pouco quando volto ao acampamento. Patrick e Tess sumiram, e Jake e Annie estão por ali. As cartas foram abandonadas em cima da mesa. Gabe se afasta do grupo quando me vê.

— Ei — diz ele, e passa um braço em torno dos meus ombros. — Pegou os óculos?

— Aham. — É surpreendente e meio esquisito como ele simplesmente ignora a cena que deixei ali ao me afastar. — Tudo bem?

— O quê? Com meu irmão? — Gabe dá de ombros. — Sim, tudo bem. Sabe como ele é. Só queria ser um babaca.

Isso me incomoda. Era uma coisa pequena, boba, talvez, mas Patrick *realmente* tinha as melhores cartas. Eu me lembro de Patrick reclamando de Gabe certa vez, faz muito tempo, quando estávamos descalços e deitados no celeiro.

146 *Katie Cotugno*

— Todo mundo acha que ele leva as coisas na esportiva, mas ele leva as coisas na esportiva porque sempre consegue tudo o que quer.

Será que tinha acabado de acontecer de novo? Não comento nada, no entanto; apenas balanço a cabeça sem me comprometer e seguro a mão dele.

— Vamos jogar Frisbee — Gabe me avisa. — Quer ir?

Balanço a cabeça numa resposta negativa, subitamente exausta. Deve ser o calor, ou a tensão de estar com todo mundo outra vez, exatamente como era antes e, ao mesmo tempo, completamente diferente.

— Acho que vou cochilar um pouco — respondo, mas me sinto imediatamente culpada. Não era isso que eu fazia quando estava com Patrick, me afastar e me isolar do grupo? *Viemos aqui para ficar com os amigos*, lembro de ter dito a ele na última vez que viemos juntos ao evento. *Não devíamos, tipo, ficar com nossos amigos?* — Bom, a menos que queira minha companhia. Posso mudar de ideia.

Mas Gabe não parece se incomodar.

— Não, vai descansar — diz ele, e me dá um beijo casual na testa. — Vamos acender a fogueira de novo mais tarde, aposto que ninguém vai dormir cedo.

— Tudo bem. — Levanto o rosto para o próximo beijo encontrar minha boca, não a testa. — Só um cochilo rápido.

Pego um lençol florido de Imogen e me deito ao sol, sem me importar com o calor. Levo um bom tempo para ficar confortável. Não consigo parar de pensar na noite do jogo de beisebol há cem anos, no sentimento estranho de deixar Patrick na sala da casa dele e sair com Gabe pela porta dos fundos. *Fugindo da prisão*, pensei, e me odiei por isso.

Ainda era começo de primavera, e o ar ficou gelado quando o sol se escondeu atrás das montanhas pintando o mundo de azul e roxo.

99 dias 147

— Pode desligar — Gabe falou quando o rádio ligou junto com o motor do Bronco. A estação era uma daquelas regionais que tocava muito Carrie Underwood. — Acho que Julia estava ouvindo isso aí.

— Uma teoria provável — brinquei, mas me senti imediatamente sem jeito. Encaixei as mãos entre as pernas e olhei pela janela. Tentei me lembrar da última vez que havia estado sozinha com Gabe, e não consegui. Pensei em Patrick sozinho em casa. Talvez estivesse cometendo um engano.

Gabe olhou para mim com curiosidade quando chegamos à avenida.

— Tudo bem aí? — perguntou.

— Ele ficou bravo comigo — respondi rápido, antes mesmo de saber que ia falar. Depois balancei a cabeça. Alguma coisa não funcionava direito comigo naquela noite. — Desculpa. Quer dizer, sim, tudo bem aqui.

Gabe riu, mas não de um jeito maldoso.

— Por que ele ficou bravo? — perguntou.

— Conversei com uma recrutadora há algumas semanas — contei, dobrando uma perna em cima do assento. — Fui convidada para correr por um colégio interno no Arizona.

— Colégio interno? — perguntou Gabe surpreso, mas sem a contrariedade do irmão. — É mesmo?

— Acha que é muito idiota?

— Não, de jeito nenhum — opinou sem hesitar. Gabe segurava o volante com uma das mãos, e seu rosto era franco e honesto à luz do entardecer. — Acho que pode ser incrível, na verdade.

— Eu também acho! — Meu entusiasmo era quase vergonhoso. — Mas eu teria que ir embora daqui e... não sei. — Dei de ombros, olhei pela janela outra vez e vi a lua surgindo no céu. — Patrick... não acha que a ideia é boa.

— É, isso é bem a cara dele. E *você*? Acha que a ideia é boa?

Pensei nisso por um momento. Em como eu me sentia quando estava correndo, em como minha cabeça aquietava e meu corpo fortalecia. Tentei imaginar como seria correr por uma escola que levava isso a sério. E, embora eu não quisesse, embora estivesse brava com Patrick e soubesse que veria tudo diferente em vinte minutos, no máximo, pensei de novo em *fugir da prisão*.

— Eu... acho que pode ser, sim.

— Bem, então precisa pensar nisso, não é?

— É, acho que sim.

Percorremos o restante do caminho em um silêncio estranhamente confortável, nós dois respirando a escuridão púrpura. Não mudei a estação do rádio, e Gabe também não. Quando paramos no colégio, quase lamentei ter que sair do carro.

— Posso te levar para casa depois, se precisar de carona — avisou Gabe antes de nos separarmos no portão do campo de beisebol, como se tivesse lido meus pensamentos. Os amigos o viram e gritavam seu nome. — É só me procurar mais tarde.

— Acho que posso ir com Imogen. Mas obrigada.

— Tudo bem. — Ele acenou e viramos em direções opostas, mas, menos de cinco segundos depois, ele me chamou: — Molly, escuta...

— *Hum?* — Virei para trás surpresa e curiosa. — O que foi?

Gabe balançou a cabeça.

— Deixa para lá. Era só... parabéns por ter sido recrutada, era isso.

Eu sorri. Ninguém ainda havia me dado os parabéns. Muito menos Patrick.

— Obrigada — respondi.

Ainda sorrindo, fui encontrar Imogen na arquibancada.

Faz mais calor do que eu havia percebido, e a primeira coisa que registro quando acordo sobre o lençol florido de Imogen é a sensação de ardor e vermelhidão nos braços, nas pernas, na parte de cima dos pés e no nariz, em volta dos óculos escuros.

A segunda coisa que registro é Patrick.

— Mols — diz ele parado ao meu lado, seu rosto na sombra. Ele cutuca meu quadril com o tornozelo até me acordar. Eu me sento depressa e desorientada. Tudo arde.

— Você me acordou? — pergunto atordoada. Tenho evitado Patrick deliberadamente desde que chegamos aqui, tentando dar espaço a ele e a Tess. Não que eles precisem da minha ajuda, na verdade. Depois que chegaram, eles passaram a maior parte da noite anterior sentados em uma grande pedra perto da água, bem próximos um do outro, trocando segredos que eu não conseguia nem imaginar. Aceitei as cervejas que Gabe me ofereceu e fui sentar com a galera em volta da fogueira. Tentei não ficar com ciúme daquilo. — Cadê todo mundo?

— Você está fritando — Patrick me avisa com um tom que não é particularmente amigável. — Precisa passar filtro solar, ir para a sombra, fazer alguma coisa.

— Ah — respondo desorientada, com aquela sensação de ter acordado mais grogue do que estava antes de ir dormir. Meus olhos estão na altura dos joelhos dele, e vejo o jeans rasgado que Patrick usa desde que me entendo por gente e a faixa de pele bronzeada de sol que o rasgo deixa à mostra. Queria saber há quanto tempo ele está ali e o que pensou durante esse período. *Sinto muito pelo que aconteceu mais cedo*, quero dizer. *Gabe foi um babaca, sinto muito.*

— Sim.

— Pega. — Ele me dá uma embalagem de Coppertone, e os dedos tocam os meus. Quando me recupero o suficiente para levantar a cabeça e agradecer, ele já foi embora.

Naquela noite tem um show, o som de tambores e violões ecoando pelas montanhas feito um chamado de outra vida. Gabe me tira de perto de toda aquela gente e passamos um tempo namorando no escuro, as mãos dele deslizando de um jeito gostoso no meu rosto ardido, queimado de sol.

— Você é divertida — murmura ele, mordendo meu lábio de leve.

— Você é mais — respondo, sorrindo.

Estou voltando do banheiro quando encontro Tess sozinha perto do lugar onde armamos as barracas. Ela está de braços cruzados e com uma expressão confusa.

—Aonde foi todo mundo? — pergunta quando me vê. Tess está cheirando a bebida e repelente para insetos. — Perdi todo mundo.

— Eles continuam lá perto do campo — respondo, e chego mais perto para olhar melhor para ela. — Está tudo bem?

Tess balança a cabeça.

— Eu tô fodida — diz sem rodeios. — *Ah*, Molly, eu tô fodida.

— Ah, é? — Também bebi um pouco mais do que devia, para ser sincera, e as cervejas cantam no meu sangue, na cabeça e nos ossos. — Bateu forte?

— Muito forte — Tess fala com um tom vago. — Não tô me sentindo bem.

— Tudo bem. — Seguro seu braço e a levo para uma das mesas de piquenique. — Está tudo bem. Senta aí, vou buscar um pouco de água.

— Não, fica aqui. Eu só... por favor, não vai embora.

Pisco os olhos, com um misto de surpresa e preocupação.

— Tudo bem. Está tudo bem. — Mudança de planos, então. — Não vou a lugar nenhum. — Olho em volta tentando encontrar alguém do nosso grupo por ali, e de repente Tess se levanta do banco.

— Não — diz. — *Não*, não, eu vou...

Pela cara de pânico e a coloração esverdeada do rosto, é bem claro o que ela vai fazer, mesmo sem terminar a frase. Não vejo nenhuma lata de lixo por perto, por isso a seguro pelos ombros e a levo para mais longe das barracas.

— Pronto — aviso, e praticamente a forço a se inclinar para a frente, ajeitando pernas e braços como se ela fosse uma boneca. — Tudo bem.

Continuo repetindo a mesma coisa enquanto ela vomita, *tudo bem*, massageando suas costas e impedindo a trança grossa de entrar em contato com qualquer tipo de substância nojenta. A sensação é de que ficamos ali por muito tempo. A verdade é que odeio *muito* o barulho de alguém vomitando, tenho ânsia, mas não vou deixar Tess ali sozinha, por isso olho para as árvores e tento não prestar muita atenção.

—Ai, meu Deus — Tess geme quando termina, levantando o tronco e limpando a boca com as costas da mão, os olhos vermelhos e o rosto inchado. Ela parece ter uns dez anos. — Desculpa. Desculpa. Não conta para o Patrick, tá? Por favor, não conta.

— Patrick não vai ligar — garanto enquanto tiro um fio de cabelo solto de sua testa, embora entenda a necessidade que ela tem de esconder isso dele. Por experiência própria, sei que ele não é a pessoa mais fácil do mundo a quem confessar um deslize. — Ele só quer ter certeza de que você está bem. Mas não vou contar, é claro que não. Quer se deitar?

— Preciso de água.

Seguro a mão dela e a levo de volta ao local onde estão nossas coisas, vasculhando tudo até encontrar minha garrafa grande.

— Bebe devagar — aviso. Não quero que ela vomite outra vez. Tess obedece e vai bebendo, depois engatinha para dentro da barraca e apaga, completamente vestida, em cima do saco de dormir de Patrick. Encho novamente a garrafa com água e a deixo ao lado dela para mais tarde. A ressaca vai ser terrível.

Volto ao campo para procurar o Gabe, mas Patrick é o primeiro Donnelly que eu vejo. Ele está sentado ao lado da fogueira, olhando para as chamas baixas como se tentasse solucionar um mistério, a luz tremulando em seu rosto sisudo. O pai dele fazia fogueiras como aquela no quintal de casa e contava longas histórias para nós antes de dormirmos. Acabávamos lado a lado nos sacos de dormir. Ficamos sentados lado a lado no velório de Chuck.

Não sei se ele me vê ou apenas sente que estou espreitando, mas, depois de um momento, Patrick se vira e levanta a mão para acenar. Fico ali por um minuto, olhando para ele e lembrando, imaginando o que aconteceria se eu me aproximasse e me sentasse ao lado dele.

O que aconteceria se eu me inclinasse e o beijasse para desejar boa noite?

Caramba. Qual é o meu *problema*? Acabei de segurar o cabelo da namorada dele enquanto ela vomitava! Envergonhada, balanço a cabeça para clarear as ideias. Levanto a mão e aceno de volta.

dia 35

Tess pega leve no dia seguinte, como esperado, e passa a maior parte do tempo reclinada em um ninho de sacos de dormir com um livro do Stephen King e um pacote de pretzels, que é a coisa mais próxima de biscoitos salgados que alguém levou. Saímos para caminhar e andamos até as bolhas sangrarem, até sentir que as montanhas estão acabando com a gente. Patrick encosta em uma planta venenosa. Imogen é picada por uma vespa. Minhas queimaduras de sol ardem embaixo das roupas, e acabo jurando para quem quiser ouvir que nunca mais vou me envolver em atividades ao ar livre.

— É sério — repito para Imogen, descendo a encosta da montanha e sentindo o cabelo escapar do coque. — Assim que chegar em casa, vou me enfiar em uma bolha hermeticamente fechada e nunca mais saio de lá.

— Ótimo plano — Julia anuncia animada atrás de nós. Imogen e eu trocamos um olhar surpreso antes de explodirmos em um ataque de riso.

— Essa Julia — digo, ofegante, praticamente caindo de tanto rir. Fazia muito tempo que Imogen e eu não tínhamos um ataque como esse, desde antes de eu ter ido embora, com certeza. Não sei se estamos apenas exaustas, se é outra coisa, mas as queimaduras quase valem a pena por isso. — A gente sempre pode contar com ela.

Tess está bem melhor quando voltamos, e até ajuda Patrick a preparar os hambúrgueres e as salsichas na fogueira do acampamento, arrumando os pães sobre a mesa em fileiras organizadas e simétricas.

— Melhorou? — pergunto quando me aproximo para pegar dois pães para mim e Gabe, e também um pedaço do brownie maravilhoso que Imogen fez. Tess assente rapidamente, inclinando a cabeça para aceitar um beijo que Patrick dá em seu rosto. Não sei se é uma exibição para mim ou não. — Que bom — completo com um tom radiante, segurando um prato de papel em cada mão, sentindo meu rosto fazer um movimento estranho, que tento evitar. *Não tem de quê*, penso, rancorosa. — Fico feliz.

Digo a mim mesma que não tenho motivo para me sentir estranha de repente, que estou irritada e incomodada por causa da queimadura de sol e de três noites seguidas dormindo no chão. Mais tarde, porém, quando estou voltando do banheiro do acampamento com a escova de dentes em uma das mãos e massageando o braço com a outra, porque faz frio aqui nas montanhas e estou arrepiada, vejo Patrick segurando a aba da abertura da barraca para Tess entrar antes dele. Não consigo ouvir o que ele diz, mas ouço a gargalhada dela, mesmo abafada, quando Patrick fecha o zíper da porta. É a mesma barraca que Chuck montava para nós atrás da casa da fazenda no verão quando éramos crianças. Sei que o interior tem cheiro de naftalina e poeira.

Respiro fundo, atingida de repente por um estranho e forte instinto de gritar *para*, como se visse alguém entrar na frente de um carro ou aproximar a mão de uma chama acesa. Como se tentasse impedir algo terrível e desastroso, mas sou eu quem vai se machucar.

Meu Deus. Balanço a cabeça quando viro, determinada a voltar à barraca que divido com Gabe. Não sei como me livrar desse sentimento. É *claro* que eu sabia que os dois estavam juntos na barraca, é *claro* que pensei nas várias implicações desse arranjo e no fato de todas essas implicações serem irrelevantes enquanto Tess vomitava até virar do avesso.

Gabe me toca assim que entro, segurando minha mão e me puxando para os sacos de dormir macios, onde tira minha prática camiseta regata.

— Você se queimou de verdade, Molly Barlow — murmura ele, olhando para mim à luz da lua que entra na barraca pelo teto. Depois, encosta a boca em uma área vermelha no meu ombro e em outra perto do quadril, onde a camiseta levantou enquanto eu dormia. — Dói?

Tess é mais magra que eu, penso com inveja. *Deve ser mais bonita que eu quando tira a roupa, e provavelmente...*

Para com isso.

— Não dói — respondo, fechando os olhos e me entregando ao momento, sentindo as mãos e a boca de Gabe e a vibração agora familiar que ele desperta em meu corpo.

Patrick e eu éramos crianças quando começamos a namorar, tão novos que nem tínhamos pressa para fazer nada, mais tímidos que admitíamos um para o outro, provavelmente. Mas agora somos mais velhos, estamos naquela idade em que não é inconcebível que ele e Tess tenham seguido em frente mais depressa, não é improvável que ele agora esteja tirando a camiseta dela, puxando o elástico da calcinha e...

— Não posso — falo de repente, sentando com tanta força que empurro Gabe de cima de mim, levantando bruscamente no saco de dormir meio fechado com o rosto suado e vermelho. Não sei o que fazer, não sei como explicar a ele que Patrick e Tess estão na tenda vizinha e nós dois estamos aqui, e que tudo parece estar conectado, muito próximo, terrível, e que nesse segundo tudo o que eu quero é que ninguém nunca mais toque em mim. Já fizemos isso antes, não? Não devia ser tão importante, mas é, e eu não... — Desculpa — tento —, eu só...

— Ei, calma. — Gabe também se senta e afasta o cabelo do rosto. — Tudo bem. A gente não precisa fazer nada. Fica calma. — Ele segura minha mão e a acaricia. — Quer andar um pouco?

Sorrio, constrangida e agradecida, pegando a camiseta e brincando com a barra por um instante.

— Você é, tipo, perfeito, ou qualquer coisa assim? — pergunto, e balanço a cabeça antes de vestir a blusa. — Esse é seu superpoder?

— Não — Gabe responde sério. — Meu superpoder é visão de raios x.

Dou risada.

— Ai, caramba, retiro o que disse.

Gabe sorri.

— Vem — diz, levantando e me ajudando a ficar em pé. — Vamos ver as estrelas.

Pego um lanche e alguns equipamentos e atravessamos o camping passando por grupos que ainda conversam em volta de fogueiras. Sinto um arrepio quando o ar frio da noite toca minha pele queimada de sol. A mão de Gabe é morna na minha, porém, e quando chegamos à clareira onde aconteceu o show na noite passada, já tirei Patrick, Tess e o que eles podem estar fazendo da cabeça. Isto é o que está acontecendo: Gabe, eu e as estrelas sobre nós. É aqui que eu tenho que estar.

Encontramos um trecho de grama livre de lixo e estendemos o cobertor no chão úmido, depois deitamos para olhar para o céu. Estamos longe o bastante da civilização para a lua parecer um holofote. Vejo Orion, a Ursa Maior, Cassiopeia em sua cadeira de cabeça para baixo.

— Essa é a hora em que a gente fala sobre como somos pontinhos minúsculos comparados ao universo — digo para Gabe com tom irônico, mas a verdade é que estou muito, muito feliz por termos saído da barraca para olhar o céu. — Pega — ofereço, tirando duas cervejas da mochila. — Um brinde a sermos pontinhos.

99 dias 157

Gabe sorri, surpreso.

— Olha só para você, escoteira — diz, tirando as tampinhas das duas garrafas e me devolvendo uma delas. — Te amo, sabia? Você é especial.

Olho para ele por um momento. Gabe olha para mim. Depois, nós dois começamos a rir.

— Você entendeu — ele diz, e eu *entendo*, acho. E o beijo para provar que é verdade.

dia 36

Volto para casa e encontro outro e-mail da reitoria na minha caixa de entrada: *Caro ingressante, por favor, pelo amor de tudo que é sagrado, decida sua vida rápido.*

Ou alguma coisa com esse sentido.

Faço um lanche com maçã e manteiga de amendoim e mando uma mensagem para Gabe dizendo que me diverti muito.

Você também é bem legal para um pontinho, ele responde, e eu rio. Com Gabe, nunca me sinto uma decepção falante e ambulante. Com Gabe, só me sinto eu mesma.

Então, por que não consigo parar de pensar no irmão dele?

Termino de comer a maçã e levo Oscar para o quintal, tentando tirar da cabeça a imagem de Patrick e Tess desaparecendo no interior da barraca, dizendo a mim mesma que estou sendo melancólica e burra. Faço uma lista de projetos a desenvolver no dia seguinte, quando voltar ao trabalho. Finalmente, pego o celular no bolso.

E a coceira?, escrevo para Patrick em tom de brincadeira.

Ele não responde.

dia 37

Na manhã seguinte, porém, recebo a resposta: *coçando*. Só uma palavra, sem pontuação. Dois minutos depois: *e a queimadura?*

Sorrio olhando para o celular, me sentindo boba e contente. *Queimando*, respondo.

dia 38

Minha mãe tem babosa, ele escreve quando estou emitindo notas no escritório de Penn. *Pode vir buscar um pouco, se ainda estiver parecendo uma lagosta.*

Não estou, na verdade. A queimadura já clareou e está começando a descascar, como se eu me transformasse em alguma coisa inteiramente nova. Só me resta lidar com a nojeira e esperar o que vai surgir.

Mesmo assim, respondo sem hesitação: *Vou buscar. Quando posso ir?*

dia 39

Não faço ideia do que significa o fato de Patrick sugerir que eu vá em um horário em que, eu sei, Gabe está trabalhando na pizzaria. Talvez signifique apenas que ele não quer nenhum contato com o irmão, ou talvez não seja nada, no fim das contas.

— Oi. — Ele me deixa entrar pela porta lateral. É estranho bater e esperar por ele, depois de tanto tempo entrando direto e me servindo do que Chuck preparava na cozinha, normalmente pratos com lentilha ou farinha de trigo integral. Patrick está descalço e com a velha calça rasgada. O cabelo cresceu um pouco desde que ele voltou para Star Lake, e agora está um tanto mais parecido com o que eu lembro, menos duro. — Entra.

Passo por ele e entro na casa escura e vazia, sentindo os cheiros conhecidos de poeira, madeira e luz do sol. Pilot levanta do chão e vem me cumprimentar. Fico desproporcionalmente feliz por ele se lembrar de mim em algum cantinho de seu leal cérebro canino, como se em um universo paralelo eu ainda fizesse parte dessa família, afinal.

— Oi, Pilot. Oi, garoto.

— A bacia dele já era — Patrick comenta em voz baixa, se inclinando para afagar as orelhas peludas do cachorro. — Ele tem dez anos. Não consegue mais subir as escadas. Minha mãe improvisou um banquinho para ele poder subir no sofá.

Olho para Pilot, que arfa com alegria. Seus bigodes ficaram grisalhos. Lembro quando os Donnelly o trouxeram do ASPCA

162 *Katie Cotugno*

muito magro e cheio de vermes. Patrick e eu rolamos com ele no quintal assim mesmo, sujo de lama e coberto de manchas de graxa. Julia não quis nem chegar perto da gente. Gabe estava fora com os amigos, acho.

— Puxa, eu não sabia.

Patrick dá de ombros.

— É, dá para imaginar que esse é o tipo de coisa que meu irmão não ia te contar — diz, afagando Pilot mais uma vez antes de virar e entrar na cozinha.

Isso dói.

— Patrick... — começo.

— A babosa está no jardim de inverno — ele me interrompe. — Vem.

— É claro.

Eu o sigo pelo corredor, passo pela escada barulhenta e entro na sala clara e arejada que Connie encheu com fícus e cactos, e onde um clorofito enorme e vagamente aterrorizante domina a área perto da janela panorâmica desde que eu era pequena. Tem um tapete de estampas coloridas cobrindo o chão com tons de laranja e vermelho. Patrick pega a tesoura de um pote na estante, um estímulo para que as pessoas aproveitem o tempo que passam ali para podar as plantas, e corta algumas folhas do pé de babosa.

— Obrigada — agradeço em voz baixa. Nossos dedos se tocam quando ele me entrega as folhas, e sinto aquele arrepio inútil e idiota que se espalha pelo corpo todo. Bem antes de qualquer coisa romântica acontecer, Patrick e eu éramos amigos que se tocavam o tempo todo; ele passava um braço sobre os meus ombros, ou colávamos as palmas para ver quem tinha a mão maior. Aquilo costumava me deixar segura, quando eu me dava ao trabalho de pensar nisso, um jeito de me orientar no espaço, como deslizar a mão pela parede em uma sala escura. Agora até mesmo esse contato é estranho e desconhecido.

Para Patrick também, aparentemente.

99 dias 163

— Vou buscar uma sacola — diz ele, pigarreando, e volta à cozinha, me deixando sozinha com o sol e o verde.

dia 40

Imogen me convida para tirar cartas, e é assim que sei que fui realmente perdoada. Vou para a casa dela depois do trabalho levando dois pedaços do bolo de chocolate feito na pousada e um CD de uma cantora e compositora que Penn me apresentou, uma garota do Brooklyn que domina a slide guitar. A noite de verão é fresca, o sol sobre o lago tem um tom rosa-dourado. Havia chovido de tarde, uma chuva rápida e muito forte, e a estrada ainda estava molhada e brilhante.

Não fui muito à casa de Imogen desde que voltei para cá. O chalé fica em uma travessa perto do colégio, é cheio de cristais e tem um altar para as Deusas na sala da frente. O lugar tem um cheiro conhecido de baunilha e óleo patchouli.

— Oi, Molly — diz a mãe dela quando abre a porta, vestida com a calça pantalona que ela tem desde que a conheço, mas com um cabelo diferente, todo branco e curto. Lembro o que Imogen contou sobre o câncer e a cumprimento com um abraço demorado.

Pego dois garfos na cozinha e subo pela escada nos fundos para o quarto de Imogen, onde ela dá os últimos retoques em uma pintura que está fazendo, uma inscrição de sessenta centímetros por um metro e vinte que diz: *NÃO COMPLICA*.

— Bom conselho — comento.

— Também acho. — Imogen sorri e deixa o pincel dentro de um pote com água, depois aponta a cama. Tem uma foto dela e de Tess vestidas para a formatura presa em um canto do espe-

99 dias 165

lho. O moletom da RISD está em cima da cadeira. — Preparada? *Ah*, você trouxe bolo!

— Conforme o combinado — respondo, entregando um garfo e me acomodando sobre a velha colcha. Ela me dá as cartas para embaralhar. Depois de um momento, devolvo o baralho. — Pronto. — Respiro fundo.

Imogen assente.

— Pensa na pergunta — me orienta, como sempre. Quando estávamos no fim do fundamental, perguntei se Patrick *gostava* de mim de verdade. Depois de Gabe, implorei silenciosamente para as cartas me dizerem o que fazer. Hoje nem sei o que estou procurando, mas, antes que eu possa articular alguma coisa para mim mesma, Imogen dispõe as cartas em cima da cama.

— Você me magoou — diz ela, e levanto a cabeça imediatamente, como se alguém me chamasse na sala de aula. — Quando foi embora daquele jeito. — Imogen está olhando para as cartas. Ela usa rímel roxo, e os cílios projetam sombras sobre as maçãs de seu rosto. — Você era minha melhor amiga, Molly. Você sempre teve o Patrick, mas eu só tinha você.

Abro a boca para dizer que sinto muito, começar a me desculpar e nunca mais parar, mas Imogen olha para mim e balança a cabeça antes que eu diga a primeira palavra.

— Pensa na sua pergunta — repete com tom mais suave. Depois, inspira e vira a primeira carta.

dia 41

— **Sabe que dia é amanhã,** não sabe? — Gabe me pergunta. Estamos empoleirados no balcão da pizzaria, comendo pizza e bebendo Coca-Cola da máquina, com a gordura alaranjada formando poças nos pratinhos de papel. Tinha me esquecido do quanto eu adorava as pizzas da Donnelly. É como se, de repente, precisasse daquela pizza, como se ela tivesse algum ingrediente de que meu organismo sentia falta.

Olho para ele. Tem queijo derretido grudado em seu lábio inferior, e levanto a mão para limpar.

— O dia depois de hoje?

— *Siiiiimmm!* — responde ele. — Muito inteligente, obrigado. Também é o primeiro dia dos Cavaleiros de Columbus.

— Sério? — O carnaval dos Cavaleiros de Columbus é a mais estúpida das tradições de verão, um punhado de barraquinhas e trailers no parque do centro da cidade, ambulantes vendendo linguiça, pimentas e massas doces fritas. Dizem que a festa existe para tirar dinheiro dos turistas, mas todos nós adorávamos o evento. Costumávamos ir quatro vezes na semana, se alguém nos levasse, loucos pelas luzes brilhantes e pela música barulhenta que criava uma Las Vegas no meio de Star Lake. No verão depois do quarto ano do fundamental, Patrick foi seis vezes no balanço, apesar dos avisos pacientes de Chuck, e vomitou cachorro-quente nele mesmo e em mim. Penso que devia lembrá-lo disso, apontar que ele vomitou em mim e apesar disso o nosso relacionamento sobreviveu.

Gabe permanece olhando para mim cheio de expectativas, os olhos azuis ainda mais azuis sob as luzes da pizzaria. Tem alguns alunos do colégio nas mesas de plástico vermelho, uma família dividindo uma pizza de queijo e uma jarra de refrigerante de uva. Pisco, e a lembrança de Patrick se dissipa como uma nuvem de farinha de semolina, desaparecendo no ar.

— Vou adorar — digo, roubando a borda de pizza do prato dele e devorando em duas mordidas. — Mal posso esperar.

dia 42

Chegamos ao Cavaleiros de Columbus com uma turma de amigos do Gabe, um pessoal barulhento no crepúsculo roxo e rosa. Minhas botas levantam nuvenzinhas de poeira a cada passo. Todo o pessoal que foi para a Falling Star também está lá. Tess e Patrick, Imogen e Annie e o Jay Gato. Minha coluna trepida no ritmo do coro de apitos dos jogos, do ocasional *Ei!* quando a barraca da pistola de água anuncia "Rock and Roll Parte 2" muitas e muitas vezes. Estou pegando o troco na barraquinha de algodão-doce quando Tess toca meu braço com urgência.

— Posso falar com você um segundo? — pergunta.

— É claro — respondo franzindo a testa, imaginando imediatamente o que Patrick disse a ela; não que *tenha* alguma coisa para contar. Pego uma porção do doce e enfio na boca enquanto a acompanho até um canto da feira, ao lado de um gigantesco gerador. — Que foi?

— Eu nunca agradeci de verdade, depois daquela noite — diz, aproximando a cabeça da minha como se tivesse alguém ali para ouvir a conversa. De short branco e camisa xadrez, a única maquiagem em seu rosto é o brilho labial. Seus cílios são claros e bonitos.

— Agradecer pelo quê? — pergunto, engolindo o algodão-doce e olhando para ela sem entender nada. — Ah, pela água e o resto? Nem pensa nisso. Sério, podia ter sido qualquer um de nós. Todo mundo bebeu muito.

Tess balança a cabeça.

— Não teria acontecido com você.

O comentário me surpreende.

— Acho legal você pensar que eu sou uma pessoa centrada — respondo rindo, balançando o algodão-doce em sua direção até ela pegar uma porção. — É muito gentil.

— Não sei, às vezes parece que...

— Ei, meninas! — Patrick chama de longe apontando para o nosso grupo. — Querem ficar com a gente ou não?

— Estamos conversando sobre menstruação — Tess responde em voz alta, o que me faz gargalhar. — De qualquer modo, obrigada — acrescenta em voz baixa.

— Não esquenta com isso — eu peço. — De verdade.

Voltamos para perto do grupo e vamos juntos para o Scrambler. Annie jura que o brinquedo decapitou uma pessoa no festival perto de Scranton. Avisto Julia e Elizabeth Reese esperando na fila de um escorregador gigante. Eu me viro para mostrá-las a Gabe, descubro que quem está do meu lado é Patrick e me assusto. Tess conversa animada com Imogen; ninguém está prestando atenção em nós.

— Melhorou? — Patrick pergunta em voz baixa, tão baixa que só eu escuto. Ele usa um jeans tão rasgado que é praticamente um short e uma camiseta desbotada, e mantém as mãos nos bolsos. — A queimadura — explica.

Pisco.

— Melhor agora — respondo, surpresa não só por ele estar andando ao meu lado, mas por falar comigo em público. Patrick não concorda com a opinião da namorada de eu ser alguém que sabe o que está fazendo com a própria vida. — Não foi tão grave.

Ele e Tess se separam para dividir espaço no Scrambler com Jay e Imogen.

— Aí está você — diz Gabe quando o alcanço, e apoia um braço sobre meus ombros. Ele me abraça enquanto andamos, tranquilo e casual na camisa branca com as mangas dobradas até os cotovelos, como se realmente fosse o comandante nessa noite de diversão. Seu amigo Steve conversa comigo sobre Boston, pergunta se pretendo torcer para o Red Sox depois de me mudar.

— O Sox é nojento — opina Kelsey, fungando como se o time a tivesse ofendido pessoalmente. — Não faz isso.

Ganho um macaco cor de laranja na barraca da pistola de água, e dou o brinquedo para Gabe com um gesto exagerado em meio a gemidos e assobios dos amigos dele. Gabe beija minha testa e me puxa para a fila da roda-gigante quando o sol começa a desaparecer no horizonte. Parada no alto do brinquedo, vejo as luzes da cidade ao longe, o contorno escuro das montanhas e as primeiras estrelas cintilantes.

— Eu pensava em trazer você aqui — Gabe me conta com um braço sobre os meus ombros, o rosto meio na sombra, meio na luz. — Quando eu tinha treze, quatorze anos.

— O quê? Mentira. — Minha risada é bem-humorada e incrédula.

Gabe também ri, mas assente.

— É verdade.

— Sei, acredito. — Balanço a cabeça.

Gabe passou a vida como anfitrião de uma festa, o mais desejado de Star Lake, um milhão de pessoas diferentes em volta dele o tempo todo. Pensar que ele teve fantasias secretas envolvendo roda-gigante — que tinha *qualquer* tipo de fantasia, que queria alguma coisa que ainda não tinha e, mais que isso, que *eu* era essa coisa — é muito surpreendente.

— Não, não acredito.

— É *verdade*. Você só não percebeu porque estava sempre correndo pela casa, brincando de Peter Pan e Princesa Tigrinha com meu irmão, mas eu pensava muito nisso.

— Não brincávamos de Peter Pan e Princesa Tigrinha — protesto automaticamente, embora brincássemos, provavelmente. Patrick e eu brincamos de faz de conta até sermos mui-

99 dias 171

to, muito grandes. Balanço a cabeça. — Se você tinha quatorze anos, eu tinha doze.

—Aham — Gabe ri. — Está fugindo do assunto, Molly Barlow. Balanço a cabeça de novo, me aproximando para ele me beijar.

— Não estou — respondo séria. — Não estou.

— Sei. — Gabe me beija, um beijo quente e molhado. Saber que ele sentia alguma coisa por mim quando éramos mais novos, que tinha outro lado que eu nunca havia imaginado... Fico me perguntando como minha vida teria sido diferente se eu soubesse disso antes desse verão. Como as coisas poderiam ter mudado. Estive com Patrick por muito tempo, tão juntos e tão próximos que nem éramos duas pessoas distintas, parecíamos gêmeos siameses ou um desses biscoitos duplos mutantes que às vezes a gente encontra no pacote quando a máquina falha na fábrica e não os separa corretamente. Foi bom até deixar de ser, funcionou até dar errado, mas sentada aqui em cima na roda-gigante, com o mundo inteiro na minha frente, só consigo pensar no que teria acontecido se eu tivesse passado o ensino médio inteiro — minha *vida* inteira — com Gabe em vez de Patrick. Se tivesse ido a festas no lago e ao Crow Bar, em vez de ficar trancada no celeiro dos Donnelly com Patrick, respirando o ar um do outro. Teria provocado um desastre tão horroroso? Teria mais que um punhadinho de amigos? É bom estar ali naquela cadeirinha com ele, com Steve e Kelsey logo atrás de nós e vários rostos simpáticos no chão. É fácil, saudável e *correto*.

Beijo Gabe novamente, e continuo beijando quando a roda volta a se mexer com um estalo rápido, sentindo no estômago aquele vácuo da descida quando voltamos à Terra.

dia 43

Patrick aparece na pousada para pegar Tess no meio da tarde, e dessa vez ele não sai correndo assim que me vê.

— Quer que eu vá chamá-la? — pergunto. Tess está dando aula de hidroginástica para uma senhora, eu sei. Fomos juntas ao French Roast na hora do intervalo da manhã, e ela me contou que estava com medo disso. Mas Patrick balança a cabeça.

— Cheguei cedo — diz, e se senta ao meu lado em uma das cadeiras de balanço na varanda. Eu trouxe o horário para cá junto com os pedidos de folga do pessoal, e deixei em cima da mesinha ao meu lado. Fiz um pouco de café gelado, e os cubos de gelo estão derretendo mais depressa do que consigo beber. — Como foi o dia?

—Ah, você sabe. — Balanço os papéis, surpresa e contente. — Estou tentando não deixar todo mundo muito bravo.

Patrick mexe as sobrancelhas, mas deixa o comentário passar.

— Sempre se pode resolver conflitos entre os funcionários com uma luta na lama — sugere, esticando as pernas longas para a frente.

— Ou com um concurso de dança — argumento.

— Pedra, papel e tesoura. Ou jogando uma moeda, como Emily Green.

Isso me faz parar. A referência a *Driftwood* e à estratégia preferida da heroína idiota para tomar decisões. No livro, ela mantém uma moeda no sapato para resolver tudo o que ficar complicado. Foi o que me contaram.

— Você *leu* o livro? — pergunto surpresa.

Patrick dá de ombros e desvia o olhar.

— Alguns trechos — resmunga.

Ficamos quietos por um minuto, respirando o ar com cheiro de pinho e poeira.

— Penn acha que eu devo cursar administração — digo finalmente, mais para fazer barulho do que para qualquer outra coisa.

— Ah, é? — Patrick se inclina para a frente e pensa nisso por um instante, os ombros encurvados e os cotovelos sobre os joelhos cobertos pela calça jeans. — Lembra quando você fez Julia e eu montarmos uma barraquinha de chá gelado porque achava que o mercado de limonada estava saturado? Ou quando convenceu a gente a fazer macarrão com queijo para os meus pais, depois disse que eles tinham que pagar pela comida?

Dou risada.

— Eu tinha sete anos, muito obrigada.

— Só estou dizendo que você tem talento para os negócios.

— Cala a boca.

— E aquela iniciativa para angariar fundos para a equipe de corrida? Foi você que organizou na primeira série do ensino médio. — Agora ele está mais sério. — Aquela corrida de salto alto.

— Você achou que era ridículo — lembro. Precisávamos de uniformes novos e fizemos meninos e meninas correrem para levantar dinheiro. — Repetia isso todos os dias.

— É, mas funcionou. — Por um segundo, Patrick parece arrependido, talvez por haver me criticado naquela época. — Foi para valer. Você leva jeito para organização e planejamento. Sua chefe tem razão.

— Ah, é? — pergunto.

Fiquei com essa ideia na cabeça desde que Penn a mencionou, mas alguma coisa em Patrick — que me conhece como ninguém, ou pelo menos conhecia — me dizer que a ideia é boa me faz sentir que existe nela uma possibilidade real. *Molly Barlow*, eu me imagino respondendo na próxima vez que alguém perguntar, *estudante de administração*.

Patrick assente.

— É, eu acho que sim — diz ele, sério.

Ficamos quietos de novo, cercados pela tranquilidade de fim de tarde na pousada, vivendo aquela pausa antes do jantar. Do outro lado do estacionamento, um menino e uma menina correm pelo asfalto de roupa de banho e chinelos, ambos segurando boias coloridas de plástico. De repente, meu peito dói tanto que mal consigo respirar.

— A gente pode se encontrar? — pergunto antes de me acovardar ou ficar com vergonha demais. — Tipo, de propósito? Não só quando a gente se encontra por acaso? — Patrick não responde de imediato, e eu recuou depressa. — Quero dizer, acho que isso é muito estranho. Além do mais, você deve estar ocupado com a Tess, o restaurante e outras coisas, eu só... — Paro de falar e me sinto impotente. — Sei lá.

Por um minuto, Patrick olha para mim sem dizer nada. Tenho a sensação de que ele enxerga o tecido embaixo da minha pele.

— Também não sei — diz, finalmente. — Mas, sim, vamos tentar.

dia 44

Sasha, que trabalha na recepção, faz seu intervalo às três e meia, e eu me ofereço para cobrir o horário, ajeitando o rabo de cavalo e o crachá da Pousada Star Lake. Faço o check-in de uma família com três filhas, todas loiras e de óculos, e um casal de paramédicos das Berkshires. Eles querem conhecer uma cordilheira diferente, para variar. Os dois filhos pequenos e ruivos sobem nos sofás de couro, e noto que eles têm covinhas nos braços e nas pernas.

O casal que chega depois deles é mais velho, o homem de camisa cáqui e a mulher bronzeada de sol, com uma camiseta bem colorida, uma bolsa com estampa de dançarinas de hula e chinelos verdes.

— Bem-vindos à pousada — digo quando ela entrega o cartão de crédito.

A mulher inclina a cabeça loira e grisalha em minha direção como se fôssemos velhas amigas.

— Talvez você possa me dizer — começa em voz baixa como se trocássemos segredos. — Diana Barlow mora realmente nesta cidade?

Ah.

— Mora — confirmo, tentando manter a voz neutra. Pego as chaves do nicho atrás do balcão. — É fã dela?

—Ah, a maior — a mulher garante. — Principalmente dos primeiros trabalhos. Mas você já leu *Driftwood*? Passei dois dias chorando. É sobre a filha dela. — A mulher está debruçada sobre o balcão como se pensasse que minha mãe está encolhida ali atrás, se escondendo. Ela balança a cabeça. — É muito triste.

— Terrível — concordo, e sinto o corpo todo esquentar como se pudesse brilhar. Essa é a pior parte, o esforço para manter a expressão neutra. Com exceção de todas as outras piores partes. — Muito triste.

A mulher pega a chave do quarto e o marido de aparência extravagante e sobe, finalmente me deixando sozinha no saguão sem ninguém além de mim para culpar. Levo uma das mãos ao rosto enquanto tiro o crachá com a outra. Está escrito *Molly* em letras de forma pretas, inofensivo, anônimo o suficiente para a mulher de blusa colorida nem ter pensado em olhar.

É quando eu me viro e vejo Tess.

— Não — peço com a mão erguida. Ela estava parada na porta do escritório com seu chinelo. Não sei há quanto tempo está ali, mas, pela cara dela, dá para deduzir que faz tempo. — Tudo bem.

— Eu não ia dizer nada — responde ela, e alguma coisa em sua voz denuncia que Tess diz a verdade, que teria levado essa conversa para o túmulo. Ela olha para Sasha, atravessando o saguão para retomar seu posto. — Vou fazer meu intervalo. Quer dar uma volta?

Abro a boca para recusar o convite, mas mudo de ideia.

— Quero.

Vamos à varanda dos fundos, descendo a escada de madeira até o nível da piscina. O dia está nublado, e só algumas crianças pequenas brincam na parte mais rasa, batendo os dentes e com os lábios roxos.

— Nós éramos assim — Tess comenta apontando a piscina com o queixo. — Meu irmão e eu. Nadaríamos no inverno, se pudéssemos.

Isso me faz sorrir. Ela nunca havia falado do irmão.

— Ele é mais velho ou mais novo?

99 dias 177

— Mais velho. Está na Universidade de Nova York. Vou encontrá-lo no outono. Eu vou para Barnard, é bem perto de lá.

— Legal. — Tiramos os sapatos e nos sentamos na beirada da piscina, mergulhando os pés na água fria.

— Aham — concorda Tess, inclinando o corpo para tirar uma folha da superfície da piscina. — Tive que prometer à minha mãe que não ia parar de depilar as axilas quando chegasse lá, mas não sei, o programa de economia parece bem interessante. Vamos ver.

Penso no e-mail da reitoria pedindo para eu escolher um curso. Ainda não respondi a mensagem.

— Como soube que era isso que queria fazer?

Tess deu de ombros.

— Sou boa em matemática — diz. — Sempre fui. Cuido das contas dos meus pais desde que tinha onze anos. E gosto de assuntos internacionais, tipo, como o que acontece com a moeda de um país afeta o que acontece em outro país. — Ela sorri. — Acho que é isso, e é bem chato para a maioria das pessoas, não se preocupe.

— Não, não achei chato. Estou bem impressionada. — Passo a mão na borda da piscina, percebo que um trecho do rejunte está soltando e digo a mim mesma que preciso falar com o pessoal da manutenção sobre isso. Tess se inclina para trás e se apoia nas mãos abertas, levantando o rosto como se tentasse atrair o sol de trás das nuvens. — Acha que você e Patrick vão ficar juntos? — pergunto, e me sinto imediatamente desconfortável, bisbilhoteira. Nem sei por que estou perguntando. — Desculpa. Isso foi totalmente desagradável e indelicado.

Tess balança a cabeça.

— Não, tudo bem. Eu também ficaria curiosa. Acho que sim. Conversamos um pouco sobre isso. Ele não sabe para onde vai, mas a distância de lá até aqui não é tão grande. — Tess franze o nariz. — Vocês costumavam falar sobre irem juntos para a faculdade? Já que estamos sendo, sei lá, indelicadas?

178 *Katie Cotugno*

Isso me faz sorrir. É esquisito, sem dúvida, mas gosto disso de um jeito meio estranho.

— Sim, falávamos — respondo.

Tess assente, e não parece se incomodar.

— O sol vai sair. — É tudo o que diz.

dia 45

Patrick e minha primeira participação em Pessoas que Tentam Sair como Amigos estão correndo na mais desconfortável volta em torno do lago. Alguns barcos balançam na água, e um pica-pau está por ali bicando as árvores. Por um lado, não temos que falar muito, então isso é útil. Por outro, embora a corrida não seja mais o tormento físico que era quando voltei de Bristol, tentar acompanhar o ritmo dele me faz perceber quanto eu havia relaxado.

— Tudo bem? — pergunta Patrick sem olhar para mim.

— Sim — respondo olhando para a frente.

Não era tão desconfortável. Nada em estar na companhia de Patrick era desconfortável, mas correr naquele trecho era parte da nossa rotina diária. Correr até o começo do bosque na fazenda e voltar, fazer flexões suicidas na arquibancada do colégio nos fins de semana. Às vezes era Patrick quem vencia, às vezes era eu. Até onde sei, nenhum de nós jamais perdeu de propósito.

Ignoro a queimação nos músculos das pernas e continuo correndo. Penso em como estou flácida e fora de forma na legging com camiseta regata, como se tivesse uma camada de pudim embaixo das minhas roupas. Imagino se ele também tem corrido todos os dias desde que voltou, ambos dando voltas em torno um do outro pela cidade. A ideia me faz sentir sozinha e triste. Mas ele tem a Tess, não tem? Tess, para quem dei carona ontem à noite quando saímos do trabalho; Tess, que pôs os chinelos em cima do painel do meu carro e cantou desafinada e sem nenhuma vergonha a canção da Miley Cyrus no rádio.

Tess, para quem não contei sobre esse encontro de hoje.

— É isso aí — diz ele quando terminamos, levantando a mão e esperando que eu batesse nela para se despedir, como se me desse os parabéns ou alguma coisa assim, embora eu não me sinta como se tivéssemos realizado algo importante. — Vamos repetir.

Balanço a cabeça, admirada, e o vejo se afastar correndo, seguindo na direção da fazenda. Sinto o sol ardido e quente na nuca.

dia 46

— **Deviam ser pagos** — opino na noite seguinte depois do jantar, deitada na grama do quintal úmido de minha mãe. Alguns vagalumes passam entre os pinheiros piscando sem pressa. — Estão trabalhando, merecem uma remuneração.

— São atletas universitários! — insiste Gabe, teimoso. — Ganham uma bolsa de estudos, esse é o pagamento. Você não vai para a aula e *usa* a bolsa, isto é...

— Você não pode ir para a aula e usar a bolsa! — disparo. Gosto disso, de discutir com ele nesse clima bem-humorado. Patrick e eu concordávamos em tudo... até o momento em que discordamos enfaticamente. — Você tem os treinos, são oitenta horas por semana; os treinadores *pedem* para você não estudar e se concentrar nos jogos.

Gabe faz uma careta.

— Ganho oito dólares por hora para passar crachás no centro estudantil — diz ele, o tornozelo tocando o meu. — Quer pagar oito dólares a hora para eles?

— Talvez! — respondo rindo. — Melhor que não ter nenhum pagamento.

— Aham. — Gabe dá risada e aproxima o rosto do meu na escuridão. — Que discussão mais boba — decide, tocando meu nariz com o dele. — Deixa para lá, vamos namorar.

— Vai sonhando. — Fico de joelhos para poder esticar o braço por cima dele e pegar a embalagem de guloseimas em forma de minhocas que Gabe trouxe para mim. O movimento provoca uma dor horrível nas duas coxas, e deixo escapar um gemido.

— Calma, fera. — Gabe pega o pacote e me dá. — Tem corrido muito?

— É... tenho. — *Com seu irmão*, quase confesso. Eu *poderia* falar, poderia simplesmente jogar na conversa e não teria sido estranho, poderia ser normal como se eu não tivesse nada a esconder.

Eu *não* tenho nada a esconder.

Tenho?

— Quer massagem? — Gabe puxa minhas pernas sobre as dele e começa a massagear as panturrilhas. Sorrio para ele e fico quieta, inclino a cabeça para trás e aprecio a vista.

dia 47

Na manhã seguinte eu deveria ir com Imogen comprar coisas para o dormitório da faculdade. Ela tem em mente um suporte muito específico para produtos de banho. Mas Patrick me envia uma mensagem para corrermos de novo, e pergunto a ela se podemos deixar as compras para a tarde. Amarro os tênis velhos, embora o céu sobre o lago esteja cinza e com uma aparência pesada, ameaçando um verdadeiro dilúvio. E, é claro, percorremos apenas uns quinhentos metros quando ele desaba.

Eu me preparo para voltar, mas Patrick olha para mim e levanta as sobrancelhas me desafiando.

— Quer continuar? — pergunta, e eu concordo com um movimento de cabeça.

A chuva cai fria, forte e rápida. Nós corremos. A água encharca minha regata, entra nas meias; pinga dos cílios e desce pelas costas. De repente, escorrego numa enorme poça de barro, os pés saem do chão e eu caio sentada. Por um segundo, fico ali parada, chocada.

— Tudo bem? — pergunta Patrick, parando dois passos à frente e recuando, deixando pegadas profundas na lama. Ele estende a mão para me ajudar a levantar.

— Eu... — Olho para a mão dele como se fosse um objeto estranho, alguma coisa de outro planeta. Com exceção da noite no gramado de casa, ele praticamente não me tocou desde que voltei.

Dou uma olhada rápida nos meus braços e pernas e percebo que só o orgulho está ferido. Ele me viu escorregar um milhão de vezes antes, mas agora é diferente.

— Tudo bem. Agora eu sou gorda e lenta, essas coisas acontecem.

— Quê? — Os olhos de Patrick são do mesmo tom do céu cinzento. — Tá maluca?

— Ah, não faz isso, por favor. — Fico em pé e escorrego de novo, como se contracenasse com Laurel e Hardy naqueles velhos filmes em preto e branco que Chuck costumava ver e de que morria de rir quando éramos crianças. Estou prestes a fazer alguma coisa, e honestamente não sei se é rir ou chorar. Estou muito, muito cansada. — Não queria ouvir elogios. Não precisa me consolar, nada disso. Eu só falei que estou sentada nessa poça de lama porque agora estou gorda e lenta. Caso não tenha notado.

Patrick balança a cabeça com ar irritado.

— Está sentada na lama porque não segurou minha mão, Mols.

— Sim, eu sei — concordo, suscetível à lógica e disposta a ceder nesse ponto em particular, embora não no aspecto mais amplo. — Mas...

— Você é bonita, é claro, não sei o que está...

— *Patrick.* — Digo o nome dele antes de me conter, uma atitude impensada e estúpida, e ele fica quieto imediatamente. A situação é como um isqueiro quase sem gás que acende uma faísca por um segundo, mas apaga em seguida.

— Qual é, segura a minha mão, vai — murmura Patrick. — Por favor.

Faço o que ele pede.

— Obrigada — agradeço, chocada e esperançosa. Patrick assente e não diz nada. Ainda está chovendo quando voltamos a correr, adotando um ritmo cuidadoso que aumenta rapidamente. Somos apenas ele e eu e o barulho da chuva no asfalto. Correndo até o fim do mundo.

99 *dias* 185

dia 48

Gabe ainda está no banho quando chego para pegá-lo para jantar, e Julia anda pelo andar de baixo da casa feito um tigre faminto no Catskill Game Farm, por isso vou para o quintal e espero sentada em uma espreguiçadeira. As roseiras de Connie estão lindas e cheias no calor do verão, com flores grandes e pesadas que se inclinam feito os filhos de Penn no fim do dia, quando ficam com sono. A horta está viçosa, com tomates ainda verdes e abóboras amadurecendo lentamente.

Olho para o celeiro no fundo da propriedade com sua pintura descascada e as portas tortas. O teto parece estar prestes a desabar. Eu me pergunto se um dia vou conseguir olhar para o teto inclinado e não me lembrar da primeira vez em que Patrick me beijou. Estávamos encolhidos nos sacos de dormir no sótão que nunca foi usado para nada, só como depósito e espaço onde dormíamos. Era outono, frio demais para acampar, mas Chuck tinha morrido pouco antes e ninguém prestava muito atenção em Patrick. Gabe andava por Star Lake com todas as meninas da primeira série do ensino médio, aparentemente, e Julia voltava para casa com várias advertências. Patrick não causava problemas, era como se não quisesse chamar atenção.

Patrick tinha a mim.

Era outubro, pairava no ar o cheiro de coisas em decomposição sendo reabsorvidas pela terra. O vento soprava por entre as tábuas do assoalho, entrava pelas frestas finas das paredes.

186 *Katie Cotugno*

Não conversávamos. Estávamos folheando as velhas *National Geographics* de Chuck feito dois nerds, muito próximos quase sem ter a intenção, seguindo o instinto de ficar perto de qualquer coisa que fosse quente. Eu sentia os movimentos de seu peito quando ele respirava.

— Ouve isso — falei distraída, e a embalagem de tubinhos de alcaçuz fez barulho quando virei para olhar para ele. Era um artigo sobre uma tartaruga chamada George Solitário, a última de sua espécie. Quando olhei para Patrick, ele já estava olhando para mim.

Emily Green teria se surpreendido com o que aconteceu em seguida, provavelmente. Ela teria ficado bem confusa, não teria imaginado nada daquilo, mas a verdade é que, é claro, eu imaginava. Antecipava aquilo havia semanas, meses, talvez anos, como se colar a orelha no chão no dia em que Patrick e eu nos conhecemos fosse suficiente para ouvir tudo isso vindo em nossa direção, um retumbar a muitos e muitos quilômetros. Eu havia escutado. Estava prestando atenção. E quando a boca pressionou a minha, não fiquei chocada.

Não foi um beijo longo. Não foi nada muito íntimo. Só um selinho, tipo, *pronto*. *Pronto*, pensei, olhando para ele sob a luz da lamparina pendurada na parede, a lanterna de acampamento que, como as revistas, era do pai dele.

Pronto.

— Ei — Gabe me chama, e ouço a porta lateral bater quando ele sai e atravessa o pátio vestindo bermuda e camisa. Gabe tem cheiro de sabonete e água, limpo e novo, e todas as lembranças de Patrick desaparecem feito o vapor de uma calçada úmida e quente. Aquilo já foi, eu me lembro. E o presente está aqui. — Desculpa. Acabei de receber um telefonema muito maluco.

— Serviço de acompanhantes? — brinco.

— Ah, que comediante. — Gabe estende a mão para me ajudar a levantar. — Não, a Notre Dame tem um programa associado a vários hospitais, sabe? É como um semestre de intercâmbio, acho, mas só para quem vai fazer medicina, e você troca comadres, ou alguma coisa assim, em vez de beber até cair em Praga. Enfim, eu me inscrevi na primavera e entrei na lista de espera, mas houve uma desistência e tem uma vaga no MGH.

Olho para ele quando toco a maçaneta da porta do passageiro do Volvo e sinto o metal quente sob o sol da tarde.

— MGH? — Tento pensar no significado da sigla. — Isso é...?

— Massachusetts General Hospital, isso — Gabe confirma levantando as sobrancelhas. — Em Boston.

— Sério? — Estou surpresa, mas não de um jeito ruim. — Então, você pode estar em Boston no outono?

— Ah, agora você está apavorada. — Gabe dá risada e liga o motor. — Aposto que está pensando: "Ai, *merda*, eu só queria pegar o cara no verão e nunca mais falar com ele, o que eu vou fazer agora?"

Isso me faz rir também.

— Vai ser incrível ter você trocando comadres na minha nova cidade. Ouvi dizer que as comadres de Boston são as melhores do país.

— Ouviu, é? — Gabe continua rindo. — Ainda não é nada certo. Vou ter que ir até lá em dois dias para fazer a entrevista. Acho que tem mais um aluno concorrendo à vaga.

Respondo com um movimento afirmativo de cabeça e imagino a situação. Gabe e eu andando pela Boston Common, passeando e ouvindo os músicos de rua em Faneuil Hall. Não foi isso que imaginei quando me candidatei em abril, mas gosto da ideia.

— Você vai conseguir — decido, e sorrio olhando para a frente. — Você vai ver.

dia 49

Na manhã seguinte, quando acordo, tem duas mensagens no meu celular, duas notificações que apitam em seguida e me tiram de um sono agitado. Uma é do Gabe, que decidiu aproveitar para transformar a entrevista em uma viagem de verdade e vai visitar alguns amigos da faculdade no caminho de volta. *Vou sentir saudade, Molly Barlow. Mando um oi seu para Boston.*

A segunda mensagem é do Patrick: *corrida amanhã?*

Olho para a tela por um momento, para as mensagens exibidas uma em cima da outra como uma piada cruel do universo.

Depois desligo o telefone e volto a dormir.

dia 50

Encontro Patrick de novo na manhã seguinte. É mais fácil acompanhar seu ritmo hoje, e me concentro no ruído cadenciado dos tênis no asfalto e no som da minha respiração. Estamos na metade da volta em torno do lago quando ele para de repente.

— Estava tentando não perder você — diz, e o tom de sua voz sugere que está pensando nisso desde muito antes de começarmos a corrida. — Por isso fui tão babaca sobre Bristol. Estava tentando não perder você. — Ele balança a cabeça. Depois, antes que eu consiga reagir, acrescenta: — Mas perdi do mesmo jeito.

— Não perdeu — respondo, rápida e imediata como se estivesse em um episódio de *Jogo das Famílias*. Estou ofegante, talvez por causa da corrida, talvez por outro motivo. — Você não me perdeu, estou aqui e...

— Mols. — Patrick faz uma careta como se dissesse *sou eu, não vem com essa.* — Você foi morar do outro lado do país para ficar longe daqui, não foi? E agora está namorando meu irmão. — Ele balança a cabeça e passa a mão no cabelo enrolado. — E isso eu também sabia. Ele gostava de você. Gostava há muito tempo.

Penso no que Gabe falou no Cavaleiros de Columbus, sobre pensar em me levar à roda-gigante.

— Você sabia?

Patrick dá de ombros e revira os olhos cinzentos.

— Tudo mundo sabia — diz.

— Eu não.

— É. — Ele olha para o lago, para mim, para o lago de novo. — Eu sei. E não queria que você descobrisse.

— Por quê?

Patrick sopra o ar dos pulmões.

— Estava tentando adiar o inevitável, eu acho. Sei lá. — Ele parece aborrecido por ter que falar sobre isso, como se não tivesse sido ele a tocar no assunto. — Mas Gabe é o Gabe.

— Como assim, Gabe é o Gabe? — Já sei aonde Patrick quer chegar. Provavelmente, seria melhor não insistir nisso.

— Molly... — Ele para de falar. Está irritado. O dia hoje é úmido, e sua pele bronzeada de sol está coberta de suor. Estamos tão próximos que posso sentir seu calor. — Não sei. Esquece. Vamos correr?

Pensou que eu não ia querer você se soubesse que podia ter seu irmão?, é o que eu quero perguntar. *Teve receio de que eu estivesse me contentando com um prêmio de consolação?*

— Fala comigo — eu tento. — Você sempre conversou comigo sobre tudo.

— Eu sempre fiz muitas coisas — Patrick explode. — Vamos deixar para lá?

— Não! — É como se a gente estivesse jogando bola, tipo Batata Quente, e nenhum dos dois quisesse estar com ela na mão na hora da explosão. Cancelei um café com Imogen para estar aqui. Ainda não contei ao Gabe o que está acontecendo. — Me conta. — E quando ele demora para responder: — *Patrick!*

— *Mols.* — Os olhos de Patrick estão mais escuros do que jamais os vi, com aquela manchinha na íris parecendo a Estrela do Norte. — Deixa para lá, está bem?

Depois disso, tudo fica muito quieto, as árvores, o lago e todo o vazio que é aqui, sem turistas, sem ninguém para ver. O rosto de Patrick está bem perto do meu. Ele quer me beijar, eu sinto, e nós dois ficamos ali meio ofegantes. Ele quer me beijar, quer muito.

Sei porque também quero beijá-lo.

— Melhor a gente ir — diz ele, balançando a cabeça e virando para o outro lado. Patrick começa a correr, e corre tanto que eu perco o fôlego.

dia 51

Tess me liga na manhã seguinte. Um telefonema, não uma mensagem de texto. Puxo o celular do bolso com a ponta de dois dedos molhados. Uma das lava-louças da pousada quebrou durante a noite e inundou metade da cozinha, e a situação exige a colaboração de todos.

— Oi. — Equilibro o telefone fino entre a orelha e o ombro e mergulho xícaras de café na primeira das três cubas da pia. Uma toalha molhada faz barulho embaixo dos meus pés. — Já chegou?

— Não. Eu entro ao meio-dia, mas acho que não vou poder ir.

— Tudo bem — respondo devagar. Tem alguma coisa estranha na voz dela. Olho para Jay do outro lado da cozinha. Ele está preparando ovos mexidos para o bufê de café da manhã. — Está doente?

— Patrick terminou comigo.

Fico parada onde estou, com as duas mãos na água de detergente como se me preparasse para começar o segundo dilúvio do dia, água suficiente para varrer a pousada inteira para dentro do lago. Uma náusea gelada revira meu estômago, e o cérebro dispara sinais em centenas de direções diferentes.

Patrick terminou com ela.

— Ai, meu Deus — consigo dizer finalmente, e meu primeiro pensamento coerente é que tenho que agir com normalidade. O segundo é que não tenho motivo nenhum para sentir nada. Patrick e Tess são meus amigos, só isso. Não tenho que me sentir envolvida ou afetada. *Definitivamente*, não tenho o direito de sentir aquele *alívio* tão imediato e físico. — Como você está?

— Eu... bem. Eu não... Desculpa, é muito esquisito ligar para você. Só pensei que poderia avisar a Penn por mim. — Uma pausa. — Não, isso nem é verdade. Queria conversar com você sobre o assunto, já que... — Outra pausa. — Desculpa.

— Já que também levei um pé na bunda de Patrick Donnelly? — Espero que o tom brincalhão sirva de disfarce, que Tess não perceba que meu coração está disparado. Eu me lembro de ontem na trilha, do momento estranho, carregado e energizado que Patrick e eu vivemos.

Tess dá uma risadinha, e o som rouco sugere que esteve chorando.

— É, acho que é isso — admite.

A urgência de desligar e ligar para Patrick é como tentar segurar a tosse. Quero ouvir seu lado da história e saber se ele está bem. Tento pensar rápido.

— Quer que eu ligue para a Imogen? Vamos fazer uma noite das garotas amanhã? Pode ser no Crow Bar, ou em outro lugar. Eu tento escapar de qualquer outro compromisso dessa vez. Vai ser divertido.

— Será? — Tess pergunta, esperançosa. — Você quer sair, mesmo? Não tem nada marcado com Gabe?

Ouvir o nome de Gabe me sobressalta. Por um segundo, esqueci completamente que ele existe e que estamos juntos. Meu Deus, qual é o *problema* comigo? Meu coração bate descompassado no peito, sacode feito um carrinho de supermercado com uma roda desalinhada.

— Não — respondo, tentando manter a voz neutra. — Não, ele foi fazer uma entrevista em Boston. Seremos só nós três. Vai ser divertido.

— Tudo bem. — Tess parece menos hesitante do que estava no começo da conversa. Eu me sinto extremamente hesitante. — Crow Bar, então. Às nove?

Respondo que estarei lá e mergulho mais dois copos na água com detergente. Deixo o telefone em cima do freezer, onde ele passa o resto do dia.

dia 52

Acho que nunca tive uma noite só de garotas, mas Imogen é profissional nessa área. Ela alisa meu cabelo com a chapinha, e o cheiro de vapor e cabelo queimado se mistura ao de Apple Pucker, uma bebida verde e densa feito pirulito derretido, cuja embalagem ela tira da bolsa como se fosse Mary Poppins. A mãe dela viajou, está em um retiro feminino em Hudson. Ninguém se arruma muito para ir ao Crow Bar, mas Imogen insiste que a gente precisa caprichar e começa a tirar vários vestidos do closet, enquanto Tess e eu assistimos a tudo sentadas na cama, opinando como se estivéssemos em uma dessas comédias românticas bem açucaradas. É quase como um esquenta que Emily Green faria com as amigas, não eu com minha tendência para tia dos gatos e uma longa fila de documentários sobre beisebol e história do sal. É legal.

— Muito bem — diz Imogen, entrando no vestido preto que a deixa ainda mais parecida com uma pin-up. Eu uso saia justa e regata de seda, e é o mais próximo que cheguei de um vestido desde o sétimo ano. Não estava exatamente adequada para uma formatura. — O que acham?

— Ótimo — Tess aprova, animada. Ela sorri e fala muito esta noite, demonstrando entusiasmo, mas seu rosto estava inchado quando ela chegou, e as unhas, que já eram curtas, foram roídas até a carne. Tess ainda não havia contado o motivo da briga, nem mesmo se houve uma briga. E eu não perguntei. — Valoriza a bunda. E eu quero sair.

— Melhor beber logo essa delícia, então — avisei, apontando o copo quase cheio de Apple Pucker com uma careta. Gosto de coisas doces, mas três goles disso e tenho a sensação de que meus dentes estão usando suéteres. — Vai logo. É da sua região, feito com produtos naturais e tudo.

— Praticamente um alimento saudável — Tess assente determinada. — Um brinde a levar um pé na bunda de Patrick Donnelly — diz ela, levantando o copo.

— Ao pé na bunda de Patrick Donnelly — repito, e bato meu copo no dela. Mas minha risada soa estranha e vazia. A verdade é que me sinto desonesta, incomodada por alguma coisa que insiste em martelar no fundo dos meus pensamentos, como se estivesse mentindo e mentindo de novo só por estar aqui com elas. Não falo com Patrick desde aquela última corrida, mas, de repente, ele está mais próximo do que esteve em um ano e meio.

Tess esvazia o copo e faz uma careta engraçada de nojo, como se tivesse bebido vômito com querosene.

— Vamos nessa — ordena ela, pulando da cama de Imogen e balançando um pouco ao ficar em pé. Depois puxa a bainha do vestido verde e franze a testa. — Eu me sinto fantasiada de salto alto.

— Você tem noção do que vamos parecer no Crow Bar? — pergunto. — Gostosas — falamos ao mesmo tempo.

— Ah, vocês são muito engraçadas — Imogen responde, e revira os olhos para nós duas. — Calem a boca por um segundo, vou chamar um táxi.

No Crow Bar, pedimos doses de uísque e misturamos em copos com Sidra, um truque que Gabe me ensinou para deixar a bebida com gosto de torta de maçã.

— O tema da noite é maçã — comenta Imogen. — Abraham Lincoln teria ficado satisfeito. — E, ao ver nossa cara confusa: — Por causa da macieira. Sabem? — E olha para nós duas. — Ele não conseguia cortar a árvore? Ou cortou e não podia mentir sobre isso?

— Era uma cerejeira — corrijo, ao mesmo tempo em que Tess também a corrige:

— E era George Washington.

Por alguma razão, nós três achamos isso muito engraçado, e rimos até estarmos debruçadas sobre a mesa no fundo perto da jukebox.

— Vamos dançar? — Tess sugere quando ouve as primeiras notas da Whitney Houston que escolhemos com nossas moedas. — Tenho certeza de que alguém prometeu dançar comigo em um momento de necessidade.

— Ah, nós vamos dançar. — Imogen me segura pelo braço e puxa para o meio das pessoas.

Dou risada e atravesso o mar de gente com elas, balançando a cabeça e deixando Tess me rodar. Imogen canta com a música como se ainda estivéssemos no quarto dela e não fôssemos tecnicamente menores de idade em um bar lotado. Tenho a sensação de viver duas noites distintas, porém, como se só estivesse ali pela metade. O impulso de procurar Patrick é constante e físico, feito uma coceira na sola do pé quando não se pode tirar o sapato, ou cócegas no fundo da garganta.

Vamos ao banheiro depois de outra rodada, andando uma atrás da outra pelo bar.

— E aí? — Imogen pergunta a Tess, batendo o ombro no dela enquanto esperamos na fila. O cheiro é de esgoto. — Tudo bem aí?

Tess suspira.

— Sim, tudo bem — ela responde. — Só me sinto muito *burra*. — E se inclina sobre a bancada molhada para dar uma olhada no espelho sujo, limpando o rímel que se espalhou embaixo dos olhos. — Pelo menos não dormi com ele.

— Não? — Reajo imediatamente. E me encolho por dentro. Meu Deus, estou demonstrando desespero. É estranho me importar com isso, se eles transaram ou não? Patrick e eu nunca fizemos sexo. De certo modo, nosso relacionamento mudou depois que terminamos e voltamos, e estávamos seguindo justamente nessa direção quando o artigo foi publicado no fim da segunda série do ensino médio. Eu tinha muito medo de me entregar, de transarmos e ele perceber que eu já havia feito aquilo antes. Patrick nunca me pressionou. — Ah, desculpa, não é da minha conta.

— Aham. — Tess não parece se incomodar, nem com a minha pergunta, nem com o fato de mais seis mulheres ouvirem nossa conversa. Ela deve estar meio bêbada. — Eu teria, sinceramente, mas, tipo, ele... não quis. Que garoto de dezoito anos não quer transar? Eu sou bonita! Devia ter percebido que tinha alguma coisa estranha.

— Talvez ele tenha o pinto torto — Imogen sugere. — Ou foi acidentalmente capado com laser na infância.

Tess dá risada.

— Pinto de laser — fala no meio do barulho da descarga, depois se dirige à área aberta do banheiro. — Deve ter sido esse o problema.

Quando saímos do banheiro, Imogen e Tess vão até o balcão, e eu volto à mesa no canto e fico olhando as pessoas. Confiro o relógio de marca de cerveja na parede do outro lado. Abro a bolsa para pegar o batom, e é então que sinto o celular vibrar. A tela acende e vejo o nome de Patrick.

Oi. A mensagem é só isso.

Merda. Olho em volta como se esperasse ser pega contrabandeando. Vejo Imogen e Tess debruçadas sobre o balcão, rindo de alguma coisa. É o mais perto que chego de ter amigas em um ano.

Oi, digito, mordendo o lábio como se quisesse amputá-lo. *Tudo bem?*

Não espero uma resposta imediata, isso é certo. Lembro quanto tempo ele demorou para responder depois do acampamento, como estamos longe do perpétuo vai-e-volta das mensagens de alguns anos atrás, quando a vida era uma longa conversa. É bem possível que ele nem responda. Por isso fico tão surpresa quando minha bolsa vibra de novo menos de dez segundos mais tarde.

sim.

Mais uma sílaba curta. Alguns segundos depois: *está fazendo alguma coisa agora?*

Respiro fundo. Vejo Tess e Imogen caminhando pelo bar em minha direção, as duas rindo. Imogen acena como se a gente não se visse há anos.

Olho para baixo, para o celular, e para as duas de novo.

não, digito rápido. *E aí?*

dia 53

— **Achei que você tivesse** dito que não estava fazendo nada — comenta Patrick quando apareço na porta lateral da casa dele depois da meia-noite. Pedi um táxi e desci do carro na entrada da casa, disse a Imogen e Tess que estava com cólica. Havia um lugar vazio na área lamacenta na frente da garagem, onde costumava ficar o Volvo de Gabe, as marcas de pneus que ele deixou quando foi para Boston. Respiro fundo e desvio o olhar, perguntando a mim mesma pela quadragésima quinta vez nos últimos quarenta e cinco minutos o que eu acho que estou fazendo. — Ninguém "faz nada" com essa roupa.

— Bem... — Puxo a barra da saia preta e justa que Imogen me emprestou, e que fica muito mais apertada em mim do que nela. Dou de ombros na regata fina e cinza. — Eu sou uma mentirosa.

— Verdade — ele responde, mas não há nenhum rancor em sua voz. E, um momento depois, tão baixo que quase não escuto, ele acrescenta: — Você está ótima.

— É? — Isso me surpreende, o jeito como ele me elogia de repente, tirando as palavras do nada como se fossem moedinhas brilhantes. Quando levanto a cabeça, os olhos dele estão escuros, quase famintos. Tenho a sensação de que alguma coisa líquida se espalha dentro do meu peito. Como um ovo quebrado, talvez. E engulo o ar. — Você também — digo, finalmente.

Patrick faz uma careta.

— Valeu a intenção — diz ele com uma risadinha. Ainda estamos na porta da casa dos Donnelly, meio dentro, meio fora. Tudo que tem a ver com a gente dá essa sensação de ser intermediário. *Eu não devia ter vindo*, quero dizer, ou talvez: *que bom que mandou uma mensagem para mim hoje.*

— Por que terminou com a Tess? — É o que sai da minha boca.

Patrick balança a cabeça, e seu rosto sugere que essa é a pergunta óbvia e, ao mesmo tempo, impossível, e que eu jamais saberei a resposta, já que preciso perguntar.

— Não. — É tudo que ele diz.

— Por que não? — Sinto a noite atrás de mim, ouço o ruído baixo dos mosquitos e o pio distante de uma coruja. — Estive com ela agora há pouco, e...

— Estava *com* ela? — Patrick me interrompe intrigado. — *Por quê?*

— Porque somos amigas! — Cruzo os braços. — Sei que você me odeia, mas ainda tenho o direito de ter amigos. — Não que eu os mereça, lembra uma voz dentro da minha cabeça. Olha onde estou agora.

— Você sabe que eu... — Patrick me encara como se eu estivesse maluca. — É isso o que você acha? Que eu te *odeio*? Por que pedi para você vir aqui no meio da noite, por que terminei a porra do *namoro*, se eu te odeio, Mols?

Tenho a impressão de que levei um choque. Ele acabou de dizer...?

— Porque... — Paro. Tento de novo. O rosto dele está perto do meu, muito perto. — Porque...

Patrick me beija.

No começo é estranho, o rosto batendo no meu com tanta força e de um jeito tão inesperado que ele quase me derruba. Sinto gosto de sangue e não sei se é dele ou meu. Patrick era tímido quando me beijava, todo envergonhado e hesitante, como se tivesse medo de me machucar.

Isso... é diferente.

Isso é como um incêndio na floresta, como um daqueles brinquedos de parque de diversão nos quais o chão desce e a força centrífuga é a única coisa que mantém a gente preso à parede. As mãos de Patrick estão em todos os lugares. Passo os braços em torno de seu pescoço para me equilibrar, o coração batendo no peito com uma violência chocante, os dentes dele mordendo as beiradas da minha língua. O cheiro dele é a única coisa que continua igual. Agarro sua camisa e aproximo meu corpo do dele, me erguendo na ponta dos pés para chegar o mais perto possível. Eu entraria nele, se pudesse, acamparia ali e ficaria até o fim do verão. Até o fim da vida.

E então eu me lembro de Gabe.

— Para — eu peço antes de perceber que vou recuar, o coração batendo de um jeito diferente. — Eu... — Levanto as mãos numa reação apavorada. — Não posso. Patrick. Não posso. Não quando... não posso fazer isso de novo, por favor.

Patrick parece atordoado por um momento. Depois ele fecha um pouco os olhos.

— Por causa do meu *irmão*? — pergunta, recuando tão depressa que é como se tivesse me dado um tiro que ricocheteia e estilhaça meus ossos. — Está falando sério?

— Patrick, por favor — começo, mas sinto que ele se afasta, e sei que estraguei tudo de novo, o mundo desabando diante dos meus olhos. O pânico é quente, horrível e imediato. Seguro seu braço antes que ele consiga virar. — *Espera* — ordeno com autoridade e urgência. Colo a boca à dele mais uma vez. Patrick faz um ruído, um gemido ou um rosnado. E me beija de volta até eu não conseguir imaginar nada além disso.

dia 54

Acordo antes do nascer do sol com uma dor de cabeça pulsante e a sensação de que meu coração foi espremido:

O que foi que eu fiz o que foi que eu fiz o que foi que eu fiz?

dia 55

Uma hora e quinze minutos embaixo do chuveiro, e a água está tão quente que eu quase não aguento. Quero queimar a camada de cima da minha pele até ela sair.

dia 56

Elizabeth e Michaela explodem em risadinhas quando passo por elas no corredor dos funcionários na manhã seguinte, por isso acho que não devia ficar surpresa quando paro na frente do meu armário e encontro um Post-it com o desenho de uma menininha de palitos, que imagino ser eu, pagando boquete para um bando de menininhos de palitos. Sinto imediatamente a rigidez no rosto.

É o mesmo tipo de baixaria que elas fazem comigo desde o início do verão, lembro, não tem nenhuma possibilidade de terem descoberto o que aconteceu com Patrick. Mesmo assim, subo a escada correndo e passo todo o meu expediente trancada no escritório, reorganizando as pastas do arquivo de Penn em ordem alfabética e assistindo ao *The Blue Planet* pelo computador. Cada vez que escuto alguém se aproximando pelo corredor, fico apavorada.

dia 57

Tenho receio de encontrar Patrick, se for correr no lugar de sempre na margem do lago, por isso dou algumas voltas na pista do colégio, que está fechado e vazio. No verão, aquilo parece um apocalipse zumbi. É estranho voltar ali, naquele lugar onde não me formei, onde tudo acabou sem mim enquanto eu me escondia do outro lado do país.

Mas a trilha é quente e sólida sob meus pés, e minhas pernas estão fortes e relaxadas. A cabeça está tranquila, quieta e vazia. Estou correndo de volta pelo estacionamento quando paro tão depressa que quase caio.

Lá está Julia no Bronco dos Donnelly, o cabelo preto preso num coque no alto da cabeça. Ela segura com as duas mãos o rosto anguloso de Elizabeth Reese, e as duas se beijam como se não houvesse mais ninguém no mundo.

Fico olhando a cena por um minuto. Pisco. Parece uma daquelas viradas que minha mãe cria no fim dos livros, ou aquele filme em que a gente descobre que o cara estava morto o tempo todo. Um milhão de pistas se encaixando ao mesmo tempo: Julia e Elizabeth sempre juntas, como Patrick e eu no passado. A surpresa de Gabe no começo do verão, quando perguntei se ele e Elizabeth estavam juntos. De repente penso, não pela primeira vez, que a gente nunca sabe o que alguém guarda bem no fundo do coração.

Quero sair dali antes que alguém me veja. Será que alguém sabe? Quero sumir e deixar Julia em paz com o que está descobrindo ou talvez já saiba, mas sou lenta e idiota demais, como sempre, e um segundo depois ela recua e pisca sobressaltada.

Merda. Vejo a boca de Julia se mover, mais do que escuto. E agora tenho a resposta sobre quem deve ou não saber. Sinto meu rosto corar por ser pega ali espiando feito uma doente. Quero garantir que não vou contar a ninguém, que entendo a necessidade de privacidade e que não sou o tipo de garota que vai sair por aí falando demais. Perco essa chance, porém, porque Julia engata a marcha da caminhonete e sai do estacionamento, o olhar frio cravado em mim.

dia 58

A campainha soa duas vezes quando estou trocando a água da vasilha de Oscar. Imagino que Alex chegou para me avisar que vai consertar a persiana solta de que minha mãe vive reclamando, mas é Julia quem está parada do outro lado da porta de tela, de regata, echarpe leve e cabelo trançado e preso no alto da cabeça, como Heidi.

Fico ali parada. Boquiaberta. Ela tem o rosto tenso, as mãos cerradas. Podia, inclusive, mantê-las erguidas como um boxeador. *Sobe a guarda.*

— Não vou comentar nada — aviso, sem me dar ao trabalho de abrir a porta e convidá-la a entrar. Não tenho energia para brigar. — Se é por isso que veio.

— Eu... — Julia reage absolutamente confusa, como se aparecesse para uma guerra levando tanques e canhões e me encontrasse vendo novela e lixando as unhas. — Não vai?

— *Não* — respondo imediatamente, me sentindo um tanto irritada. Como se houvesse alguma dúvida! Ela me *conhece*. Sabe que não sou o tipo de pessoa que sai pelo mundo anunciando coisas que não são da minha conta, principalmente algo tão delicado quanto isso. Houve um tempo em que eu achava que também a conhecia. — Não vou.

Julia pisca, ainda com aquela expressão assustada no rosto, como se eu a tivesse surpreendido completamente. A opinião dela sobre mim é péssima.

— Tudo bem — diz depois de um instante. — Obrigada. Elizabeth me contou sobre o Post-it no outro dia. Ela disse que está arrependida, pediu desculpas. — Uma pausa. — Ninguém mais sabe sobre nós, só o Gabe.

Julia continua na varanda por um momento, olhando para mim pela tela da porta. Lembro com que prazer ela me dilacerou durante boa parte do último ano e meio. Eu me lembro de Chuck colocando o colete salva-vidas nela a bordo do *Sally Forth*.

— Você sabe que sua mãe não criaria problema, não sabe? — pergunto, sem saber por que estou me metendo onde não fui chamada. Talvez porque a família dela já tenha sido minha família também. — Quer dizer, sei que não sou a pessoa de quem você mais quer ouvir conselhos, mas ela ficaria feliz por saber que você está feliz, só isso. Patrick também.

Julia cruza os braços, transfere o peso de um pé para o outro. O esmalte em suas unhas é vermelho-berrante.

— Eu sei — diz ela meio na defensiva. — É claro que Patrick não ia ligar se Elizabeth e eu formos... enfim. Mas ele não *gosta* dela. Acha que ela é chata, e que eu sou chata por andar com ela, e eu só... ah, você conhece o Patrick.

Isso me surpreende. *Conheço*; é claro que eu conheço. Sei que conversar com Patrick requer um pouco de coragem, que ele pode fazer a gente se sentir teimosa e acanhada. Foi exatamente isso que me trouxe até aqui. Era muito mais fácil contar um segredo ao Gabe.

De repente quero explicar isso a Julia, quero contar como tudo aconteceu, mas sei que essa é uma causa perdida.

— É, conheço o Patrick. — É tudo o que digo. E depois, como uma oferta de paz: — Elizabeth é bonita.

— Ah, meu Deus, *para*. — Julia revira os olhos para mim. — Não somos mais amigas, tá? Você não precisa tentar entender esse meu lance de gostar de meninas. Só vim aqui garantir que a maluca da sua mãe não vai escrever um livro sobre a vizinha lésbica, só isso. Estamos entendidas?

Senhoras e senhores, Julia Donnelly. Não sei por que esperei alguma coisa diferente.

— Sim — respondo, e balanço a cabeça. É difícil não rir. — Estamos entendidas.

dia 59

Tenho estado meio fora de circulação desde a noite no Crow Bar — desde *Patrick* —, escondida no escritório da pousada para evitar encontrar a Tess, e indo direto para casa à noite para me dedicar a documentários sobre meninas boxeadoras e a Compra de Louisiana. *Como estão?*, Imogen pergunta no grupo de mensagens, e Tess responde com um emoji de carinha com Xs no lugar dos olhos. *Morreu de cólica?*

O fato de ter amigas que se preocupam comigo e minha menstruação imaginária me faz sentir mais ódio de mim do que já sinto, tanto pela mentira quanto por tudo que aconteceu depois dela. Julia tem razão: não mereço nada de bom.

Sobrevivi, respondo, a única verdade que pareço ser capaz de contar. Depois, desligo o celular e me escondo do mundo por mais um dia.

dia 60

Gabe parou em Rhode Island para ver alguns amigos quando voltava de Boston; ele chega de manhã e manda uma mensagem avisando que vai me encontrar no trabalho no fim do expediente. Passo o dia todo aflita, sentindo a culpa e a vergonha me devorando por dentro como se tivesse bebido um gole do cloro que usamos na piscina. Os pensamentos se atropelam, giram feito roupas na secadora, e quando bato o cartão e pego a bolsa no armário, sinto que estou realmente passando mal.

Mas então...

Então eu vejo Gabe.

Ele está no estacionamento, todo bronzeado de sol na camisa azul, as chaves do carro em uma das mãos.

— Ei, Molly Barlow — diz, sorrindo para mim de um jeito lento e relaxado.

Eu me atiro nos braços dele.

É *insano* o efeito que Gabe tem sobre mim, como uma tempestade que morre no mar, ou um furacão que se acalma. O ardor no estômago desaparece no momento em que ele me abraça, e de repente tudo parece enormemente óbvio. Ele parece ser enormemente *certo*. Não tem nada de torturante ou doloroso em estar com ele. Tudo nele é fácil e bom.

— Ei — repete Gabe, rindo e me tirando do chão. Seus braços são feito uma boia, eu me sinto segura neles. — Sentiu minha falta, é?

— *Sim.* — Seguro sua cabeça com as duas mãos e beijo sua boca de um jeito decidido. — Como foi?

— Acho que fui bem. — Gabe me põe no chão com gentileza e entrelaça os dedos nos meus. — Na verdade, acho que fui muito, muito bem.

— Sério? — Isso me faz sorrir. — Acha que vai conseguir?

Gabe dá de ombros e sorri de um jeito meio misterioso.

— Vamos ver.

— Vamos ver — concordo. Posso imaginar agora, como podia antes de ele viajar, mas esqueci enquanto ele ficou longe de mim, nós dois sentados em cafeterias ou em bares sombrios de Harvard, a bordo do trem sobre o Charles River com as luzes da cidade piscando ao longe. O que tentei fazer com Patrick na outra noite prova que eu não merecia isso?

Olho para Gabe e vejo seu cabelo brilhando dourado ao sol da tarde.

— Estou muito feliz por você ter voltado — digo, e sorrio.

dia 61

A floricultura que fornece para nós cometeu um erro e compensa entregando duas dúzias a mais de gladíolos, as preferidas de Connie, e eu as envolvo em papel toalha e levo à casa dos Donnelly depois do trabalho. Estive pensando nela, em todos eles, nos segredos que guardam uns dos outros. Antes eu os sentia como um exemplo de união sólida, a família ideal. Eles me faziam sentir segura.

— Meu Deus, Molly — Connie diz quando abre a porta de jeans e camisa, com um sorriso que torna seu rosto jovem e bonito. — Por que isso?

Dou de ombros, me sentindo tímida e desajeitada. Escolhi deliberadamente um horário em que nenhum dos filhos dela está em casa, mas me sinto desmascarada e exposta mesmo assim, como se estivesse indo longe demais. Quando *Driftwood* foi lançado e tudo desmoronou à minha volta, eu costumava imaginar que Connie apareceria na minha casa e me levaria para tomar café com waffles e chantilly, e que ela me daria conselhos sensatos de mãe. Não aconteceu, é claro. Por mais que fôssemos próximas, eu não era filha dela, e foi com os filhos dela que errei. Agora me dou conta de que nem sei qual é a flor favorita da minha mãe.

— Ah, Molly. — Connie parece satisfeita e resignada em medidas iguais. As flores têm um tom berrante de rosa. — Não precisava.

— Eu sei — respondo em voz baixa, e nós duas sabemos que não estou falando sobre as flores. Penso na turista na pousada: *É muito triste.* — Mas eu fiz.

— Fez, não é? — Connie concorda, olhando para mim com bondade. — Obrigada.

Estou prestes a me despedir e ir embora quando Julia aparece na porta atrás da mãe. Ela veste short e camisa xadrez, e está de óculos, o que nunca acontece fora de casa.

— Quem é? — pergunta, e então ela me vê. — Ah, oi.

— Eu estava indo embora — aviso dando um passo para trás. — Eu só... — Aponto as flores. — Boa noite.

Julia assente, mas não faz nenhum movimento para sair. Apenas olha para mim por um longo instante como se pensasse em alguma coisa. Eu me preparo para as mil possibilidades desagradáveis que giram em minha cabeça.

— Você devia ficar para jantar — diz.

Minha primeira reação é olhar para ela e piscar, totalmente chocada. Deve ter sido uma alucinação. Deve ter sido.

— *Devia?*

— Com certeza — Julia confirma, e se vira para voltar à cozinha andando com as costas eretas. — Os meninos chegam logo. Vamos comer tacos. Não é, mãe?

Connie olha para Julia, para mim, para Julia de novo. Deve estar se perguntando se isso tudo é um plano elaborado da filha para me matar e esconder o corpo no celeiro, embaixo do equipamento de camping.

— Sim — responde depois de um tempo, recuando com o ramalhete de flores. — Entra, Molly.

E é assim que acabo sentada à mesa da cozinha dos Donnelly novamente, comendo tacos como se tivesse treze anos, mas, dessa vez, é Gabe que está ao meu lado. Ele sorri surpreso quando entra pela porta dos fundos e me vê cortando cebola com sua irmã, ouvindo *Rubber Soul* no velho iPod de Connie.

— Ataque do lanche? — pergunta, me puxando para trás pelo passante da calça e beijando a base da minha nuca quando não tem ninguém olhando. — Que bom que está aqui.

Patrick chega alguns minutos depois, quando Julia está arrumando a mesa e Gabe foi ao quarto dele trocar de roupa. Patrick para na porta e olha para mim por um momento como se nunca tivesse me visto antes, como se eu fosse estranha e potencialmente perigosa. Não o via desde o beijo na porta da casa dele.

— Oi — cumprimentei, olhando para ele com firmeza.

— Oi — Patrick respondeu, e saiu da cozinha.

— Alguma notícia do Mass General? — Connie pergunta enquanto põe feijão em seu taco, referindo-se ao Massachusetts General Hospital. Todos os Donnelly preparam tacos da mesma maneira, com um disco de massa macia por fora da dura para impedir que tudo desmorone na primeira mordida. É um velho truque que Chuck ensinou para todos nós quando éramos pequenos.

Gabe balança a cabeça e engole.

— Ainda não — diz. — Eles avisaram que pode demorar umas semanas. Acho que o outro candidato fez a entrevista depois de mim.

Olho para Patrick do outro lado da mesa, com as mangas do moletom erguidas até os cotovelos e os braços cobertos de sardas, o rosto sério. Ele está olhando para o taco, não para mim. Deve saber o que vai significar, se Gabe for passar o outono em Boston.

No momento, porém, ele parece indiferente. Quando levanta a cabeça e olha para as pessoas em volta da mesa, seus olhos são francos.

— Boston parece ser o tipo de lugar de que você vai gostar — ele diz ao irmão em tom neutro, antes de pegar uma colher e encher o prato de novo.

99 dias 217

dia 62

Penn quer que eu treine as duas recepcionistas novas para usarem o software de banco de dados, e estou no escritório dela estudando o assunto, clicando em tudo enquanto ela olha por cima do meu ombro de vez em quando, verificando se tem alguma coisa que eu não entenda o suficiente para explicar.

— Nós mandamos cartões de agradecimento? — pergunto, rolando a tela para analisar os registros e dando uma mordida no tubinho de alcaçuz. Desi está sentada no meu joelho, com a cabeça debruçada sobre um livro de colorir da Pequena Sereia. — Ou melhor, podemos mandar? No fim do verão, talvez, um cartão-postal agradecendo às pessoas e convidando-as a voltar, ou um cupom, ou um código de desconto, ou alguma coisa para o outono, quando o movimento for menor?

Penny levanta as sobrancelhas, e um sorriso lento ilumina seu rosto marrom e macio.

— Olha só! Está usando seu chapéu do pensamento — ela diz. — Quer fazer um orçamento?

— É claro. — Sorrio para ela com entusiasmo e mudo Desi para o outro joelho. Ela tem ficado sempre perto de mim, enganchando os dedinhos nos bolsos de trás da minha calça quando ando pelos corredores de manhã e se acomodando no banco de trás do meu carro quando Penn me manda fazer alguma coisa na cidade. Gosto de sua companhia ativa, silenciosa. Gosto do peso magro, mas sólido do corpo de criança pequena no meu colo. — Mando para você amanhã.

— Ótimo. Está melhor, então? — Penn se apoia na beirada da mesa e me analisa. — Não passou despercebido, toda aquela esquisitice com você na semana passada.

— Ah, eu... desculpa — digo, envergonhada. — Era um assunto pessoal. Tentei manter longe do trabalho. Deixei de fazer alguma coisa?

Penn balança a cabeça.

— Você foi muito bem. Só parecia meio distante, mais nada. Como se não quisesse passar muito tempo fora do escritório. — E inclina a cabeça para o lado. — Aquelas duas garotas que trabalham na sala de jantar, Michaela e sei lá quem, a outra… Elas criam problemas para você?

Nego com um movimento de cabeça. Na verdade, desde o desenho de Elizabeth, elas me deixaram em paz, exceto por um ou outro olhar que eu ignoro. Não posso contar para Penn que passei a última semana inteira fugindo da *Tess*.

— Tudo bem, já resolvemos tudo — respondo.

— Certo. — Penn esfrega as mãos como se quisesse limpá-las. — Muito bem. Quer ir dar uma olhada na cozinha, ver se todo mundo fez o intervalo?

— Boa ideia. O que acha, Des? — Eu a tiro do meu colo e ponho no chão. — Quer ir dar uma volta? — Desi monta de cavalinho nas minhas costas, e saímos da sala. Quando viramos no saguão, vejo Tess em seu maiô vermelho de salva-vidas e short, com um apito pendurado em um cordão de náilon girando em torno dos dedos.

— Ah, aí está você — ela diz. — Fui te procurar hoje de manhã. Oi, Desi. — Tess sorri para a menina, que olha curiosa por cima do meu ombro. Depois continua: — Tenho que te falar uma coisa, e estou me sentindo idiota por isso. Tipo, estou muito feliz, mas me sentindo idiota, sabe?

99 dias **219**

— Tudo bem... — respondo meio hesitante, ajeitando Desi nas minhas costas. Ela está escorregando. — O que é?

— Patrick e eu voltamos ontem à noite.

— *Ai!* — Desi engancha a pulseira de plástico no meu cabelo e puxa com força. — Cuidado. — Ponho a menina no chão para soltar meu cabelo, os olhos lacrimejando com a dor, embora, na verdade, me sinta agradecida pela distração e pelo tempo que ela me dá para recompor a expressão em algo mais apropriado que aquela reação instintiva.

Voltaram.

Patrick e Tess.

— Desculpa. — Levanto o corpo. Desi corre pelo saguão atrás de Virgo, o gato mal-humorado da pousada. Tess está olhando para mim, esperando. — Isso é... ótimo! — Penso em como achei estranho Patrick reagir com tanta indiferença à notícia de que Gabe vai para Boston, de que Gabe e *eu* estaremos lá, durante o jantar de ontem à noite. Parece que não foi estranho, afinal.

— Estou me sentindo como A Garota que Pediu para Voltar — explica Tess, balançando a cabeça. — Ou A Traidora da Irmandade, sei lá.

— Que irmandade é essa? — pergunto, tentando ser engraçada e parecer tranquila. — A Liga Internacional das Ex--Namoradas do Patrick?

— Exatamente. Eu fiz ele correr atrás, na verdade. Mas ele apareceu e falou todas aquelas coisas incríveis, tipo, o futuro, e eu... não sei. Foi legal, sabe? Foi bom.

Sorrio e espero que pareça autêntico. Porque isso é bom, não é? O que aconteceu entre mim e Patrick enquanto ele e Tess estavam separados foi uma aberração, o pior tipo de sabotagem contra mim mesma, e quero deixar tudo para trás. E essa é a prova concreta e inequívoca de que Patrick também quer. Fiz minha escolha, e Patrick fez a dele.

— Eu sei.

dia 63

É aniversário da Imogen, por isso comemos um caminhão de pizza na Donnelly e depois vamos para o bosque perto do lago, levando um cooler com Bud Light escondido embaixo de um cobertor na carroceria da caminhonete do Gabe. O iPod da Tess está encaixado em um copo vermelho para amplificar o som. Jay Gato fez cupcakes, o que eu achei fofo demais.

O grupo é grande, estamos eu, Jake e Annie e duas amigas da Imogen do French Roast. Julia e Elizabeth estavam na pizzaria e se dignaram a aceitar o convite.

— Gosto desse jeans — Julia me fala, tirando a tampa de sua garrafa de cerveja e olhando para a minha Levi's rasgada. Depois, provavelmente notando minha expressão chocada, ela acrescenta: — Não, Molly, não vou te bater. Pode relaxar.

— Mas eu nem... — começo, depois balanço a cabeça.

Julia só dá risada.

Estou me aproximando do cooler para pegar uma cerveja quando Patrick segura meu braço como se houvesse uma emergência.

— O que foi? — pergunto, assustada. Ele não responde, só me puxa para trás de um carvalho enorme onde ninguém pode nos ver, onde a escuridão é tão grande que eu nem consigo *vê-lo*.

Abro a boca para perguntar o que ele está fazendo, mas não consigo dizer nada, porque ele me beija como na outra noite na porta de sua casa, um beijo quente e molhado, a língua invadindo minha boca. Tem gosto de cerveja e de Patrick. As mãos queimam como ferro em brasa através do tecido da minha camisa.

Eu devia empurrá-lo. Ai, meu Deus, eu *preciso* empurrá-lo, Tess e Gabe estão a cinco metros de nós e, além disso, o que estamos fazendo é errado, é *terrível*, mas é como se eu estivesse fora do meu corpo me vendo fazer essa coisa horrível, e não consigo parar. A casca da árvore machuca minhas costas, e também sinto a dor da mordida no meu lábio inferior. De um jeito muito maluco, a dor é quase boa.

Quase não. É boa.

Patrick não diz nada, apenas continua me beijando, enfiando um joelho entre as minhas pernas e fazendo um pouco de fricção, e todo o seu calor atravessa as duas camadas de roupas, a dele e a minha. Ele levanta uma das mãos e segura a parte de trás da minha cabeça para protegê-la das batidas no tronco de árvore, surpreendentemente gentil, depois inclina minha cabeça para trás e chupa meu pescoço com tanta força que tenho quase certeza de que vai deixar marca. Sinto como se uma série de explosões acontecesse dentro do meu corpo, como se, de algum jeito, ele tivesse improvisado uma cadeia de bombas ao longo da minha coluna quando eu não estava prestando atenção.

Não sei quanto tempo isso dura — parecem horas, como se o tempo se dobrasse sobre si mesmo, mas deve ter sido só um ou dois minutos antes de Patrick se afastar de mim depressa e de uma vez só, me deixando ofegante.

— Temos que voltar — diz ele em voz baixa, passando as costas da mão na minha boca. — Preparada?

— Eu... — Estou ofegando tanto que nem sei se consigo ficar em pé sem apoio. Não sei o que aconteceu aqui... o que *deixei* acontecer aqui. — É sério?

Patrick olha para mim por um momento, o rosto indecifrável.

— Vamos — diz, inclinando a cabeça na direção da festa. Escuto a risada alta e aguda de Imogen. Fecho os olhos e conto até dez, tentando me controlar. Quando abro os olhos de novo, Patrick sumiu.

dia 64

A casa está silenciosa quando desço para fazer um lanche, mas lá está minha mãe assistindo ao filme *Tootsie* no sofá, com o velho cobertor azul em cima dela, uma vasilha de cerâmica com pipoca de parmesão e alho sobre as pernas. Não pensava naquela pipoca há um ano, mas minha boca fica cheia d'água quando sinto o cheiro dela. É uma especialidade de Diana Barlow, um dos meus pratos favoritos na infância. Às vezes ela me deixava jantar pipoca, como se fosse um agrado.

Fico parada na porta por um momento, vendo Dustin Hoffman andar daquele jeito esquisito em cima dos sapatos de salto, sem querer falar com minha mãe, mas também sem querer voltar lá para cima. Acho que ela sequer notou que estou ali, até que estende a vasilha de pipoca na minha direção.

— Quer sentar aqui e comer pipoca? — Seus olhos continuam voltados para a televisão. — Ou vai ficar aí parada?

Abro a boca para dizer que vou ficar ali parada, mas desisto. De repente, me sinto muito, muito cansada. Minha boca parece queimar do beijo. Patrick deixou sua marca nela. Meu peito dói como as pernas doeram depois da corrida de ontem.

— Pipoca parece legal — admito finalmente, entrando na sala e ouvindo o ranger das tábuas embaixo dos meus pés. Minha mãe concorda movendo a cabeça de cachos loiros, mas não diz nada. Sento na beirada do sofá mole de couro, tentando sem muito sucesso não ser engolida pelas almofadas. Quando ela me oferece o cobertor, eu também aceito. O som da TV está baixo. Eu respiro.

dia 65

— ... e, ao fechar a porta, ela percebe que *deixou um saco de cocô em cima do balcão da cozinha.*

Imogen, Gabe e eu olhamos para Jay por um momento antes de explodirmos em gargalhadas tão altas e tão horrorizadas que as pessoas do outro lado do Bunchie's viram para olhar para nós.

— Isso é uma lenda urbana! — protesto, rindo tanto que tenho medo de devolver milk-shake pelo nariz. — É lenda urbana, é sim, vou procurar no Google. Não pode ser.

— Pode procurar — Jay responde magnanimamente, depois pega as últimas batatas fritas do prato e assente. — Aconteceu com o amigo do meu primo.

— Aham. — Estendo a mão e pego um picles do prato de Imogen. — Eu... acho que você fala muita bobagem, mas essa é a melhor história que já ouvi, então...

Gabe apoia o braço no encosto do banco, e a parte interna de seu cotovelo roça em meu cabelo.

— Molly é uma cética — ele diz.

— Eu sou uma cética! — concordo, mas a verdade é que, nesse momento, sou uma cética feliz. Se alguém me dissesse no começo do verão que eu poderia ter alguma coisa assim, uma noite normal com meu namorado e alguns amigos, eu teria perguntado à pessoa o que ela fumava e onde eu poderia arrumar um pouco.

Ah, bem... não era normal, exatamente. Tento ignorar o enjoo que sinto cada vez que me lembro do que aconteceu com Patrick na outra noite. Penso na pele morna dele embaixo dos meus dedos. Penso nas minhas pernas em torno de sua cintura. Estou me sentindo como em um show de horrores, o tipo de pesadelo que Julia acha que sou, devastando os Donnelly de novo e de novo como um desastre natural, um tornado que muda de direção no meio do caminho e volta para destruir mais um pouco.

Mas, fora isso? Totalmente normal.

Estamos discutindo se pedimos ou não uma porção de cascas de batata de sobremesa quando a porta do Bunchie's abre e Patrick e Tess entram. Sinto uma tempestade rápida e violenta explodir dentro do meu peito. Imogen havia me perguntado mais cedo se era legal mandar uma mensagem para Tess avisando onde estávamos, e eu fingi que sim, que era ótimo, mas depois do que aconteceu entre mim e Patrick há algumas noites, me convenci de que ele não teria coragem de vir.

Devo parecer visivelmente abalada, porque Imogen olha para mim curiosa por um segundo antes de se recuperar e sorrir.

— Oi, gente! — ela os cumprimenta, animada. — Perderam a história incrível que Jay acabou de contar sobre uma garota que deixou cocô no balcão da cozinha do cara com quem tinha passado a noite. Sentem aqui.

— Ela não deixou o cocô *no* balcão — protesta Jay quando todo mundo se move para abrir espaço. Tess senta ao lado de Imogen, e sobra apenas um lugar para Patrick, ao meu lado. Fico literalmente espremida entre ele e o irmão, com um Donnelly de cada lado e tão pouco espaço que mal consigo mexer os braços. Meu corpo todo enrijece, um animalzinho que sente o predador. Patrick não olha para mim nem ao menos uma vez. Tento não pensar em sua boca sobre a minha, na casca de árvore na minha nuca. Quando pego o copo de água, estou tão agitada que derrubo um garfo sujo no colo dele.

99 dias 227

— Desculpa — resmungo quando Patrick me devolve o garfo sem dizer nada.

— Está tudo bem? — Gabe murmura no meu ouvido. Uma das mãos dele está em cima do meu joelho me dando confiança. Respondo que sim com a cabeça.

Pedimos as cascas de batata. Tess conta uma história sobre a nova companheira de quarto em Barnard, alguém que ela adicionou no Facebook hoje. O braço de Patrick é quente e sólido junto do meu. Penso outra vez na primavera da primeira série do ensino médio, no fim de maio e na nossa terceira discussão naquele dia, como em tantos outros, sobre coisas bobas e sem importância, como ir ou não à festa da escola, que música ouvir enquanto estudávamos química. A briga da vez começou por causa dos planos para o fim de semana e acabou voltando ao assunto Bristol, como em todas as tardes daquela semana. Eu continuava esperando as coisas se acertarem entre nós, esperando voltar ao normal desse bizarro universo paralelo no qual Patrick e eu não conseguíamos ficar na mesma sala sem brigar.

E também esperava parar de sentir que o Arizona podia ser uma boa ideia para o próximo outono.

Nada disso havia acontecido até então.

— Tudo bem. — Respirei fundo e levantei da cama onde estava sentada, andando até a escrivaninha depois da cômoda e de volta. Conhecia cada canto daquele quarto. A porta empenada no armário que nunca fechava direito, a mancha no tapete onde grudamos massinha de modelar quando tínhamos sete anos. Passei a mão na cabeça num gesto frustrado. — Você não acha que nós... — Parei por um minuto, tentei pensar em como poderia dizer aquilo sem irritá-lo ainda mais, sem me afastar dele mais do que já me sentia afastada. — Não acha que às vezes a gente, tipo... passa todo esse tempo juntos às custas de outras coisas na nossa vida?

Patrick olhou para mim e piscou.

— O quê? — Ele balançou a cabeça. — Do que está falando?

— Só estou perguntando! — Meu Deus, ele me irritava muito ultimamente, sempre mal-humorado e intransigente de um jeito como nunca havia sido antes... ou, se tinha, nunca comigo. Eu não sabia qual de nós estava mudando. Assustava pensar que eram os dois. — Será que dá...

— Molly, se quer ir para o Arizona correr, devia ir para o Arizona correr. — A voz de Patrick era vazia e desinteressada. — Eu não percebi que estava prendendo você *desse* jeito.

— Você não está me prendendo! — explodi. — Eu fiz uma pergunta. Estou tentando conversar com você. Achei que era isso que fazíamos: conversar. Nós conversamos o tempo todo desde sempre, e agora...

— Agora você está entediada e quer ter outras conversas. Eu entendo, gata. Sério.

— Pode parar de terminar as minhas frases?

— Por quê? Isso também te prende?

— Ah, para com isso. Só... para um segundo. — Sentei no chão e apoiei as costas no batente onde Chuck media nossa estatura o tempo todo quando estávamos crescendo, fazendo anotações com lápis de cor e aquela letra quadrada. *Julia. Patrick. Molly. Gabe.* Aquela era minha família, pensei, olhando para o outro lado do quarto, para a expressão endurecida e magoada de Patrick. Essa sempre seria minha casa.

— A gente não teria que terminar — falei com voz suave olhando para ele. — Se eu fosse. Não seria assim. Poderíamos nos visitar, poderíamos...

— É. — Foi a hora errada para dizer isso, era evidente, porque o vi fechar a cara e endurecer o queixo. — Tanto faz. Tudo bem. Pode ir agora, Mols. Não vamos chegar a lugar nenhum. A gente se vê. Sério.

— *Patrick.* — Arregalei os olhos. Não acreditava que ele estava fazendo isso de novo. Era como se estivesse decidido a se livrar de mim de qualquer jeito. — Por que está fazendo isso? Dá para parar de *me empurrar para longe*...

— Não estou empurrando, Mols! — A voz dele tremeu, rouca e cheia de dor. — Quer tanto assim ir correr? Vai correr. Sério. Não volta.

— O que isso...?

— Significa que não está dando certo — Patrick anunciou com tom frio. — Significa que a gente devia terminar.

Fiquei olhando para ele como se de repente Patrick falasse mandarim, como se fosse alguém do outro lado do mundo.

— Está terminando comigo?

— Sim, Mols — ele confirmou, e era como se eu falasse com um estranho. — Estou.

Uma gargalhada me arranca da lembrança, me assusta tanto que dou outro pulo, embora, dessa vez, não derrube nenhum talher. Gabe continua com a mão no meu joelho. Ele o aperta um pouco, depois desliza a mão, sobe pela perna e toca a costura interna do jeans.

Patrick encosta a perna na minha.

No começo não sei se ele está fazendo de propósito, é só uma pressão leve, um calor que passa pelo jeans da calça dele e da minha. Tento me concentrar no que Imogen está perguntando, quem vai ajudar a estender a lona para sua exposição de arte, mas é como se eu ouvisse a conversa do fundo do lago. De repente, minha respiração acelera, e eu me concentro em me controlar para ninguém perceber.

A pior parte é sentir que estou reagindo também em outros níveis, o estômago se contraindo com o desejo e a pele do corpo todo enrijecendo, e nem sei a *quem* estou reagindo. Qual é o meu problema, quão *maluca* eu sou por pensar que pode ser aos dois?

Os dedos de Gabe brincam com a costura da minha calça, relaxados. Patrick empurra a perna contra a minha, e fica evidente que o contato é intencional. Eu me sinto em brasa, consumida por um fogo devastador enquanto todo mundo continua ali sentado comendo batata frita. Estou horrorizada com meu corpo e meu coração.

— Preciso ir ao banheiro — anuncio, levantando do banco e interrompendo Imogen no meio da frase, me afastando da mesa e deixando os dois Donnelly para trás.

dia 66

Gabe me convida para ir jantar de novo na noite seguinte. Dessa vez é lasanha, uma grande assadeira no forno, e Julia e eu preparamos a salada juntas na bancada da cozinha, alface e tomates ainda cheios de terra da horta de Connie.

— Sabe o que eu estava pensando? — pergunta Julia, lavando a alface embaixo da torneira e jogando as folhas na centrífuga. Ela usa algumas pulseiras de Elizabeth, percebo, e elas fazem barulho a cada movimento de seu braço. — Lembra do Ano da Abobrinha?

— Ai, meu Deus, a gente já tinha combinado que nunca mais ia falar nisso — respondo rindo, batendo a faca na tábua de cortar. Quando tínhamos onze anos, no verão, Connie plantou sem querer uma safra gigante de abobrinha, mais do que uma pessoa de posse de sua sanidade mental ia querer comer durante a vida toda. Ela punha abobrinha em tudo, desde as coisas normais, como sopa e pão, até biscoitos de chocolate e, uma vez, naquele sorvete horroroso que tentou empurrar para todo mundo, como se ninguém fosse notar. Finalmente, Chuck pegou tudo que tinha sobrado da safra e levou Patrick, Julia e eu para jogar as abobrinhas no lago. — Eles serviam como acompanhamento no colégio interno o tempo todo, e eu tinha que olhar para o outro lado quando recusava.

— Você gostou? — Julia me pergunta, juntando a cenoura ralada à vasilha de salada e levantando as sobrancelhas. — Do colégio interno?

Ainda é inacreditável que ela esteja falando comigo desse jeito, quase exatamente como era antes. Quantas horas passamos nessa cozinha antes de eu pôr fogo no mundo?

— Olha, Jules — respondo finalmente, abrindo a porta da geladeira como fiz uma centena de vezes antes para pegar a embalagem de molho para salada na porta. — Não vou contar a ninguém sobre você e Elizabeth. Juro.

— Eu sei. E daí?

— Não precisa ser legal comigo. Se é por isso que está me tratando bem... quero dizer, se puder pular a parte dos arranhões no carro vai ser legal, mas... eu não... — Faço uma pausa, sentindo um ano de solidão e humilhação crescer feito uma onda dentro do meu peito. — Não sei o que você está fazendo.

Julia dá de ombros, pula para se sentar no balcão e pega um pedaço de tomate.

— Também não sei o que estou fazendo, sinceramente — confessa. — Em parte, tem a ver com Elizabeth, eu acho. O que você fez com a minha família me deixou com vontade de arrancar sua cara, Molly. E fui eu quem te envolveu nisso, e é como... — Ela para de falar e olha para um ponto distante por um segundo. Talvez esteja lembrando, como eu, as porções idênticas de Barbie e brincadeira de estátua que compunham nossos dias quando éramos pequenas, antes de Patrick e eu nos tornarmos uma dupla exclusiva. Depois ela balança a cabeça. — De qualquer maneira, é óbvio que Gabe está de quatro por você. — E, um momento depois: — Desculpa pelo carro.

Sufoco uma risadinha baixa e balanço a cabeça. Não tem importância. Estou cansada de viver em guerra.

— O que está dizendo, então? — pergunto, deixando as embalagens sobre a tábua de corte com todo o cuidado. — Somos, tipo... amigas de novo, ou alguma coisa assim?

Julia olha para mim, morde um pedaço de cenoura.

— De jeito nenhum — responde, e sorri.

99 dias 233

Patrick não chega a tempo para jantar, e me sinto grata por isso. A última coisa que quero é sentar diante dele à mesa e fingir que não está acontecendo nada. Estive tentando esquecer o que aconteceu no aniversário de Imogen. Estive tentando não pensar em Patrick. Devia ter impedido... é claro que devia ter impedido, certo? E não impedi. O que isso sugere sobre mim? Olho para Julia e penso em sua caligrafia em caneta cor-de-rosa:

vadia suja

Gabe me oferece um pedaço de pão de alho. Connie bebe um gole de vinho.

É tarde quando me despeço de Gabe com um beijo e sigo para a entrada da garagem, onde deixei meu carro. O chilrear constante dos grilos e o barulho da terra encharcada embaixo dos meus pés embalam a noite. Estou procurando as chaves dentro da bolsa quando noto a luz acesa no celeiro no fundo da propriedade, o brilho amarelado e revelador de uma lamparina de acampamento.

Quero entrar no carro e ir embora pela escuridão.

Em vez disso, respiro fundo e atravesso o quintal.

É claro, lá está Patrick no sofá velho que Connie está sempre jurando que vai jogar fora, mas de que não se desfez depois da morte de Chuck, um estofado xadrez e embolorado no qual costumávamos pular quando éramos crianças. Ele veste jeans e moletom. Está frio aqui, o ar é úmido e tem cheiro de folhas molhadas, o piso é de terra batida. Patrick levanta a cabeça quando ouve eu me aproximar, e vejo em seu rosto a expectativa. Ele segura um livro grosso em uma das mãos.

É verdade que fiquei feliz por ele não ter jantado conosco.

Mas, em parte, também fiquei um pouco desapontada.

— Quando chegou? — pergunto, parada na porta. O vento da noite é suave, mas meus braços e pernas estão arrepiados, todas as terminações nervosas acionadas ao mesmo tempo. Fico longe de propósito, os braços cruzados como se fossem um escudo.

Patrick dá de ombros.

— Faz um tempinho.

— Não quis entrar?

— Não.

— Tudo bem. — Solto o ar com um sopro deliberado. Não sei o que exatamente estou tentando tirar dele. Combinamos que seríamos amigos, é claro, mas também é óbvio que isso não vai acontecer tão cedo. Não faço ideia do que somos. — O que está lendo? — Aponto o livro na mão dele. Patrick marca a página que está lendo com o indicador. Ele levanta o livro. É um Stephen King, vejo de onde estou. *A dança da morte.* — Sobre o que é?

— O fim do mundo.

Entorto a boca.

— Adequado.

— Aham. — Patrick muda de posição, apoia os pés no chão para abrir um espaço para mim no velho sofá xadrez. Contrariando o bom senso, atravesso o celeiro e sento no braço do sofá, os pés nas botas em cima da almofada ao lado do quadril de Patrick. Ele olha para mim e levanta uma sobrancelha, arqueando-a tanto que eu dou risada. — *Shhh* — sussurra, mas uma das mãos segura meu tornozelo e puxa, e no instante seguinte estou em cima das almofadas com ele, o joelho dobrado roçando sua coxa. — Oi.

— Oi. — Exalo devagar. — Isso não pode continuar acontecendo.

— Não pode, né — diz Patrick, e nem é uma pergunta. Seus olhos cinzentos estão cravados nos meus.

— *Não* — insisto, balançando a cabeça. — Patrick...

— Ele te deu um beijo de boa noite? — Patrick me interrompe. — Meu irmão...?

Arregalo os olhos.

— Por que está perguntando?

— Porque eu quero saber.

— Que pena — respondo imediatamente. Isso é ir além dos limites, mesmo para o que acontece entre mim e Patrick. É ultrapassar os limites. Levanto do sofá, mas ele me segura fechando os dedos em torno do meu punho.

— Espera — ele pede, e sua voz é tão sincera que eu paro e olho para ele. — Desculpa. Tem razão, isso foi tosco. Desculpa.

Balanço a cabeça, mas me deixo puxar de volta para o sofá e me sento sobre uma das pernas.

— Estou falando sério — aviso. — A gente tem que parar.

Patrick assente sem dizer nada. Puxa uma linha solta na costura do encosto do sofá.

— Eu me inscrevi em outro programa para o outono — ele me conta em voz baixa. — Um negócio tipo Outward Bound, em Michigan. Trabalho de guarda-florestal, conduzindo visitas a parques. É um ano intermediário para quem não tem boas notas.

— Suas notas são boas — respondo automaticamente.

Patrick balança a cabeça.

— Não neste ano.

— Sinto muito — lamento, lembrando o que Tess disse quando contou que eles haviam reatado, a conversa sobre o futuro. — Já contou para a Tess? — pergunto. — Que você vai?

— Não.

— Por que não?

Patrick levanta a cabeça, me encarando.

— Porque queria contar para você — diz.

Não sei qual de nós se inclina primeiro.

Não é como na outra noite, quando eu estava encostada no tronco da árvore. Não tem aquele desespero. Isto aqui é lento e comedido, os cílios dele tocando meu rosto. Faço um ruído abafado contra sua boca.

— *Shhh* — repete ele, as mãos quentes deslizando por baixo da minha camiseta, acompanhando o elástico do sutiã até eu começar a tremer. Finalmente, me afasto.

236 *Katie Cotugno*

— O que é isso? — pergunto. É pior por não ter sido rápido e desesperado. De algum jeito, isso torna tudo muito pior. — O que está fazendo comigo, Patrick? Tess é minha *amiga*.

— E Gabe é meu irmão — ele argumenta sem se alterar. — Mas aqui estamos.

—Acha que tenho que terminar com ele? — Sinto imediatamente meu rosto esquentar. É horrível cogitar a ideia em voz alta, tão horrível quanto fazer o que estou fazendo. Gosto do Gabe. Estou me *apaixonando* por ele. Então, que droga estou fazendo aqui? — É isso?

Patrick balança a cabeça.

— Eu não vou terminar com a Tess — responde. — De novo não.

Olho para ele e sinto minha pulsação nos punhos e na base do pescoço. O ar úmido do verão é opressor. Ele se inclina para me beijar de novo, me empurra contra o encosto do sofá. Fecho os olhos e solto o corpo.

dia 67

Gabe é a única pessoa em casa quando passo para pegá-lo para sair com Kelsey e Steve na noite seguinte.

— Entra — ele responde quando bato na porta de tela. O quarto dele fica perto da cozinha, um espaço pequeno que servia para abrigar os funcionários cem anos atrás, quando a fazenda tinha cavalos, porcos e vacas para ordenhar. Gabe se instalou lá quando tinha treze anos, porque era o mais velho.

— Oi — cumprimento, e paro na porta me encostando ao batente. Tudo é como eu me lembro, a colcha xadrez azul e verde, a cômoda de pinho, tudo quase sobrenaturalmente arrumado para um adolescente, quase como se ninguém ocupasse o quarto. O quarto de Patrick sempre foi um desastre.

— Oi — Gabe responde enquanto veste uma camisa polo. Não entrei naquele quarto desde que voltei, não estive aqui nenhuma vez desde que tudo aconteceu entre nós, na verdade, naquela noite de maio, na primeira série do ensino médio, quando Patrick terminou comigo.

Eu me lembro de ter descido a escada dos fundos e entrado na cozinha cambaleando, fisicamente desorientada. Era como se um cânion tivesse se aberto entre nós, como em um velho desenho animado em que surge uma fenda na terra e o chão se parte ao meio em cinco segundos. Como andar além da beirada de um precipício e não perceber até olhar para baixo. Fiquei ali parada e atordoada, sem nem registrar o barulho da

238 *Katie Cotugno*

batida da porta lateral, depois o som do motor do Bronco quando Patrick saiu.

Não percebi que estava chorando até ver Gabe.

— Ei, Molly Barlow — ele disse, olhando para mim uma vez, depois de novo e com mais atenção. Gabe fazia um sanduíche de peito de peru em cima do velho balcão da cozinha, e já havia posto no prato duas fatias de pão. Ele se formaria em uma semana e meia. — O que foi?

Balancei a cabeça.

— Não, nada — respondi, limpando o rosto e pensando em dizer que era alergia, antes de me dar conta de que ele não acreditaria nisso e não tinha importância, na verdade. Afinal, era só o Gabe. — Briguei com seu irmão, a gente vai resolver tudo. Tudo bem.

— *Vocês* brigaram de novo? — Gabe deixou a faca no balcão e lambeu a mostarda do dedo. Parecia realmente surpreso. — Qual é? Tipo, os rios estão virando sangue?

— Cala a boca — funguei e ri ao mesmo tempo. — É mais ou menos isso. É sempre a mesma briga, sei lá.

— Sobre o colégio interno? — Gabe perguntou, depois hesitou. — Desculpa, não quero invadir sua privacidade. Não é isso.

— Não, eu sei. — Balancei a cabeça. — Tudo bem.

— Tudo bem. — Gabe atravessou a cozinha e parou ao meu lado. De perto ele era ainda mais alto do que eu tinha percebido, minha cabeça ficava mais ou menos na altura do peito dele. Era raro ficarmos sozinhos. — Então... qual foi?

Eu contei tudo.

Contei a história toda, sobre a recrutadora e sobre Bristol, como de repente Patrick e eu passamos a falar línguas diferentes do nada, tipo aquela loucura da Torre de Babel ou as fitas francesas que Connie gostava de ouvir quando limpava o mato do jardim. Contei como não sabia mais de que jeito contar as

99 dias 239

coisas para ele, não sabia como fazer Patrick me ouvir. Como me senti mais sozinha do que jamais havia sentido.

— No começo eu nem *queria* ir para essa droga de Tempe — concluí. — O que tem em Tempe? Nada. Mas eu só queria *conversar*. E em vez disso, ele... *terminou tudo comigo*.

Gabe ouviu sem falar nada, os braços cruzados e os olhos azuis fixos em mim. Quando terminei o relato, totalmente esgotada e devastada, ele suspirou.

— Escuta, você conhece meu irmão — disse ele, finalmente. — Conhece melhor do que ninguém, talvez. Sabe como ele é. Patrick enfia alguma coisa na cabeça e pronto, sabe? Ele é teimoso. Decide que alguma coisa não é boa para alguém, especialmente para ele, e está acabado. E você ir morar do outro lado do país, mesmo que seja por um motivo incrível, mesmo que seja para alguma coisa que realmente quer fazer? Definitivamente, isso não vai ser bom para ele. — Gabe fez uma pausa antes de continuar. — E quer saber de uma coisa? Para sua informação, Molly Barlow, também não vai ser legal para mim.

Fiquei olhando para ele por um segundo sem entender.

— Eu...

Gabe balançou a cabeça imediatamente.

— Esquece — disse, e parecia mais acanhado do que jamais o havia visto antes. Estava vermelho, na verdade, como se não acreditasse no que tinha acabado de dizer. — Isso foi absurdo, você é do meu irmão...

— Não sou mais — interrompi. Meu Deus, esse era o problema. Era como se Patrick e eu fôssemos uma só pessoa, uma só alma, um cérebro e *todo o resto* em dois corpos, de maneira que tudo que um de nós fazia tinha que ser decidido em comitê. Era sufocante, de repente, ou eu já me sentia sufocada havia muito tempo e só não tinha percebido. *Você é do meu irmão.* Como se Patrick fosse meu dono. Como se eu não pudesse fazer nada de que ele não gostasse, ponto final. Bristol ou qualquer outra coisa. — Eu sou minha. Não pertenço a...

— Não, é claro, eu sei disso. Quis dizer que é namorada dele. Ou era, eu acho. Olha só, isso está ficando confuso. Eu só quis dizer...

— Eu sei o que quis dizer — falei, percebendo nesse momento que sabia, mesmo, só pelo jeito como ele olhava para mim. Olhei em direção ao corredor curto que terminava no quarto dele, pequeno e arrumado. E me senti livre e corajosa.

— Molly — Gabe disse em voz baixa. Perto do bolso da minha calça jeans, seus dedos tocaram os meus. Foi nesse momento que notei que seus olhos tinham pintinhas castanhas. Nunca havia estado perto o bastante para notar. Quando ele abaixou a cabeça para me beijar, sua boca era macia, amigável e morna.

— Puta merda — eu disse, e recuei um ou vinte minutos mais tarde. Meus pensamentos se projetavam em todas as direções, as mãos de Gabe se enfiavam embaixo da minha camiseta ali mesmo, na cozinha da casa dele. Nunca imaginei isso antes, que ser tocada na barriga podia ser tão bom. Nunca soube que era esse tipo de pessoa. — Olha, a gente devia... — Meu Deus, isso era errado, não devia acontecer desse jeito. Devia ser com Patrick, um momento perfeito como os dos livros bobos da minha mãe. Não assim. Eu já havia ido longe demais para voltar atrás. — *Puta merda*, Gabe.

— Você quer parar? — ele perguntou, meio ofegante. Seus lábios estavam muito vermelhos. — A gente pode parar, e a gente devia... — Ele ficou quieto. Estava nervoso, quase em pânico. Nunca tinha visto Gabe inseguro. — O que a gente faz?

Olhei mais uma vez para o quarto dele, depois para a escada, na direção do quarto onde havia deixado Patrick há uma eternidade, aparentemente. De repente tudo parecia ser inevitável, um livro que já havia sido escrito. Balancei a cabeça.

— Vamos — murmurei.

Gabe assentiu e segurou minha mão.

dia 68

O dia seguinte é chuvoso, e combina exatamente com meu estado mental. Acordo cedo com um relâmpago e um trovão tão alto que parece sacudir meus ossos. Não vou conseguir dormir de novo, por isso saio de baixo das cobertas e desço a escada até a sala, abrindo todas as janelas pelas quais passo para olhar a chuva lá fora. As árvores balançam incomodadas sob a força da água, e sinto o cheiro verde da tempestade e o cheiro marrom da lama.

Petricor é o nome do cheiro da chuva caindo no chão. Patrick me ensinou isso há muito tempo.

Ligo a cafeteira, espero o café ficar pronto e volto à sala com minha caneca, sem nenhum plano específico além de ficar lá sentada ouvindo a chuva, deixando que ela me limpe, se isso for possível. Estou com vontade de chorar desde que abri os olhos, e me acomodo no grande sofá de couro soprando o café até esfriá-lo o suficiente para poder bebê-lo sem escaldar meu corpo por dentro. Tem uma cópia de *Driftwood* sobre uma pilha de revistas em cima da mesa, com um Post-it meio enrolado marcando a página que minha mãe lê quando faz eventos em bibliotecas e livrarias.

Olho para trás, para a porta, que está vazia. Vita dorme no tapete. Estou aqui sozinha, apenas eu e o livro que minha mãe escreveu sobre mim, as palavras misteriosas que nunca fui capaz de ler por mais de alguns segundos de cada vez. Dei uma olhada em parágrafos aqui e ali, tomada pelo sentimento de culpa e vergonha de estar olhando alguma coisa ilícita e suja.

Agora respiro fundo, pego o livro e começo a ler.

O fato de ele ser *bom* é a pior parte de tudo isso. Na minha cabeça, o texto era vulgar e baixo, feito uma novela barata impressa nas páginas. A verdade é que é... envolvente. Entendo por que fez tanto sucesso. Os meninos não são Patrick e Gabe, não exatamente, e embora ler sobre Emily Green me deixe muito incomodada, tenho que admitir que estou torcendo por ela, mesmo com aquela mania idiota de tomar decisões jogando a moeda, quando me aproximo do fim.

Estou quase acabando, virando as páginas cada vez mais depressa, e a chuva há muito tempo perdeu força e se tornou uma garoa constante, quando ouço as tábuas rangendo atrás de mim. Minha mãe está parada na porta com Oscar, e fui pega em flagrante.

— Bom dia — diz ela, e põe o cachorro no chão para que ele possa se aproximar de mim onde estou, encolhida no sofá embaixo do cobertor. As unhas dele fazem barulho no chão. Minha mãe olha para o livro, depois para mim, e sua expressão não se altera. — Faz tempo que está acordada?

Tempo suficiente para ler o best-seller que você escreveu sobre minha vida amorosa, penso, mas, pela primeira vez, não me sinto tão agitada com isso.

— Faz um tempinho, sim.

Ela balança a cabeça para cima e para baixo.

— Quer mais café?

Quase falo outra coisa. *Quero* dizer outra coisa a ela — quero dizer que ler este livro foi como passar três horas com ela, que sinto sua falta, que ela é talentosa e, mesmo que eu não a perdoe, ainda me orgulho por ela ser minha mãe. A capa parece esquentar nas minhas mãos.

— Café seria ótimo — respondo finalmente com um sorriso.

Minha mãe balança a cabeça de novo e sorri para mim.

Quando vai para a cozinha, enfio a mão entre as almofadas do sofá procurando uma coisa. Encontro migalhas, mas também acho o que quero, uma moeda velha e escurecida, fria e pesada na palma da minha mão. Eu a aperto por um momento, como se assim pudesse dar a ela poderes especiais, como se pudesse impregnar no metal o equivalente a um ano de perguntas.

Depois jogo a moeda para cima.

dia 69

Estou na cozinha alimentando Oscar com sua ração cara e produzida na região quando o telefone começa a vibrar no meu bolso. Pego o aparelho e vejo que é uma notificação do Facebook. *Julia Donnelly marcou você em uma foto.*

Fico tensa, sinto o medo me invadir lentamente antes de conseguir sufocá-lo, uma sensação parecida com a de ter exagerado na comida mexicana do refeitório em Bristol. Julia fazia isso sempre antes de eu ir embora: me marcava em fotos horríveis nas quais eu parecia ter queixo duplo, ou estava vesga, ou fazendo careta. Uma vez ela postou uma foto de um porco de verdade com meu nome. Não sei qual dos irmãos finalmente a convenceu a apagar a foto. Agora somos amigas de novo — bem, eu *acho* que somos, pelo menos —, mas, quando clico para ver a foto, fico tensa do mesmo jeito, vivendo aquele momento entre a topada e a dor no dedo. Tenho certeza de que isso vai doer.

É por isso que me surpreendo quando vejo que o post não é uma estrela do cinema pornô com meu rosto encaixado no Photoshop, nem um close da minha cara toda torta. Ela postou uma foto antiga, a mesma que eu tenho em cima da minha escrivaninha até hoje, desde que a tirei do quadro de avisos quando voltei para Star Lake. Nós quatro, Gabe, Patrick, Julia e eu sentados no sótão do celeiro, Patrick me abraçando. Nada de legenda cruel, nenhum pênis desenhado perto do meu rosto. Só nós, como costumava ser. Antes.

99 dias 245

Olho para os rostos na foto, todos sorridentes e ingênuos. Sorrio para a tela.

dia 70

Estou correndo em volta do lago na manhã seguinte, as pernas queimando e os pulmões absorvendo grandes quantidades de ar, quando vejo alguém conhecido vindo em minha direção.

— A gente tem que parar de se encontrar desse jeito — digo quando ele reduz a velocidade para me cumprimentar.

Patrick levanta as sobrancelhas.

— É cedo — responde, e é verdade. O céu está começando a clarear, ganhando tons de rosa e cinza. Vai ser um dia bonito. Dá para ouvir os pássaros começando a cantar nos pinheiros.

— Aham — concordo, e ele começa a andar ao meu lado, voltando na direção em que vinha. O dorso da minha mão quente e úmida toca a dele por um momento antes de Patrick segurá-la, entrelaçando os dedos nos meus. — Patrick — aviso. De repente penso que o encontro pode não ser casual.

Patrick me ignora.

— Sabe o que ainda não fizemos? — pergunta, sorrindo igual a uma criança que tem um segredo.

— Consigo imaginar uma porção de coisas — respondo sem pensar, e Patrick inclina a cabeça como se concordasse comigo, antes de inclíná-la para o outro lado, para a superfície calma do lago. A área está tranquila e vazia àquela hora da manhã. Entendo imediatamente o que ele quer dizer. — Sem chance. — Mencionávamos isso constantemente, meio brincando, meio falando sério, testando os limites um do outro, talvez, tateando o terreno. Nenhum de nós jamais fez a proposta com seriedade.

— Não vou nadar pelada com você agora.

— Por que não?

— Porque isto aqui não é *Dawson's Creek*! Só para começar.

— E para terminar?

— Cala a boca.

— Não precisa tirar tudo — ele explica.

— Ah, quanta generosidade — me irrito, e Patrick torce o nariz bonito.

— Sabe que não foi isso que eu quis dizer — ele protesta, e vejo um brilho de raiva em seus olhos cinzentos. — Não sou um pervertido que quer... — E interrompe a frase.

Ficar pelado com a namorada do irmão?, quase sugiro. Mas não é como se não estivéssemos os dois pensando nisso. Além do mais, Patrick é esse cara, sim. Ele é exatamente esse cara.

E acho que eu sou exatamente essa garota.

Ele sente que estou considerando a possibilidade, me conhece bem. Paramos de andar, estamos ali ao lado de um cais caindo aos pedaços. Não tem ninguém ali, nenhuma alma que possa nos impedir. Ninguém vai saber.

— Mols — Patrick me chama em voz baixa. — Entra na água comigo.

Olho para ele por um momento. Depois suspiro.

— Não vou tirar a roupa toda — aviso com firmeza.

— Tudo bem.

— E você também não vai.

Isso o faz rir.

— Tudo bem.

Não falamos muito enquanto despimos várias peças de roupa, meu short, a regata e a camiseta de Patrick, que caem sobre a madeira do píer feito uma cascata que farfalha baixo. Tudo o que eu quero no mundo é admirar. Meu coração palpita, a antecipação cresce de um jeito animal, a sensação de que vamos terminar o que começamos antes de tudo desmoronar feito areia molhada. Engulo o ar, tento não estremecer. Um arrepio eriça os pelos dos meus braços. Quando levanto a cabeça, descubro que Patrick está olhando para mim com curiosidade declarada.

— Desculpa — ele murmura revirando os olhos quando o encaro.

— Não faz mal — respondo, olhando para ele do mesmo jeito enquanto ficamos ali parados apenas com a roupa de baixo. Percebo que essa é a primeira vez, desde que voltei de Bristol, que não me sinto constrangida com minha aparência.

Pode olhar, quero dizer para Patrick. *Tudo bem, sou eu. Garanto que você pode olhar.*

Ele dá de ombros, massageia a nuca, olha para a água escura e fria.

— Pronta? — pergunta.

— Aham. — Pigarreio, engulo a saliva. — Se você estiver.

— É, Mols, eu estou.

Pulamos.

É emocionante saltar no ar desse jeito, a sensação de voar por um segundo, o frio do ar da manhã tocando a pele. Chegamos à superfície plácida do lago como explosões gêmeas.

— *Puta merda!* — Patrick exclama quando voltamos à superfície. A água está gelada, ele tem razão, um frio intenso e doloroso. Ele ri. — De quem foi essa ideia, mesmo?

— De algum idiota, com certeza — respondo, e minha voz treme com o resto do corpo. Dou algumas braçadas em direção ao centro do lago, me movimento para tentar me aquecer. Patrick executa uma cambalhota rápida, e gotas de água ficam presas em seus cílios. Suas omoplatas nuas são salientes, chamam atenção de um jeito que me faz querer tocá-las com suavidade. O que aconteceria, se eu o tocasse? Sinto meu peito se movendo abaixo da superfície. A água está fria, muito fria.

— E agora? — pergunto meio ofegante.

— Não sei — responde Patrick. A água escorre de seu cabelo e corre pelo rosto, e de repente sua boca está sobre a minha.

99 dias 249

É um beijo bom. Meu Deus, é o *melhor* beijo, é o beijo que estou esperando o verão todo, talvez minha vida inteira. Sinto a boca macia de Patrick e seus ombros molhados embaixo das minhas mãos, o pescoço e o cabelo úmido na base da nuca. Cada centímetro da minha pele parece pegar fogo, como se houvesse um formigamento e os estalos das terminações nervosas despertando por todo o meu corpo. Juro que consigo ouvir a vibração do sangue correndo nas veias.

— Oi — Patrick murmura com a boca em meu queixo, lambendo a veia que pulsa embaixo dele. Sinto o fundo lamacento do lago embaixo dos meus pés. Ele está puxando o elástico do meu top, e levanto os braços para ajudá-lo a despir a peça ensopada. Sinto a água fria e escura em todos os lugares quentes onde o corpo dele toca o meu. Como num reflexo, minhas pernas se erguem e enlaçam sua cintura.

— Oi — respondo no mesmo tom, e o beijo de novo.

Ficamos ali por muito tempo, dentro da água, sem ninguém para nos fazer parar ou para nos ver, seu corpo sólido e suas mãos percorrendo meu cabelo molhado, embaraçado. Patrick recua por um instante para olhar para mim. Por um segundo, ele apenas olha.

— Mols — murmura com aquela voz como se eu fosse alguma coisa preciosa, rara. — *Molly*.

Balanço a cabeça, corando e sentindo que a água parece estar ainda mais fria, como se eu congelasse e queimasse ao mesmo tempo.

— Patrick.

— Eu falei sério naquele dia da chuva. — Escuto o ruído de sua garganta quando ele engole o ar. — Sobre você ser bonita. Sei que não falou para ganhar elogios, mas é verdade. Você é.

Seguro seu rosto e o beijo de novo, sem querer pensar em nada que não seja esse momento, como se o som de nossa respiração rápida pudesse manter tudo afastado. Mas não consigo deixar de repetir a pergunta:

— O que estamos fazendo? — A boca de Patrick tem sabor de água, com uma nota do creme dental daquela manhã. — Patrick? Você precisa me dizer, o que estamos...

— Eu não *sei* — ele me interrompe com tom urgente, mais vulnerável do que se mostrou durante o verão todo. Seu rosto está tão próximo do meu que consigo ver a manchinha no olho, aquela pinta escura que sempre pensei que fosse só minha. Como se por ela fosse possível entrar em sua alma. — Eu não *sei*. Vamos para lugares diferentes, não vamos? Você vai para Boston com o meu irmão.

— Eu não... — começo, mas Patrick me interrompe outra vez.

— Não importa — diz ele, as mãos vagando, meu corpo arqueando e buscando seu toque antes que eu possa me controlar. — Ainda estamos aqui, não estamos? Só nós dois, você e eu. Eu amei você, Molly, eu *amei*...

Patrick para antes de terminar a frase. Eu o abraço com força.

dia 71

No dia seguinte, estou imprestável no trabalho. Tenho que refazer os cálculos da folha de pagamento três vezes antes de tudo dar certo. Não consigo parar de pensar em Patrick.

Lembro que finalmente contei a minha mãe sobre mim e Gabe no fim da primeira série do ensino médio, duas semanas depois de ter acontecido. A formatura havia passado, Gabe tinha ido embora para ser conselheiro de acampamento nas Berkshires, e Patrick e eu não tínhamos voltado a conversar. Tudo borbulhava em mim feito um vulcão adormecido.

— Conta — minha mãe insistiu, olhando para mim de um jeito firme e penetrante. Era como um fogo purificador.

Depois daquilo, corri à casa dos Donnelly antes do nascer do dia, entrei com a cópia da chave da porta da cozinha, que Connie mantinha escondida embaixo de um sapo de argila no jardim.

— Acorda — falei para Patrick, me enfiando na cama dele no meio da escuridão do pré-amanhecer. Ele sorriu sonolento, e eu me senti em casa. Era como ter me esquivado da mais mortal das balas, como ter sido atropelada por um trem e escapado ilesa. Eu me sentia culpada e sortuda, uma porção completa de cada. — Acorda, sou eu.

— O que foi? — Patrick acordou assustado e segurou meu braço. — Mols, o que houve? O que está fazendo aqui?

— Não quero mais ficar sem você — falei. — Não vou para lugar nenhum, eu nunca tive a intenção de ir. Fui uma idiota.

— Balancei a cabeça. — Posso correr aqui, quero ficar aqui. Tomei a decisão, e queria te contar assim que... — parei. — Por favor, vamos esquecer tudo e voltar ao normal?

— Ei, ei. — Patrick sentou-se na cama e olhou para mim, curioso. Seu cabelo estava todo bagunçado. — Está tudo bem?

— Sim. Estou ótima. Eu fui uma babaca, só queria...

— Você não foi babaca — Patrick me interrompeu. — Eu fui. Não quero te prender aqui. Eu te *amo*. Essa é a última coisa que eu quero. Eu ia acabar me odiando, se fosse assim.

— *Não* é assim — insisti, olhando para ele com urgência. — Quero ficar aqui. Quero ficar com você.

— Eu também quero — Patrick concordou. — Vem cá. É claro que eu também quero.

Os lençóis de algodão estavam quentes do corpo dele. Eu havia cometido um terrível engano ao fazer o que fiz com Gabe, e o peso daquilo era feito um urso pardo sentado bem no meio do meu peito. Nunca havia escondido nada de Patrick. Mas, naquele momento, era quase como um preço baixo para o que eu realmente queria. Eu ia consertar a gente. Ia fazer dar certo.

E ninguém além de mim, minha mãe e Gabe *jamais* teria que saber.

— O que está fazendo? — Fabian pergunta ao entrar no escritório com um boneco do Capitão América em uma das mãos e um Falcon na outra, me arrancando das lembranças. Salvo o arquivo no computador, olho para o relógio na tela e descubro que faltam vinte minutos para Gabe chegar para me buscar.

Fabian espera impaciente pela resposta. Pego o boneco que ele me oferece e balanço a cabeça.

— Vou te falar, parceiro, essa é uma boa pergunta.

dia 72

Imogen e Jay Gato selam o acordo no começo de agosto, no apartamento minúsculo onde ele vive. Dois dias depois, ele a surpreende com ingressos para um parque de esculturas em Woodstock, um lugar que ela disse que queria visitar quando os dois saíram pela primeira vez.

— Que legal — digo para ela. Estamos sentadas de pernas cruzadas no carpete do quarto dela, enquanto Imogen organiza as peças para a exposição de arte no French Roast. O evento vai acontecer em duas semanas. Eu me ofereci para ajudar, mas ela diz que tem uma visão complicada. — Você *devia* estar com alguém que te conheça tão bem assim.

Imogen levanta as sobrancelhas, olha para mim por cima do ombro. Ela está segurando duas telas pequenas com pássaros pintados, analisando como ficam lado a lado.

— Tipo você e o Patrick? — pergunta distraída.

Minha temperatura interna despenca.

— Eu... o quê?

— Ai, meu Deus — Imogen reage, virando para me encarar de verdade, derrubando uma das telas no chão e cobrindo a boca com a mão. Ela ri e arregala os olhos. — Desculpa, eu queria dizer você e o Gabe. Desculpa, não tive a intenção de fazer piada boba. Você e Gabe, você e Gabe.

— Babaca. — Estou vermelha e dando risada, invadida por uma mistura de alívio e constrangimento, calor e frio. — Eu e Gabe, sim. Como eu e Gabe.

— Nossa, desculpa. Ainda bem que a Tess não está aqui. — Imogen pega a segunda tela do chão e a levanta para me mostrar. — O que acha?

— Hum... — Engulo o ar com esforço, aliviada por ela ter mudado de assunto. Não contei a ninguém sobre o que aconteceu, ou *está acontecendo* com Patrick. O mais sensato é me afastar dele. — Legal, pode expor as telas lado a lado.

— Acho que prefiro uma em cima da outra — Imogen responde, e eu não digo nada. Minha cabeça bate delicadamente na parede atrás de mim.

dia 73

Estou quase dormindo, naquele estágio nebuloso que ainda não é exatamente de sonho, quando o celular vibra em cima da mesinha de cabeceira. *Está em casa?* É o Patrick.

Afasto o cabelo do rosto, me sento na cama. *Sim.* Tento ignorar o arrepio, a sensação no estômago que avisa que isso não vai acabar bem. *Onde você está?*

Na porta da sua casa.

Desço a escada sem fazer barulho e abro a porta dos fundos sem dizer nada. Levo Patrick à minha torre, no terceiro andar, segurando sua mão quente. Assim que fecho a porta, ele me empurra contra ela. Minha camiseta cai no carpete com um ruído alto. Não acendi a luz, está escuro aqui. Só uma nesga de luz da lua atravessa o carpete, e sinto o calor de sua boca passeando de uma omoplata até as costelas.

Cambaleamos até minha cama, uma confusão de braços e pernas. Nenhum de nós disse nada até agora. O peso do corpo dele pressiona meu corpo por meio segundo, a boca se afasta da minha e ele recua, os dedos encontrando o elástico da samba--canção com que fui dormir, puxando-a para baixo.

— O que está fazendo? — pergunto, me apoiando nos cotovelos para olhar para ele. — *Patrick!*

— Quero experimentar uma coisa. — O rosto dele roça a parte interna da minha coxa. — Me deixa tentar uma coisa?

— Aham. — respondo, praticamente um arfar. Seguro seu cabelo, passo as unhas curtas pela cabeça dele. É *loucura*. Tenho a sensação de que meus ossos se soltaram e só a pele me impede de voar para longe dali. Agarro os lençóis.

— Vem cá — eu digo finalmente, e puxo seus ombros até ele me ouvir. Estou tremendo, preciso me agarrar a alguma coisa. Acho que minhas unhas estão cortando a pele dele. — Vem cá.

Patrick rasteja por cima do meu corpo, cola a boca à minha.

— Vamos fazer isso mesmo? — ele pergunta em voz baixa, repetindo o que disse há dois anos na sala de sua casa, quando tudo podia ter acontecido antes de o mundo desabar. — Mols. Nós vamos...?

— Vamos. — Ele quer, eu sinto que ele quer. Eu também quero. — Sim, sim, nós vamos fazer isso mesmo.

Patrick exala, e tenho a impressão de que o som é de alívio, como se ele pensasse que eu o mandaria embora.

— Eu queria ficar com você — sussurra, me puxando para cima de seu corpo, acomodando minhas pernas em torno dos quadris. — Eu sempre imaginei desse jeito, sabe? Sei que vai achar muito brega, mas... a primeira vez... sempre imaginei que seria com você.

— É... *o quê?*

Por um momento, fico paralisada entre as mãos dele, tomada por aquele frio horroroso que me invade, como se houvesse água gelada em minhas veias, em vez de sangue.

Ele pensa...

Ele não sabe...

Ai, *merda*.

Por um momento, fico ali parada, rígida, querendo levantar e sair dali, correr descalça para Bristol ou Boston, com o cabelo esvoaçando atrás de mim feito uma bandeira de retirada. Não dá para não contar para ele. Eu tenho a obrigação de contar a verdade, depois de todo esse tempo. Eu devo isso a ele.

— Patrick — começo, sentando meio sem jeito e tocando seu peito nu. Sinto o coração batendo embaixo da pele, e juro que ele para por um instante no momento da constatação.

— Não é a primeira vez, é? — Patrick deduz lentamente, olhando para mim na escuridão. Seus olhos são como os de um gato. — Não para você.

— Patrick — repito, tentando falar baixo, usar aquele tom que a gente usa para acalmar um animal ou uma criança pequena. — Escuta. Pensei que... Por causa do *Driftwood*, pensei que você...

— Pensei que fosse só parte do livro — confessa, se afastando de mim tão bruscamente que eu caio para trás no colchão. Puxo o lençol numa reação instintiva, querendo desesperadamente me cobrir. — Porque eu sou um idiota, é claro. *Porra*, Molly. Isso é brincadeira?

— Eu... *não* — respondo, tropeçando nas palavras e pensando em cem respostas diferentes ao mesmo tempo. *Você me odiava tanto e nem pensou que a gente tinha transado?* Queria perguntar isso a ele. Ou talvez: *Não sabe que eu te amei minha vida inteira?* — Você disse ao Gabe que ele devia ir para Boston — digo finalmente, e as lágrimas de vergonha queimam meu rosto como se eu tivesse engolido água do lago, como se me afogasse. — Disse que eu não devia terminar com ele. Você voltou com a Tess, está me perseguindo desde o *começo do verão*, você disse...

— Não estou *falando* disso, Molly — Patrick se irrita. Ele acende a luz, inundando o quarto com uma luminosidade branca e dura. Puxo o lençol mais para cima. — Estou falando sobre a primeira série do ensino médio, quando *você trepou com meu irmão* feito uma vadia suja.

Feito uma...

Ok.

Patrick balança a cabeça, e estamos os dois quase chorando, como se finalmente tivéssemos nos destruído, finalmente

258 *Katie Cotugno*

devorado o outro vivo. Não tem mais volta. Eu sei. Nós dois finalmente fomos longe demais.

Patrick também sabe disso, eu vejo em seu rosto. Meu Patrick, aquele que eu amei a vida inteira.

— Tenho que ir — diz, e pega a camiseta do chão.

Ele bate a porta do meu quarto com tanta força que eu me encolho.

dia 74

Na manhã seguinte, vou trabalhar e encontro Desi e Fabian deitados no chão do escritório, brincando de Candy Land. Penn analisa uma pilha de faturas em cima da mesa. Desi se levanta depressa ao me ver, se agarra em mim e escala metade do meu corpo sem dizer nada, feito um esquilo silencioso subindo em uma árvore.

— Oi, Desi — eu a cumprimento e a pego no colo sorrindo. Ela enlaça minha cintura com as pernas finas. Sinto uma enorme gratidão pela demonstração de afeto, sinceramente, e sei que meu rosto está inchado de tanto chorar. Beijo o topo da cabeça da menina. — Oi, pessoal.

Penn não parece gostar do que vê, no entanto.

— Desce daí, Des — ela diz, e usa um tom mais ríspido do que a vi usar com os filhos desde que cheguei aqui. Em seguida, ela se levanta de trás da mesa e estende os braços. — Vem.

— Não tem problema — digo, balançando a cabeça e acomodando o corpo leve de Desi sobre o quadril. — Ela pode ficar comigo enquanto eu trabalho, se quiser. Não tem problema nenhum.

— De jeito nenhum. — Penn tira Desi do meu colo. — Eu seguro minha filha, você segura seu bloquinho. O que acha? — E me entrega o bloco de papel que carrego quando ando pela pousada no começo de cada dia, verificando quem e o que precisa de atenção. — Antes de sair, porém, quero falar com você sobre uma coisa. Quero te mandar para Hudson para comprar cadeiras para o saguão. Conheço um antiquário que tem o que eu quero, e elas são baratas, mas não dá para saber se são realmente tão boas quanto parecem, e não posso nem pensar em enfiar as crianças no carro para uma viagem tão longa para ir ver pessoalmente.

— Ah... tudo bem — respondo lentamente, tentando entender o que está acontecendo aqui.

Tenho a impressão de que estou sendo punida por alguma coisa, como se me mandassem para o quarto de castigo, e não sei por quê. Racionalmente, sei que não pode ter nada a ver com Gabe e Patrick, mas é isso que sinto mesmo assim, como se o mundo todo pudesse enxergar meus recantos mais secretos, como se vergonha e escândalo emanassem de mim feito ondas em um desenho animado. Como se Penn não suportasse olhar para mim agora.

— É claro. Quando?

— Amanhã, ou depois? — Penn coloca Desi no chão e olha para mim com frieza. — A viagem é longa, deve durar uma noite inteira, é melhor falar com sua mãe. Pode levar a Tess com você. Vocês levam meu cartão de crédito para pagar o hotel.

E isso é tudo o que ela tem a dizer sobre o assunto, aparentemente. Nada de *confio em você*, nada de *você vai porque é a pessoa certa para o trabalho*. Olho para Desi, que me encara em silêncio.

— É claro — respondo, guardando o bloquinho no bolso da calça e limpando as mãos úmidas no jeans. — Sem problema.

dia 75

— **Tudo bem, tudo bem** — diz Imogen, apertando os olhos contra o sol no retrovisor e mudando de faixa na estrada de pouco movimento. — Eu tenho um. — Ela podia tirar dois dias de folga e decidiu ir com a gente na expedição Garotas da Pousada para a compra da mobília em Hudson, e me salvou, sem saber, de um pernoite com Tess. Nós três viajamos no Fiat dela, envolvidas com um jogo chamado Transa, Casa ou Mata com nomes de celebridades enquanto seguimos pela estrada ladeada de pinheiros. — Harrison Ford, Robert Redford, Paul Newman.

— Todo mundo sabe que Imogen gosta dos mais velhos — provoco.

Tess pergunta:

— Com molho de salada?

— E pipoca — lembro do banco de trás. Ela passou a tarde toda quieta, e mais cedo comentou que Patrick tem estado estranho e distante nas mensagens nos últimos dias. Respondi com um ruído solidário qualquer e desviei o olhar. Agora acabou de vez, acabou aquela coisa distorcida, maluca e *horrível* que eu tinha com o namorado dela. Acabou, ela não precisa sofrer. — E limonada.

— E, tipo, um milhão de filmes clássicos — Imogen protesta.

— Mas, principalmente, molho para salada — insisto.

— Eu gosto de molho de salada — Tess comenta, diplomática. — Ou, sei lá, e aquele garoto do One Direction...

— Qual deles? — interrompo.

— O esquisito.

— Todos são esquisitos.

— O mais esquisito! — Tess explica rindo, e fala um palavrão quando passamos em um buraco e ela derruba água da garrafinha em si mesma. — O garoto do One Direction, Justin Bieber e o Backstreet Boy da sua preferência.

— Mata o Justin Bieber — Imogen e eu falamos ao mesmo tempo, depois gargalhamos. Eu estava morrendo de medo dessa viagem, mas me surpreendo com como me sinto leve aqui no carro com elas, com as pernas estendidas em cima do banco traseiro e o cabelo preso num coque frouxo no alto da cabeça. É como se o que aconteceu antes não tivesse importância. Como se eu pudesse começar do zero.

— Não, não, espera, eu tenho um melhor — diz Imogen, empurrando os óculos escuros para o alto da cabeça e fazendo uma pausa dramática. — Transa, Casa ou Mata: Gabe Donnelly, Patrick Donnelly, Julia Donnelly.

Por um segundo, o carro é dominado por um silêncio absoluto. O único som é a vibração do motor do carrinho italiano e a estática que brota do rádio quando atravessamos as montanhas.

Em seguida, explodimos em gargalhadas.

dia 76

Tess vai deitar por volta da meia-noite. A velha TV do quarto barato de hotel está sintonizada em um episódio antigo de *Friends*. Ela dorme cedo, nossa Tess, esparramada em cima da cama. Eu não estou cansada. Nem um pouco.

— Vou dar uma olhada na máquina de comida — aviso Imogen, saindo do quarto e descendo a escada de concreto, sentindo a noite úmida me envolver.

Tiro um dólar do bolso do short e compro um pacote de tubinhos de alcaçuz. Não é a marca que sempre compro, mas serve. Volto ao corredor do nosso quarto. Em vez de entrar, eu me debruço na mureta por um minuto, olhando para os painéis luminosos do hotel e do Burger King do outro lado da rua, tentando ignorar o coro de vozes que ecoa em minha cabeça. Julia, Connie, Penn, Patrick. A voz dele é a mais alta de todas. Não sei há quanto tempo estou ali quando a porta se abre atrás de mim.

— Tudo bem aí? — pergunta Imogen, virando a trava para impedir que a porta feche e se juntando a mim. Sinto o cheiro fraco de cigarro no ar. — Pensei que tivessem te matado.

— Desculpa — respondo, oferecendo o pacote de tubinhos de alcaçuz. Ela está de pijama, uma daquelas coisas arrumadinhas e antiquadas com listras brancas e cor-de-rosa. — Estava só pensando.

— Sobre o quê? — Imogen pega uma guloseima da embalagem. — Você passou o dia todo quieta.

— Não é verdade! — protesto. Ou é? Tentei agir com normalidade, pensei que *estivesse* me comportando de um jeito normal, mas é possível que ela me conheça mais do que imagino, depois de tanto tempo.

— Sei. — Imogen faz uma cara como se dissesse *bela tentativa*. — Você e Tess estão deprimidas e quietas. Marias Deprê.

Sim.

— É esse o nome na minha carteira de motorista — respondo, e me apoio na mureta. Tem uma nuvem de mosquitos voando em torno da lâmpada amarela presa à parede.

— É, eu sei — Imogen diz com um sorrisinho. — Qual é o problema?

Não respondo de imediato. Penso um pouco. Prendo o cabelo atrás das orelhas. Lembro que não contei a ela na última vez, que levei meu segredo como uma pedra no sapato e, no fim, ela acabou sabendo de tudo do mesmo jeito.

Dessa vez, eu conto tudo.

Imogen fica olhando para mim por um momento depois que termino o relato. Seu rosto é indecifrável. Depois, ela balança a cabeça.

— Isso é uma merda — ela diz. — Porra, por que me contou tudo isso, Molly?

Eu me surpreendo.

— Pensei... — Experimento a mesma sensação horrível que tive na outra noite com Patrick, como se tivesse lido tudo e todo mundo errado. — Não devia?

Imogen balança a cabeça outra vez.

— Não, não, não é isso. É *claro* que queria que você me contasse, mas... — Ela olha para trás, para a porta do nosso quarto. A porta entreaberta. Depois se senta ali mesmo, no chão sujo de cimento. Obedecendo a um instinto, eu me sento na frente dela, e nossos joelhos dobrados formam pirâmides, de modo que, se alguém tiver que passar por ali, não vai ter que pular nossas pernas. — Tess também é minha amiga. Ela é *sua* amiga, ou eu pensei que fosse.

— Ela é!

— Mesmo? — Imogen levanta as sobrancelhas. — Porque isso que você fez foi uma transgressão grave do Código do Ovário.

— Eu sei — respondo, infeliz, batendo com a cabeça na parede atrás de mim. — Eu sei. Fiz bobagem. Fiz uma grande bobagem, Imogen.

— Fez — ela confirma. — Uma bobagem enorme. Mas Patrick também errou. E, além disso, virgindade é um conceito bem antiquado, não é? Tipo, se um cara acaba com ela, você muda como ser humano?

— Não sei se o problema foi o conceito da minha virgindade, acho que foi mais o fato de Gabe ter acabado com ela.

—Ah, pode ser. — Imogen suspira. — Olha, sei que nunca pensei que a coisa fosse tão grave, o que fez com Gabe no ano passado. Quero dizer, foi *grave*, mas você não matou ninguém. Mas é o seguinte: no momento em que a confusão começa a afetar outras garotas, eu acho que é hora de parar.

— Eu sei. — Ela sempre foi assim, uma combinação de temperamento dolorosamente compassivo e dezessete anos rezando para a Deusa. — Também quero parar. Agora já foi. Acabou. Parei.

— Promete? — Imogen me pergunta, e levanta o dedinho para eu fazer a promessa. Enrosco o dedo no dela e juro.

dia 77

Está em casa?

Mando a mensagem para Gabe assim que volto a Star Lake, entro no meu carro e pego a estrada de três pistas para a fazenda deles. Durante a última década, percorri aquelas curvas a pé, de bicicleta e, uma vez, memoravelmente, em cima dos patins de Connie. Patrick e eu os encontramos no sótão da casa dos Donnelly.

Hoje, eu dirijo depressa.

Estou, Gabe responde quando paro na entrada da garagem. *Você vem para cá?*

Já cheguei.

Ele sai pela porta lateral ainda fresco do banho, o cabelo úmido e enrolado sobre as orelhas.

— O que foi? Sentiu minha falta ou... — Gabe começa a falar, mas para quando me atiro em seus braços.

— Senti — respondo sem hesitar, apertando-o entre os braços e beijando sua boca. — Mas já voltei.

dia 78

— **Posso falar com você um minuto?** — Penn me pergunta quando chego para trabalhar na manhã seguinte. Ela fecha a porta do escritório. Está vestida com uma blusa cor-de-rosa de mangas três-quartos e usa um relógio masculino no pulso.

— É claro — respondo um pouco nervosa. Falamos por telefone sobre as cadeiras quando eu estava em Hudson, mas, além disso, não conversamos de verdade desde aquele dia em que ela me tratou de um jeito seco. — Algum problema?

— Acho que tenho que me desculpar.

Olho para ela sem entender nada. O escritório de Penn é o único aposento da pousada que não se beneficiou com a reforma chique-rústica. As cadeiras têm estofamento floral cor-de-rosa, e uma das paredes tem uma pintura horrível de uma frota de barcos à vela. O material de colorir de Fabian está amontoado na estante barata.

— Tem?

Penn confirma com um movimento de cabeça.

— Reagi feito uma doida por causa da Des outro dia — explica, e bebe um gole de café. Ela está encostada na beirada da mesa, em vez de sentar-se na cadeira atrás dela. — Antes de mandar você a Hudson. Ela se apegou a você, e acho que isso me incomodou um pouco. Desculpa.

— Não, não. — Balanço a cabeça sem esconder a surpresa. — Eu também me apeguei a ela, é claro. E quero que me desculpe se exagerei.

268 *Katie Cotugno*

— Não exagerou — Penn declara sem rodeios. — Olha, o divórcio com o pai das crianças foi terrível. Comprei esse lugar porque precisava recomeçar, e achei que as crianças também precisavam começar do zero, mas chegamos aqui e Des simplesmente parou de falar. — Ela balança a mão como se tentasse dissipar fumaça de cigarro, como se houvesse no ar algum veneno que a impedisse de respirar. — Talvez eu tenha me enganado. Não sei. Mas a verdade é que pirei quando pensei em Des se aproximando de outra pessoa que vai embora, e quis proteger minha filha disso. E talvez também quisesse me proteger. — Ela revira os olhos. — Conto com você para muita coisa por aqui, sabe? Você me ajuda a cuidar da pousada, e não vai estar aqui para sempre. — Penn termina de beber o café e deixa a xícara vazia em cima da mesa. — Não é o momento mais emocionalmente inteligente da minha vida, talvez, mas é isso. Por isso fui grossa com você outro dia. — Penn suspira. — De qualquer maneira, espero não ter te assustado a ponto de desistir de se relacionar com Des. A verdade é que minha filha precisa muito de gente que goste dela, não é?

Sorrio, dou um passo à frente e, impulsiva, a abraço.

— Sim — respondo, finalmente. — Sim, acho que sim.

dia 79

Recebo um e-mail da administração da faculdade informando que minha companheira de quarto no alojamento é uma menina chamada Roisin O'Malley, de Savannah, Geórgia.

— Se pronuncia *Raisin*? — Tess me pergunta, olhando por cima do meu ombro para a tela do computador do escritório, a trança úmida da piscina molhando minhas costas. — Raisin é uva-passa, em inglês. O nome dela é Raisin O'Malley?

— É — confirmo, rindo, e fecho o navegador. O dia está chegando ao fim, e tenho planos de jantar no Bunchie's. — É exatamente isso. Minha companheira de quarto é uma uva-passa.

dia 80

Na manhã seguinte, quando chego ao escritório, tem um pacote enorme de uvas-passas na cadeira onde me sento para trabalhar.

— Vocês são muito estranhas, meninas — Penn comenta.

dia 81

Depois do jantar, vou para o meu quarto com uma xícara de café, me sento na frente da escrivaninha embaixo do quadro de avisos e do alegre *Golly, Molly*. Acesso minha conta de aluna ingressante e vou clicando nas páginas até encontrar o menu suspenso onde estão as opções de cursos: Arquitetura e História da Arte, Educação e Engenharia. Vou descendo a lista até encontrar Administração, e meus dedos pairam sobre o touchpad do laptop.

Respiro fundo e clico na minha opção.

dia 82

Na noite seguinte, vou à casa dos Donnelly para assistir a um programa canadense sobre importação que Gabe adora, e no qual todo mundo usa roupa xadrez e fala com um sotaque estranho. Seus dedos longos brincam preguiçosos com meu cabelo. O episódio acabou há um instante quando a porta de tela da cozinha abre com um estrondo. A risada de Julia ecoa pela casa. Ela aparece na porta da sala um momento depois. Ouço passos atrás dela, e fico apavorada pensando que pode ser Patrick, mas é Elizabeth, e ela segura uma embalagem grande de sorvete da Ben & Jerry's.

— Ah, oi — Julia nos cumprimenta, os olhos passando de Gabe para mim, de mim para ele. — Não sabia que estavam aqui.

— Estamos — Gabe responde, relaxado, mas me pergunto se ele consegue sentir a tensão nos músculos dos meus braços, ombros e costas, o modo como fico constrangida por ser pega ali deitada sobre as almofadas. Quantas vezes Julia viu aquela mesma cena ao longo da nossa vida? Mas era no colo de Patrick que eu costumava estar deitada.

Se ela acha aquilo estranho, porém, não faz nenhum comentário.

— Querem sorvete? — pergunta. E sem esperar pela resposta, continua: — Lizzie, pega mais duas colheres?

E é assim que acabo dividindo um pote de Phish Food com Gabe, Julia e a namorada da Julia, ambas sentadas no chão e

99 dias 273

mudando os canais da TV por quase uma hora, todos nós rindo ou desdenhando de comerciais de seguro de automóveis e passando o pote de sorvete de um lado para o outro. Aleatoriamente, Elizabeth faz uma boa imitação de William Shatner.

— Fiquei sabendo que você convenceu a Penn a fazer uma festa de fim de verão para os funcionários — comenta mais tarde, quando está se preparando para ir embora e calçando os sapatos. — Muito legal.

Não é exatamente um pedido de desculpas por ter me atormentado em meu local de trabalho, mas vou me contentar com o que ela oferece. Gabe cutuca minhas costas com a sutileza de uma banda de metais.

— É, vai ser divertido — respondo a ela, e sorrio ignorando a cutucada.

Pouco tempo depois disso, Gabe me acompanha até lá fora. O ar tem um cheiro forte de chuva.

— Essa noite aconteceu em um universo paralelo — comento, balançando a cabeça. — Fala sério! Eu alucinei o que acabou de acontecer?

Gabe dá de ombros.

— Encare os fatos, Molly Barlow. Não somos mais novidade.

— É, acho que não. — Sorrio impressionada. Nenhum de nós falou sobre nada importante, nada foi desconfortável ou pesado ou estranho. Foi... normal.

Mas Gabe não está interessado em refletir comigo sobre os eventos da noite.

— Então — ele começa, e fica imediatamente claro que tem alguma coisa completamente diferente na cabeça. — Sabe meu amigo Ryan, o que fez a festa? Ele vai estar em um festival de música em Nashville nos próximos dias. — Gabe dá de ombros, casual demais para ser espontâneo. — Ele disse que a cabana vai ficar vazia, se a gente quiser usar.

Levanto as sobrancelhas, sem conseguir esconder um sorriso nem mesmo quando meu estômago reage à ideia.

— Ah, desculpa — provoco, olhando instintivamente para o celeiro, que está escuro e fechado. — Se a gente quiser usar para *quê*, exatamente?

Gabe balança a cabeça para mim, e toda aquela falsa frieza desaparece como sorvete sobre uma calçada quente de sol.

— Cala a boca — ele murmura, sorrindo.

— Não, é sério, fala. — Bato meu tornozelo no dele. — Quero saber o que está imaginando, como a gente pode usar a cabana do Ryan.

Gabe revira os olhos, coça o queixo.

— Você não presta.

— Eu sei — respondo, e continuo sorrindo. — Fala.

Ele muda de tática, engancha um dedo no passante da minha calça e me puxa para perto.

— Para ficarmos sozinhos — diz.

— Ah, para ficarmos *sozinhos*. — Finjo considerar a ideia, como se ainda houvesse alguma coisa a considerar àquela altura. Fico na ponta dos pés para beijar sua boca. — Sei qual é.

dia 83

A cabana do Ryan fica à margem do lago, e o carpete é verde e horrível, e tenho certeza de que deve abrigar algum tipo de vida selvagem. Gabe e eu nos sentamos nele assim mesmo. Minhas pernas estão sobre as dele, e tem um tabuleiro de xadrez entre nós. Ele acaricia meu tornozelo com um dedo, e sinto a pele arrepiar.

— Meu pai adorava jogar xadrez — Gabe comenta, movendo sua peça sobre duas minhas. O iPhone toca uma canção tranquila do Young the Giant. — Sempre que nevava, fazíamos uns campeonatos épicos.

Sorrio para ele e me lembro disso.

— Eu sei.

— Merda, é claro que sabe. — Gabe balança a cabeça. — Eu amo o fato de você ter conhecido meu pai, sabe? Amo *você*. — E, quando meu olhar surpreso encontra seu rosto, ele continua: — Eu amo. De verdade. Sei que já disse isso no Falling Star, mas é verdade.

— Também te amo — respondo, antes mesmo de pensar no que digo. E acho que é a primeira coisa que faço ou falo nesse verão sem me preocupar com como vai parecer. E é verdade. Sei que é verdade assim que escuto as palavras saindo da minha boca. É como se tudo o que aconteceu desde que voltei a Star Lake, inclusive e *especialmente* o que aconteceu com Patrick, me

276 *Katie Cotugno*

levasse até ali. — Gabe. — Sorrio, o sentimento desabrochando dentro de mim, quente e verdadeiro. — Também te amo.

— É? — Ele parece surpreso e feliz, e é uma sensação muito boa e poderosa fazer alguém tão feliz. Gabe se debruça sobre o tabuleiro para me beijar. Eu o abraço com força.

dia 84

Na manhã seguinte, acordo na cama estreita da cabana e vejo Gabe vasculhando o conteúdo do frigobar de Ryan. É uma daquelas geladeiras que a gente encontra embaixo de uma cama suspensa em um dormitório de faculdade. A luz amarela e pálida entra pelas janelas, desenhando padrões de caleidoscópio no tapete.

— Oi — digo num bocejo, virando de lado para vê-lo melhor, apreciar a pele bronzeada de sol e a camiseta com que ele dormiu. — O que está fazendo?

— Analisando as possibilidades de café da manhã — Gabe responde, rindo da minha cara de sono, imagino. — Tem ovos. E um café instantâneo horroroso. Ou podemos ir até a cidade e comer no French Roast, se quiser.

Olho para ele por mais um instante, para o pacote de café solúvel em uma das mãos e o sorriso matinal em seus lábios. O *te amo* da noite passada ecoa em minha cabeça feito o refrão da minha música favorita. Respiro fundo.

— Não quero — respondo, estendendo a mão na direção dele. — Volta para cá.

Gabe não se move por um segundo, a cabeça inclinada para o lado e o rosto transmitindo uma pergunta silenciosa.

— Tudo bem — ele responde depois de um momento, e entrelaça os dedos nos meus. Depois, apoia os dois joelhos no colchão, o cabelo caindo sobre a testa quando ele olha para mim. — Tem certeza? — pergunta, e a voz é pouco mais que um murmúrio. Olho para cima e confirmo com um movimento de cabeça.

dia 85

A exposição de arte de Imogen é um sucesso estrondoso, o French Roast está lotado de amigos e também de desconhecidos. Ela divulgou o evento no Twitter e no Instagram, espalhou panfletos pelas lojas da cidade, e o retorno é fabuloso. Quase todas as peças estão vendidas, como anunciam as etiquetas vermelhas autoadesivas nas obras, as colagens e a inscrição com pincel, a série no lago ao entardecer. Muita gente adora a Imogen. É fascinante vê-la circular e falar com todo mundo com o braço do Jay Gato sobre seus ombros. Estou orgulhosa dela.

— Ela é boa, não é? — Gabe me pergunta, parado diante de um desenho do perfil de Tess, sua expressão misteriosa e irônica. Ele tem razão, é uma linda peça, com a textura da trança perfeita e a tinta impregnando o papel na medida certa. Mas não consigo fazer mais que concordar com um resmungo, porque, nesse momento, a porta do French Roast se abre e Tess entra com Patrick. Ele segura um passante da calça jeans da namorada com os dedos. Quando me vê, me encara por um momento.

Engulo em seco. É a primeira vez que o vejo desde aquela noite horrorosa no meu quarto, nós dois devastados feito barcos batidos por uma tempestade. Nós nos evitamos cuidadosamente, sempre frequentando o mesmo círculo social e orbitando em torno do outro como ímãs com polos repelentes.

— Qual é a dele? — Gabe pergunta, seguindo a direção do meu olhar e vendo a expressão dura de Patrick.

Dou de ombros e viro para o outro lado. Estou surpresa por ele não ser capaz de sentir o cheiro em mim, o odor da culpa cobrindo minha pele.

— Não sei.

— Angústia existencial profunda incompreensível ao leigo — Gabe anuncia o diagnóstico. — Quer comer alguma coisa?

Não quero. Devia ser fácil desaparecer no meio de tanta gente, no café com mesas grandes, salgados deliciosos e bebidas, com tantas coisas para ver e tanta gente com quem conversar, mas, a partir do momento em que Patrick entra, tenho a sensação de que ele e eu somos as únicas pessoas ali; estou dominada por uma estranha consciência animal dele, onde quer que esteja. E ele também me rastreia. Eu sinto, posso sentir seu olhar em meu corpo como uma vibração baixa e constante. Fico perto de Gabe e tento não olhar para Patrick.

Mais tarde, Jay Gato oferece uma festa em seu apartamento minúsculo, e ficamos todos espremidos nos sofás e na cozinha, com uma geladeira cheia de Bud Light e algumas garrafas de bebida barata sobre um aparador. Passo por cima de Jake e Annie, que namoram no *futon*, e preparo uma vodca com cranberry que tem mais suco que álcool.

Quando vejo Patrick sair para a varandinha, olho para trás para ter certeza de que Gabe e Tess estão distraídos e sigo em sua direção.

— Eu *sou* uma campeã do mundo — Imogen está anunciando, segurando uma garrafa de cerveja e rindo enquanto brinda ao sucesso de um jeito meio alterado. Tess bate a garrafa na dela, e as duas bebem vários goles.

Patrick está debruçado sobre a grade, olhando para o bosque sombrio do lado de fora do prédio, para os pinheiros anêmicos que cercam o estacionamento cheio de carros econômicos.

— Tem um minuto? — pergunto.

Ele dá de ombros.

— O país é livre — diz, e lembro que dizíamos a mesma coisa um ao outro quando éramos pequenos e estávamos bravos. Depois ele suspira. — O que você quer, Mols? — pergunta, e sua voz parece cansada. — O que pode querer de mim?

Ele está bêbado, dá para perceber pela demora para focar o olhar. Não é exatamente a condição ideal para uma resolução, mas tento assim mesmo. Preciso tentar.

— A gente pode conversar por um segundo? — peço, ainda tentando falar baixo. O barulho da festa está lá dentro, mas a porta deslizante não está totalmente fechada. Tenho a sensação de que passei o verão inteiro com medo de alguém ouvir minhas conversas. — O verão está acabando, sabe? E eu não... eu te *amo*, e me preocupo com você, e não quero...

— Você me ama e se preocupa comigo. — Patrick ri. — Sei.

— É verdade! — A reação dele me magoa. — Se não fosse verdade, por que teria feito o que fiz durante todo o verão? Por que teria corrido o risco de magoar o Gabe e...

— Não sei. Qual foi o motivo da outra vez? Porque você quer atenção. Esse é o seu problema. Você é um veneno, você quer...

— Dá para falar baixo? — sussurro, mas já é tarde demais. Tess está abrindo a porta com uma das mãos, a cerveja na outra.

— Tudo bem aqui? — ela pergunta.

E Gabe está atrás dela.

— O que foi? — ele pergunta.

Patrick responde para o irmão:

— Por que não pergunta para a sua namorada? Aproveita e pergunta o que mais ela andou fazendo esse tempo, enquanto estava transando com você.

O terror me paralisa. Patrick empurra todo mundo para passar pela porta, mas Gabe o segura pelo braço. E, sem mais nem menos, Patrick vira e dá um soco no rosto do irmão. O barulho do soco encontrando o osso lembra uma cena de cinema. Tess

282 *Katie Cotugno*

grita. Gabe reage. E eu faço a única coisa em que consigo pensar, a única coisa em que sempre fui boa.

Eu corro.

dia 86

Não posso...
   Eu não queria...
   Meu Deus meu Deus meu Deus

dia 87

Durante a noite, é como se alguma coisa pesada e venenosa explodisse dentro de mim, um cisto ou um tumor. Acordo soluçando na cama, e não consigo parar por nada.

Estraguei tudo. Destruí tudo.

Você é um veneno.

vadia suja.

Fico ali deitada, encolhida e devastada como uma personagem idiota de uma tragédia de Shakespeare, a louca da Ofélia comendo o próprio cabelo, mas, depois de um tempo, chorar desse jeito me faz sentir que vou vomitar, e eu me obrigo a ir ao banheiro, que é onde minha mãe me encontra quando sobe, minutos ou horas mais tarde, não sei.

— O que foi? — pergunta, aflita, atravessando a porta feito um raio e ajoelhando no chão ao meu lado, passando os braços em torno dos meus ombros e me apertando com força. Minha mãe tem cheiro de sândalo; seu cardigã macio e leve toca minha pele úmida e congestionada. — Molly, meu amor, o que aconteceu? Qual é o problema?

Pisco para ela em meio às lágrimas. Estou surpresa. Antes mesmo de toda comunicação ter entrado em colapso nessa casa, nós duas nunca fomos de muitos abraços. Essa é, praticamente, a soma de todo contato físico que tivemos ao longo do verão, e isso só me faz chorar mais, tanto que não consigo responder com palavras. É difícil respirar, meu peito chia, e tenho

99 dias 285

a sensação de que sou fisicamente esmagada, como matavam as bruxas em Massachusetts, com pedaços de rocha empilhados sobre seu peito. É como se eu corresse uma maratona para a qual não treinei.

— Molly, meu amor — ela repete, e seu hálito é morno em minha têmpora. É como se um instinto adormecido a dominasse, e agora ela afaga meu cabelo e massageia minhas costas como não me lembro de ter feito desde que eu era muito, muito pequena. — *Shhh*, vai ficar tudo bem — ela promete. — Estou aqui. Sua mãe está aqui. Vai ficar tudo bem.

Sua mãe está aqui. Vai ficar tudo bem.

Ela disse a mesma coisa na noite em que contei sobre Gabe, lembro de repente. Como eu desabei e entrei no escritório dela me sentindo a última pessoa do mundo. Eu pensava que havia sido aquilo que tinha posto em movimento esse horrível jogo com peças de dominó, que nada disso teria acontecido se ela não houvesse me usado daquele jeito.

Agora? Não tenho tanta certeza.

Mas acho que pensamos nisso ao mesmo tempo, porque ela recua e balança a cabeça.

— Não precisa me contar nada — diz em voz baixa, e é como uma absolvição. — Podemos só ficar aqui. Não precisa falar.

E é o que fazemos, ficamos as duas mulheres Barlow sentadas ao lado da banheira, no piso frio e limpo. Depois de um tempo, as lágrimas secam. Nenhuma de nós fala uma palavra sequer.

dia 88

Levo minha tristeza e minha preguiça para correr em volta do lago na manhã seguinte, quando a neblina parece nuvens de sopa leitosa. Assim que saio, fico paralisada.

Dessa vez não são ovos que cobrem a frente da casa de minha mãe.

É papel higiênico.

Papel higiênico que ficou na chuva a noite toda.

Eu me sento no meio do gramado, de onde posso ver o estrago, rolos e mais rolos de papel superabsorvente folha dupla encharcado, grudado nas janelas, nas persianas e nos acabamentos em bolos moles e molhados. O papel entope todas as calhas. Cobre as árvores.

— Bem — minha mãe diz com sua xícara de café. Ela saiu quando ouviu minha gargalhada pela janela aberta, um ataque de riso desequilibrado que não tinha nada a ver com minha risada normal. Solucei uma vez quando ela passou pela porta da frente para ver o que estava acontecendo, depois me controlei. A grama molhada ensopava meu short. — Você tem que reconhecer que ela tem uma narrativa consistente.

— *Mãe* — reajo, e dessa vez ela amolece. E estende a mão para me ajudar a levantar. — Pode chamar o Alex — digo a ela, de modo infeliz. — Pode chamar o Alex para limpar a casa desta vez. Eu desisto.

Minha mãe olha para mim com compaixão, talvez, e sua mão fina é surpreendentemente forte.

— Sabe o que a gente precisa decidir quando é escritor? — ela me pergunta quando fico em pé, com a parte de trás das pernas coberta de folhas de grama.

— Se vai ou não transformar a vida sexual da sua filha adolescente em *best-seller*? — respondo. É instintivo, mas é residual, e minha mãe sabe disso. Ela revira os olhos com bondade, ainda segurando minhas mãos.

— Quais histórias devem ser resolvidas no final, Molly — diz. — E quais devem ser abandonadas.

Olho para ela por um momento, para essa mulher que me escolheu há dezoito anos. Que me criou e me destruiu, e agora me levanta do chão.

— Posso fazer uma pergunta? — Eu me sinto idiota e constrangida, mas também acho que essa é uma informação vital, alguma coisa que eu devia saber há muito tempo. — Qual é sua flor favorita?

Ela parece surpresa. Por eu estar perguntando, talvez, ou por me importar.

— Minha flor favorita... lírios, eu acho. Gosto de lírios.

Assinto, devagar.

— Lírios — repito, como se nunca houvesse escutado a palavra antes. — Ok.

dia 89

Encontro Tess lavando as espreguiçadeiras de borracha com uma mangueira pela manhã, uma dúzia delas empilhadas feito soldados ao sol no deque da piscina. Tenho que me obrigar a descer a escada da varanda. De perto ela parece terrível, com o rosto inchado, brilhante e vermelho de tanto chorar, com uma espinha na bochecha. O cabelo está sem vida, oleoso. Acho que eu devo estar ainda pior.

— Oi. — Aceno de um jeito esquisito, como se o verão começasse outra vez, como se ela fosse uma desconhecida de quem tenho medo. Como se eu fosse a desconhecida que ela provavelmente odeia. — A gente pode conversar?

Não errei tanto na avaliação. Tess olha para mim por um momento, e vejo alguma coisa que pode ser surpresa passar pelo rosto inchado e deformado.

— Não.

— Tess...

— Não, Molly — ela interrompe, balançando a cabeça. Depois começa a enrolar a mangueira. — Estou falando sério. Não quero ouvir, não consigo, de verdade.

— Desculpa — tento assim mesmo. — Tess, é sério, por favor, me escuta...

— Escuta você! — Ela explode. É a primeira vez que a escuto erguer a voz. — Fui legal com você quando ninguém mais foi, sabe? Todo mundo dizia para eu tomar cuidado, mas gostei

99 dias 289

de você, por isso não ouvia ninguém. — Ela balança a cabeça, os olhos se enchem de lágrimas. Eu me sinto a pior pessoa do mundo. — Por isso ficou minha amiga? Para disfarçar?

— Não! Não, eu juro. Eu também gostei de você, gostei de cara. Você foi uma boa amiga para mim durante todo o verão, e eu...

— Você me recompensou pegando meu namorado?

— Eu... — Não sei o que dizer. Olho em volta numa reação instintiva, como se quisesse ver se alguém a ouvia, como fiz na primeira vez que encontrei o bilhete de Julia no meu carro. Estou com vergonha de mim, de verdade. O que fiz com a Tess é imperdoável.

— Sai daqui, por favor — diz ela, tentando desfazer uma dobra na mangueira. — É sério. Se quer fazer alguma coisa na sua vida que não seja egoísta, sai daqui. Estou falando sério. Por favor, sai.

Em junho passado, vi um documentário sobre corações fantasmas, que os médicos preparam para transplantes esfregando todas as células até sobrar apenas o tecido conectivo, até ficar vazio, branco e sem sangue. Não sei por que estou pensando nisso agora.

— É claro — respondo, finalmente assentindo. Depois me viro e saio de perto dela.

dia 90

Sento na cama e abraço os joelhos com força enquanto assisto ao documentário sobre Mary Shelley, que manteve o coração do marido na gaveta de sua cômoda durante anos depois que ele morreu. Choro por um tempo. Eu me escondo.

dia 91

Não tenho notícia nenhuma de Gabe ou Patrick — não que eu esperasse ter, acho, mas uma parte de mim espera que Gabe responda a uma das mil mensagens de *desculpa* que mandei para ele. Telefonei, mas ele não atendeu. Na noite passada, criei coragem e fui de carro até a cabana de Ryan, onde Imogen contou que ele estava, mas apesar de a caminhonete estar parada na clareira, ninguém abriu a porta quando eu bati. Passei horas ali sentada no frio e no escuro, esperando e esperando, mas ele não me atendeu. Agora digito o nome dele na barra de busca do Facebook, olho para o rosto bronzeado de sol e sorridente.

E já que abri o aplicativo, adiciono a Companheira de Quarto Roisin, depois passo uma hora olhando vários álbuns de fotos. *A uva-passa tem um namorado muito gato!* Eu mandaria essa mensagem para Tess, se soubesse que ela ainda vai querer saber de mim nesta encarnação. Continuo clicando. Roisin e seu time de futebol em Savannah, Roisin no vestido de formatura em maio. Ela parece bem-resolvida, popular, legal e simpática.

Se eu fosse ela, não ia querer nada comigo.

dia 92

Eu me arrasto para fora de casa na manhã seguinte e vou correr, uma volta solitária e abençoada em torno do lago. A brisa é fria, a primeira que sinto no verão, parece. Um lembrete de que o outono está chegando. Contorno um pequeno bosque e paro de repente. O Bronco dos Donnelly vem pela estrada em minha direção, brilhando no sol de fim de verão.

Por um segundo, sinto um medo incrivelmente estranho e *real*, pensando que estou ali sozinha. Sei que nenhum dos Donnelly seria capaz de me agredir fisicamente — é claro, pensar nisso é loucura —, mas não sei se posso ter a mesma certeza em relação a Michaela Malvada e Elizabeth, e as pessoas fazem coisas malucas quando estão em grupos. Não sei se sempre fui o tipo de pessoa cujo primeiro instinto é fugir ou se esse verão desenvolveu isso em mim. Não é uma qualidade que aprecio.

De qualquer maneira, não é Julia e seu séquito de maldosas que se aproximam a bordo do Bronco, prontas para jogar alguma coisa pela janela ou sair de lá e me dar uma surra.

É Connie.

— Achei que era você — diz, parando no local onde continuo paralisada e atordoada. Connie olha para mim pela janela do passageiro. Seu cabelo grisalho está preso no habitual rabo de cavalo alto. — Quer carona? Eu te levo para casa.

Isso acabaria com o objetivo da corrida, e acho que já estourei minha cota de tempo de convivência com qualquer Donnelly para esse verão, mas não parece que ela esteja me dando uma alternativa.

— Ah... é claro — respondo, abro a porta do passageiro e entro no carro. Sinto o cheiro de suor em minha pele. — Obrigada.

— Por nada — responde ela enquanto dirige contornando o lago, seguindo na direção de onde vim. Ficamos em silêncio por um momento, ouvindo a estática da velha estação de rádio que Connie e Chuck costumavam ouvir quando iam nos levar ou buscar em algum lugar. — Só mais alguns dias, *não é?* — pergunta, parando no sinal do cruzamento da avenida do lago com a Rota 4. — Vou levar Julia para Binghamton na semana que vem.

— É — respondo vagamente. Estar no carro com ela é estranho a ponto de me distrair. Fico tentando imaginar o que ela ouviu, o que pensa e o que sente. — Conversamos um pouco sobre isso.

Nenhuma de nós fala nada depois desse comentário, e o silêncio que ecoa dentro do carro parece durar dias. O sol reflete pelo painel largo de madeira. Connie é a primeira a falar novamente.

— Escuta, Molly — diz ela com um suspiro. — Não sei o que aconteceu entre você e meus meninos este verão. Não quero saber, de verdade. Eles são meus filhos, certo? Eu sempre, sempre vou ficar do lado deles. Mas, honestamente... — Connie faz uma pausa. — Honestamente, meu bem, os últimos meses também não foram fáceis para você.

— Eu... — Não sei como responder, não faço ideia. Não é uma pergunta. Tenho a sensação de que o tampo da minha cabeça explodiu. — Está tudo bem — digo finalmente, porque essa parece ser a melhor resposta, mesmo que não seja a mais verdadeira. — Eu sobrevivi.

— É verdade — Connie assente. — Antes eu só precisava dar Band-Aids e picolés para vocês todos — ela conta. — E, normalmente, isso era suficiente.

Também não sei o que dizer depois desse comentário. Tenho a impressão de que ela está tentando me contar alguma coisa, mas não sei o que é. Agora estamos nos aproximando da minha casa, da longa entrada da garagem. Eu teria chegado mais depressa a pé, provavelmente. Connie para na rua, não me leva até lá em cima.

— Obrigada pela carona — agradeço.

— Não foi nada — ela responde. — E se cuida, Molly.

Fico ali até o carro desaparecer, só olhando.

E é então que eu me lembro.

Foi antes de Patrick terminar comigo, antes de acontecer qualquer coisa com Gabe: parei na casa dos Donnelly quando voltava da corrida, depois da aula, e encontrei Connie na cozinha preparando o jantar.

— Eles estão no celeiro, eu acho — ela disse, me dando um pedaço de bacon frito que tirou do papel-toalha. — Pode avisar aos meninos que a comida está quase pronta?

— É claro — respondi, mas nem havia acabado de atravessar o quintal quando ouvi as vozes alteradas.

— ... dá para esquecer, será que pode deixar para lá? — Era a voz de Patrick. — Some, mano, é sério.

— Não é você quem decide, é? — Reconheci a voz de Gabe. Parei do lado de fora do celeiro, ainda vermelha da corrida, com os pés afundando na lama molhada do quintal. Por que eles estavam brigando? Eu tinha a impressão de que a situação entre eles havia piorado nos últimos meses, ou há mais tempo, talvez, desde que Chuck morreu.

— Não sou eu? — Patrick reagiu, incrédulo. Eu não o via lá dentro do celeiro, mas conseguia tranquilamente imaginá-lo, as pernas estendidas em cima do velho sofá xadrez. — O que é isso, um desafio?

— Pode chamar do que quiser — disse Gabe. — Ela não é mais criança. Pode tomar as próprias decisões.

99 dias 295

***

Fico ali parada no começo da entrada da garagem, sem entrar em casa, sem sair realmente. Passei muito tempo me sentindo culpada pela indisposição entre Patrick e Gabe, como se eu tivesse me colocado entre eles. Eu era a horrível destruidora que havia acabado com uma família até então perfeita. E talvez fosse.

Mas talvez...

O que é isso, um desafio?

Respiro fundo e subo em direção à entrada de casa. Destranco a porta e entro.

Naquela noite eu não durmo, fico apenas ali deitada com a cabeça funcionando como se fosse dominada por um furacão. Patrick, Gabe e meu erro de julgamento, aquela discussão abafada no celeiro no frio do inverno.

vadia suja vadia suja vadia suja

Chega.

Levanto a cabeça do travesseiro, abrindo os olhos no escuro. No começo, tenho a impressão de que é a voz de Penn, ou da minha mãe. Por um momento, penso que pode ser a voz de Imogen.

Então percebo: sou apenas eu.

Chega.

Chega.

Chega.

dia 93

Estou totalmente decidida a não ir à festa de fim de verão dos funcionários da pousada. Aparecer é praticamente suicídio. Mas Penn me intercepta a caminho da porta especificamente para se certificar de que estarei lá, e não tenho força (ou coragem) para dizer que não. A porcaria de festa foi ideia minha, na verdade, uma ideia que tive quando o verão dava sinais de que seria legal. Não quero que Penn se lembre de mim como a covarde que fugiu.

Assim que apareço à beira da piscina, porém, sei que cometi um engano de proporções épicas. Lá estão Tess e Michaela Malvada com os pés na água, Julia ao lado da mesa de comida com Elizabeth Reese. Minha esperança era que Jay levasse Imogen para me dar um refresco, e até mandei uma mensagem para ela, um desesperado *sos*, mas Imogen vai trabalhar no turno da noite no French Roast, o que significa que vou ficar sozinha. Engulo em seco e levanto os ombros, tentando não me sentir a zebra desatenta no meio de um bando de leões orgulhosos e famintos. Tenho tanto direito de estar ali quanto todos eles, afinal.

Bem, é o que tento dizer a mim mesma, pelo menos.

O pessoal do refeitório está jogando uma barulhenta partida de Marco Polo na parte mais funda da piscina, e depois de cumprimentar Jay e toda a equipe da cozinha, eu os observo por um tempo, tentando agir como se estivesse realmente

99 dias 297

interessada. Pego o celular do bolso, procurando ignorar uns fragmentos de conversa que chegam do grupo de Julia e que podem ou não incluir a palavra *piranha*. Sei que meu rosto está vermelho, posso sentir. E sinto todos os olhares em mim como toques físicos, como se eu fosse agarrada por todos os lados. *Vinte minutos*, prometo a mim mesma com firmeza, chegando, inclusive, a acionar o alarme do celular, como se eu pudesse esquecer ou então não ver o tempo passar. *Você tem que ficar por vinte minutos, e depois pode ir embora.*

Estou servindo Coca Light em um copo plástico, não porque quero a bebida, mas porque é algo com que me ocupar, quando alguém me empurra para a frente e o refrigerante doce cai no meu chinelo. Viro para trás e vejo Julia e Michaela passando.

— Melhor olhar por onde anda, Mols — diz Julia, a voz mais artificialmente doce que o líquido que cobre meus pés e tornozelos. Depois, mais baixo: — Vaca.

Viro de frente para elas, endireito as costas e ergo os ombros. De repente, decido que isso foi longe demais. De repente, estou furiosa o suficiente para cuspir sangue.

— Quer saber de uma coisa, Julia? — explodo. — *Cala a boca.* Ela me encara, surpresa, e para onde está.

— Como é que é?

— Você ouviu. — Tem alguma coisa quente e ácida correndo em minhas veias, e levo um momento para perceber que pode ser coragem, que, pela primeira vez, a primeira no verão todo, talvez, a urgência de lutar seja mais forte que o impulso de fugir. — Cansei de você e de todo mundo agindo como se seus irmãos fossem anjos perfeitos que eu deflorei, ou alguma coisa do tipo. Não foi assim que aconteceu. E, mesmo que *tivesse* acontecido desse jeito, não é da sua conta. — Eu me viro para Michaela Malvada: — E, *definitivamente*, não é da sua conta também. Então, não quero ouvir mais nada. — Minhas mãos estão tremendo, mas a voz é firme e clara. — Chega — anun-

298 *Katie Cotugno*

cio, repetindo a palavra que ouvi na noite passada em alto e bom som no meu quarto, dentro da minha cabeça. — Já chega.

Julia está olhando para mim, boquiaberta. Tess também está olhando para mim. Continuo focada em Julia e Michaela, e levanto as sobrancelhas num desafio silencioso: *Vem para cima*, quero dizer às duas. *Não vou mais deixar vocês me machucarem.* Pode ser verdade, pode não ser, mas neste momento me sinto invencível, cheia de força e dura como aço.

Estou me preparando para falar mais alguma coisa quando sinto o celular vibrar no meu bolso. Missão cumprida. O tempo acabou, posso ir para casa. Não estou fugindo, eu sei. Coloco o copo em cima da mesa e me dirijo ao saguão, deixando para trás um manto de silêncio cobrindo a piscina, um clima que, de algum jeito, não me afeta.

Para mim chega. E estou indo embora.

dia 94

— **Entããão,** fiquei sabendo que você acabou com a Julia na festa de ontem à noite na pousada — comenta Imogen. Estávamos subindo e descendo as escadas bambas no French Roast, tirando as peças da exposição para embalar todas elas e despachá-las para seus novos lares. Imogen vendeu mais da metade do que foi exposto. Estou orgulhosa como se ela fosse minha filha.

— Eu não acabei com ninguém! — protesto, tirando da parede uma tela com uma colagem de recortes de revistas formando uma cena que parece a margem do lago à noite. Desço da escada e ponho a tela no chão com todo o cuidado. Estamos ouvindo Bon Iver. — Ou, sei lá, talvez tenha acabado mais ou menos.

— *Aham* — Imogen responde, usando um lado do martelo para tirar um prego da parede e deixá-lo dentro de uma caneca de café com os outros. — Foi o que eu pensei.

— Não é que eu considere injusto todo esse ódio que eles têm de mim — declaro com sinceridade. — Tess tem todo o direito de me odiar, e Julia também, eu acho. Mas eu não sou a única que merece esse ódio. O que me enfurece é essa coisa de dois pesos e duas medidas, sei lá. Fiquei furiosa. E acabei explodindo, vomitando as palavras.

— Você *tem* razão, são dois pesos e duas medidas — Imogen concorda comigo, virando para pegar o rolo gigantesco de plástico-bolha. — E fico feliz por você ter reagido. Ou odeiam todo mundo, ou não odeiam ninguém.

— Exatamente! — Dou risada da argumentação absurda. Faltam seis dias para eu ir embora para Boston, e parece que a única coisa que falta é ir embora, mesmo.

Ou, tudo bem, talvez não seja *só* isso.

Mas é quase isso.

— Enfim, estou orgulhosa de você — Imogen me fala. — O que você disse a eles exigiu coragem. Acho que Emily Green também teria ficado orgulhosa.

Respondo com uma teatral imitação de ânsia de vômito.

— Ai, meu *Deus*, que horror.

— Ah, qual é! O livro é bom. Você tem que admitir.

Balanço a cabeça e mudo a escada de lugar, subindo até o último degrau para tirar uma tela que foi pendurada bem alto.

— Não admito — respondo. — Não em voz alta, pelo menos.

Imogen dá risada, um som harmonioso e familiar. Mesmo depois de tudo, estou feliz por ter voltado. É estranho pensar que em algumas semanas teremos vidas completamente diferentes de novo, que nos reencontramos neste verão só para dar adeus de uma vez por todas.

— Ah, não, nem vem com choradeira — comenta ela, como se pudesse ler meus pensamentos. — Você mesma disse, Boston e Providence nem ficam tão longe uma da outra. — Imogen levanta a mão e puxa a barra da minha camisa de flanela, e é assim que sei que está atrás de mim.

— Vamos ser vizinhas — respondo, sorrindo.

dia 95

— *Não* — diz Patrick imediatamente quando entro na pizzaria no dia seguinte, fazendo tilintar a sineta sobre a porta. Prendi o cabelo bagunçado com um pente esmaltado que peguei da minha mãe. Queria parecer séria, sei lá. A situação é importante demais para eu aparecer descabelada. Patrick está em pé atrás do balcão, e seu corpo fica tenso e rígido feito as barras de uma gaiola. Tem um hematoma amarelo-esverdeado em seu rosto, quase sumindo.

— *Patrick!* — exclamo quando o vejo, mesmo sabendo que o hematoma estaria lá. Essa era a diferença entre ouvir falar de um desastre natural e ver o estrago pessoalmente. — Isso é da...?

— Eu disse *não*, Molly. — Ele balança a cabeça, falando mais baixo do que jamais ouvi. Tem um bando de crianças do fim do fundamental devorando fatias de pizza na mesa ao lado da janela, e um casal de meia-idade lado a lado nas banquetas. — Acabou, entendeu? Fim de linha. Você nem devia ter vindo aqui.

— Acabou coisa nenhuma. — Respiro fundo. Não consegui pensar em outra coisa desde que Connie me pegou na beira do lago e me levou para casa. Preciso ter uma resposta definitiva. — Isso tudo tem a ver comigo? — pergunto, e o ar parece sair todo de uma vez de dentro de mim. — Esse verão inteiro, tudo o que aconteceu? Ou foi só algum tipo de disputa cretina com Gabe?

Patrick olha para mim como se eu estivesse maluca.

— Tudo o que *aconteceu*? — repete, incrédulo. — Como se você não tivesse nenhuma participação nisso.

— Não foi o que eu disse! — Ergo a voz o suficiente para atrair a atenção do casal de meia-idade, mas estou no limite, não quero saber de nada que não seja essa conversa. *Eu sou a garota do livro*, quero dizer a eles. *Podem olhar à vontade.* — Não é nada disso que estou dizendo. Não sou criança — aponto, citando a mãe dele sem querer. — Fiz minhas escolhas. Mas o que nós fizemos... admita, Patrick. Não foi porque sentiu minha falta, não foi porque éramos nós e você queria tentar fazer tudo isso dar certo, seja lá o que for isso. Você só queria me tirar do seu irmão. Queria vencer a disputa.

— Eu queria *você* — Patrick responde, e o jeito como diz faz a declaração parecer pior que qualquer palavrão que já tenha dito. — Eu te amei, Mols, como pode não entender?

— Amou tanto que se meteu na minha vida o verão inteiro e me humilhou diante de todo mundo que conheço?

Patrick olha para mim em silêncio por um instante por cima do balcão. Depois suspira, como se não tivesse mais nada a perder.

— Eu não sabia como superar.

Eu o encaro por um momento, mais distante dele do que durante todo o tempo que passei em Tempe, com o coração vertendo alguma coisa tão pungente que quase posso sentir o cheiro ainda mais forte que o de molho e pepperoni. Estudo seu rosto bonito e os olhos cinzentos, o formato do queixo carrancudo, mas ele... ele não está lá. Meu Patrick — o Patrick que conheço e de que me lembro e que amo — desapareceu. Acabei com tudo, com o que havia entre nós. Nós dois destruímos tudo. Antes eu achava que poderíamos consertar as coisas, que o que aconteceu entre nós durante todo o verão era a reparação, que estávamos nos reconciliando de um jeito meio complicado. Mas algumas coisas não têm conserto. Não sei se algum dia realmente acreditei nisso, não até agora. E essa constatação me faz sentir como se meu peito estivesse rasgando.

— Eu não deveria ter dito o que disse para você — ele confessa, finalmente. — Naquela noite no seu quarto, eu não deveria ter te chamado... — A sineta da porta tilinta novamente, e uma família de cinco pessoas entra na pizzaria. Patrick faz uma careta e reage como se sentisse dor, o amarelo-esverdeado em seu rosto. Quando fala novamente, o encanto se quebrou.

— Olha, Molly — diz, como se eu fosse outra cliente, uma desconhecida que acabou de chegar da rua. — Preciso trabalhar.

Sinto o ar deixar meu corpo como se alguém abrisse uma válvula. Imediatamente, sou dominada por um cansaço que quase me impede de continuar em pé.

— Eu vou embora daqui a alguns dias — digo a ele, e respiro fundo. — Vou sentir sua falta.

Patrick assente.

— É, Mols. — E esse parece ser o fim do verão. — Também vou sentir sua falta.

dia 96

Tenho que fazer as malas depois do jantar. Minha velha bolsa está aberta em cima da cama. Acabei ficando mais à vontade aqui do que pretendia: tem roupas caindo das gavetas e papel timbrado da pousada espalhado por cima da mesa.

Penso na última vez em que fiz as malas como agora, pegando grandes punhados de meias e roupas de baixo e enfiando na bolsa para levar para o Arizona. Fiz tudo em vinte minutos e no mais completo silêncio. Desliguei o celular e o computador para não ouvir o maldito barulho das notificações de SMS, e-mail e Facebook, uma mensagem horrorosa atrás da outra, e nenhuma palavra do Patrick. A equipe de corrida de Bristol não precisava mais de mim — eles haviam informado numa mensagem formal —, mas eu poderia tentar novamente no outono, se quisesse. Felizmente, me aceitaram como aluna, embora eu fosse a única novata em uma turma de sessenta e cinco garotas.

Um ano mais tarde, agora, faço as coisas sem pressa e com cuidado, dobrando o jeans, pegando as botas e os acessórios de cabelo. Pego a obra *Golly, Molly* e a colagem da paisagem da beira do lago que Imogen me deu na outra noite. Ela me fez chorar quando me entregou a peça. Depois de um minuto, ela também chorou.

Tenho a Netflix como companhia, o mesmo som baixo que me acompanhou neste verão inteiro, e estou na metade de um documentário sobre a vida secreta das aves quando meu telefone toca. Não reconheço o número na tela. Atendo meio ansiosa, com medo de algum desconhecido estar ligando para despejar veneno em meu ouvido.

— Alô? É a Molly?

— Sim?

— É Roisin — diz uma voz feminina e desconhecida. A pronúncia certa é RO-*xin*, e só ligo o nome à pessoa depois de ela acrescentar: — Sua companheira de quarto.

— Ah, meu Deus, Roisin! — exclamo. Não quero explicar que *passei o verão todo chamando a menina de uva-passa*. — Desculpa, acho que tive um lapso aqui, sei lá.

— Por causa do nome? — Ela adivinha, rindo. — Definitivamente, você não é a única. Não consegui pronunciar meu próprio nome até estar, sei lá, no sétimo ano.

Passamos alguns minutos conversando sobre nossos pais, se temos irmãos, quem vai levar a TV (eu) e o frigobar (ela).

— Já sabe que curso vai fazer? — ela pergunta.

— Administração, eu acho. — É a primeira vez que alguém me faz essa pergunta e eu tenho uma resposta pronta. — Acho que administração.

— Ah, é? Sempre acho legal quando as pessoas conseguem responder assim, de cara. Eu não faço ideia do que quero fazer com minha vida, estou odiando aqueles e-mails que o reitor manda a cada três segundos cobrando a escolha do curso.

— Ai, eu sei — comento, rindo. Ela tem um sotaque do sul, Roisin da Geórgia. É legal. — Ele está ansioso, é claro.

— Prometi para mim mesma que decidiria no verão — ela continua —, mas acabei dedicando tempo e energia a um tremendo drama com meu namorado. Eu te conto os detalhes da confusão durante a orientação, acho, mas, basicamente, é muito difícil lembrar que a cidade onde você cresceu não é o único lugar do mundo, sabe?

Isso me atinge como um golpe forte e repentino. Olho para as árvores verdes lá fora. Daqui a cinco dias estarei em Boston, em algum lugar onde não tenho uma reputação. Onde todo mundo, não apenas eu, vai começar do zero, tudo novo.

— Sim — concordo, encostando a testa no vidro frio da janela. — Sei como é.

dia 97

Eu me aproximo do fim do expediente recolhendo papéis, quase uma Bíblia para quem vier me substituir. O sol já está se pondo, e Penn e as crianças foram para casa há um bom tempo quando saio do estacionamento e percebo, chocada, que tem alguém sentado no capô do meu carro, me esperando.

Gabe.

— *Oi* — cumprimento, e meus olhos se enchem de lágrimas inesperadamente quando o vejo, quando percebo que, durante todo este verão, seu rosto foi minha coisa boa. Quero abraçá-lo, segurá-lo e continuar segurando. Em vez disso, cruzo os braços. — O que está fazendo aqui?

— Não sei. — Gabe balança a cabeça, também cruza os braços e parece descontente com ele mesmo, ou comigo, talvez. Ele usa o boné de beisebol, e o rosto bonito está banhado pela luminosidade roxa e dourada. — Queria te ver. Sou um idiota, mas queria.

— Você não é um idiota. — Minha voz treme um pouco. Tem um corte no canto da boca, o lábio está meio inchado, o dano físico está ali para todo mundo ver. Alguma coisa forte e dolorosa se contorce dentro do meu peito. — Eu sinto muito. Sinto mesmo por ter estragado tudo.

Gabe dá de ombros.

— Você podia ter me contato — diz, e, meu Deus, ele parece muito *desapontado*. — Passamos o verão inteiro... você podia...

eu falei que te *amava*, Molly. — Ele deixa escapar uma risada frustrada. — E, tipo, não sou nenhum maluco, sei que foi tudo muito rápido, mas...

— Mas era verdade? — interrompo de repente. — Você me amava de verdade? Ou só precisava ser melhor que o Patrick nisso também?

— *Molly!* — Gabe balança a cabeça, leva a língua ao corte na boca, olha para alguma coisa por cima do meu ombro. — Talvez tenha começado assim.

— Isso é horrível — falo imediatamente, e dou um passo para trás sentindo o rosto quente, os olhos ardendo com as lágrimas que se formam. — Isso é *horrível*, Gabe.

— Acha que eu não sei? Sentir várias coisas pela namorada do meu irmão mais novo, como se ele tivesse alguma coisa que eu não tinha e...

— Não sou uma *coisa*! — explodo, chocada com quanto tudo isso é injusto. — Fala sério, Gabe. Sou uma *pessoa*, isso tudo teve consequências graves para mim, e você só...

— Eu sei. É claro que sei disso. E podia ter a ver com meu irmão no começo, de certa maneira. Mas a verdade é que sim, passei o verão inteiro me apaixonando por você, e se soubesse esse tempo todo que você não ia me amar, então...

— Mas eu *amo* você — revelo. — Essa é a pior parte, você não entende? Amo você. — Eu me sento no capô ao lado dele, sentindo o metal quente depois de um dia inteiro exposto ao sol. Respiro fundo. — Patrick foi meu primeiro amor, mas você... Passei o verão todo pensando em como seria se tivesse sido você desde o começo — conto a ele com honestidade.

Gabe suspira.

— Eu também — diz.

Ficamos ali sentados por um tempo, olhando o pôr do sol. Ouço os grilos nas árvores. É fim de agosto, o mundo todo está pesado, cheio de expectativa. Não é desconfortável como deveria ser.

99 dias 309

— Quando você vai embora? — pergunto finalmente. — Para Indiana?

— Depois de amanhã. Não consegui o estágio no MGH. Não que isso seja importante, acho. — Ele dá de ombros. — Disseram que posso me candidatar de novo na primavera.

Penso nas fantasias que tive no começo do verão, nós dois passeando no meio das folhas da Nova Inglaterra. Percebo que vou sentir saudade dele, e um sentimento como uma intensa saudade de casa se instala em meu peito.

— Acho que você deve — opino. — Tipo, tentar se candidatar de novo.

Gabe levanta as sobrancelhas, e um lampejo de interesse ilumina seus traços bonitos.

— Você acha, é?

— É, eu acho.

Ele assente devagar, como se dissesse que vai pensar no assunto, talvez. Depois desce do carro.

— A gente se vê, Molly Barlow — diz em voz baixa. E me beija no rosto antes de ir embora.

dia 98

O dia seguinte é o último na pousada, está tudo preparado para a próxima estação e dou uma volta pela propriedade com meu substituto, um cara da faculdade comunitária chamado Hal. Penn e as crianças me dão um caderno de memórias de presente de despedida, e Penn já encheu algumas páginas com seus conselhos mais ou menos sensoriais, coisas do tipo *Atenção aos produtos de origem animal no refeitório* e *Use fio dental no cérebro*.

— Amo você — digo a ela, e me levanto na ponta dos pés para abraçá-la, sem perceber o quanto isso é verdade até as palavras saírem da minha boca. A ideia de deixar a pousada faz meu peito ficar apertado, como se o sutiã fosse pequeno demais.

— Também amo você, Molly — Penn responde em voz baixa. Ela segura meu rosto com as duas mãos e me dá um beijo. — Vai ter sucesso.

Dou um beijo de despedida em Fabian e olho para Desi, que está no canto com o dedo na boca, me olhando com aqueles grandes olhos escuros.

— O que acha, Des? — pergunto, abaixando para ficar da altura dela. — Quer me dar tchau?

Desi me olha com ar solene, e por um momento muito emocionante tenho a sensação de que chegou a hora, de que ela vai abrir a boca depois de meses e meses de silêncio. Prendo a respiração e espero. Ela me dá um beijo na ponta do nariz. Não fala nada.

***

Estou no carro, a caminho da saída do estacionamento, quando percebo que esqueci meu último cheque no escritório e resmungo um palavrão. Consegui terminar meu último dia de trabalho sem encontrar ninguém que me odeia. A última coisa de que preciso é mais um *vai se ferrar* na minha lista.

Em vez de voltar até a entrada dos funcionários, paro na frente da porta principal e deixo o pisca-alerta ligado. Só vou pegar o cheque e sair, prometo a mim mesma. Minha mão suada escorrega no metal da maçaneta da porta da pousada. Depois dessa, vou embora de vez.

Merda.

Julia, Elizabeth e — ai, meu Deus — *Tess* estão juntas na frente da lareira do saguão bebendo refrigerantes e conversando. Penn não gosta que a gente fique ali — diz que é incômodo para os hóspedes —, mas ela já foi embora e lá estão as meninas, sentadas nas cadeiras que Tess, Imogen e eu fomos comprar há algumas semanas. Parece que faz muito mais tempo. Assim que me veem, elas param de falar de repente.

— Só vim buscar meu cheque — aviso com as mãos erguidas, sentindo o rosto ficar vermelho. Não sinto mais aquela acidez, aquela vontade de brigar que corria por minhas veias na noite da festa. — Não vão... vou embora em um segundo.

— Ainda bem — Julia responde com um tom alto o bastante para eu poder ouvi-la. O confronto não havia adiantado nada. Acho que é como Roisin me disse pelo telefone na outra noite, é fácil esquecer que sua cidade não é o universo inteiro. Queria conseguir me convencer de que isso é verdade.

Entro no escritório e pego o cheque no meu escaninho de correspondência, que agora já tem uma etiqueta nova com o nome do Hal. É uma loucura como as coisas podem mudar depressa. Guardo o cheque no bolso e caminho em direção à porta...

... e é onde vejo Tess.

Ela está parada no corredor me esperando, exibindo a trança lisa e a camiseta da Barnard, mil vezes mais composta do que a vi há alguns dias perto da piscina.

— Oi! — cumprimento, e percebo que a memória me fez reagir como antes, com aquela euforia de *minha amiga está aqui*. Fico vermelha de novo. — Oi — corrijo.

Tess não sorri.

— Terminei com o Patrick — ela conta com tom neutro, os braços cruzados. — Desta vez é definitivo.

— Ah, é? — Também cruzo os braços, imitando a atitude dela sem querer, depois descruzo. Penso em como meu coração disparou e na culpa que senti na última vez que ouvi essa notícia. Agora, tudo o que sinto é indiferença e exaustão. — Sinto muito.

Tess balança a cabeça.

— Não — diz ela, impaciente. — Não é por isso que vim contar para você. Eu só... — Uma pausa. — Você e eu nunca mais seremos amigas, Molly. Não somos amigas. Mas eu só queria dizer que acho que você estava certa. Sobre o que disse na festa. Você não foi a única que errou, e foi horrível que todos nós tenhamos te tratado como se a culpa fosse só sua. — E levanta as sobrancelhas. — Inclusive eu.

Por um momento, fico olhando para ela sem entender nada. O que ela diz é algo que Imogen teria dito. Provavelmente, Imogen disse isso a ela, na verdade, mas, independentemente da fonte, ouvir esse tipo de coisa é como ser atingida por uma bola de demolição, é como se meu coração se partisse ao meio. Nem sempre mereci essas amigas, Tess e Imogen. De agora em diante, vou fazer por onde.

— Obrigada — respondo depois de uma pausa prolongada, engolindo as lágrimas. Pensei que, àquela altura, não tivesse sobrado nenhuma. Eu devia estar seca feito uma ameixa. — É sério. Obrigada.

Tess dá de ombros.

99 dias 313

— Tudo bem, se cuida, Molly. — E acena uma vez para mim antes de ir embora.

Minha mãe e eu partimos cedo no carro dela para Boston. Colocamos minha bagagem no porta-malas, a valise, a TV, meus chinelos de banho e lençóis engomados com estampas de bolinhas.

— Mais uma coisa — diz ela. Corre para dentro de casa e volta com a maior embalagem de tubinhos de alcaçuz que já vi na minha vida, o suficiente para matar minha vontade de comer doce durante um semestre inteiro, pelo menos. — Fui ao Costco — ela conta rindo.

Eu me despeço de Vita e coço o queixo de Oscar, depois fecho o moletom. Agora as manhãs são mais frias, a brisa do lago tenta trazer o outono. Pego a mochila e penso pela última vez se não esqueci nada. Hoje, quando acordei, tinha duas mensagens no meu celular. Um padrão deste verão, talvez, mas, em vez de duas mensagens idênticas dos irmãos Donnelly, essas eram de Imogen e Roisin. *Boa sorte! e Mal posso esperar!*

— Pronta? — pergunta minha mãe, tocando meu braço. Olho para a casa lilás, mais alta que as árvores. O sol morno e amarelo aquece minhas costas.

— Pronta — respondo com um sorriso. Afago sua mão uma vez antes de entrarmos no carro.

agradecimentos

Ah, *ei*, isso não fica mais fácil na segunda vez. Tantas pessoas tornaram possível, para mim, fazer essa coisa que eu amo tanto, e cada um de vocês tem meu coração e minha eterna gratidão.

A Alessandra Balzer, por sua visão precisa e pela orientação firme — você me fez querer ser um homem melhor, e por "homem" quero dizer "escritora que não é de fato um homem". A Caroline Sun, Ali Lisnow e a todas as belas almas da Balzer + Bray/HarperCollins, pela incansável energia e por serem maravilhosos de modo geral. É uma honra fazer parte dessa equipe.

A Josh Bank, Joelle Hobeika, Sara Shandler e todo mundo na Alloy: francamente, amo todos vocês. Vocês são campeões do mundo.

A Christa Desir e Julie Murphy, pela coragem; a Court Stevens, pelo coração; a Jasmine Warga, pelo insight e pelo incentivo nestas páginas.

A Fourteenery, por garantir que eu nunca fique só.

A Rachel Hutchinson, melhor e demais, sempre e sempre.

A todos os Cotugno, por terem me lançado nesta deliciosa e incrível rota de voo, e a todos os Colleran, por terem me dado um lugar para pousar.